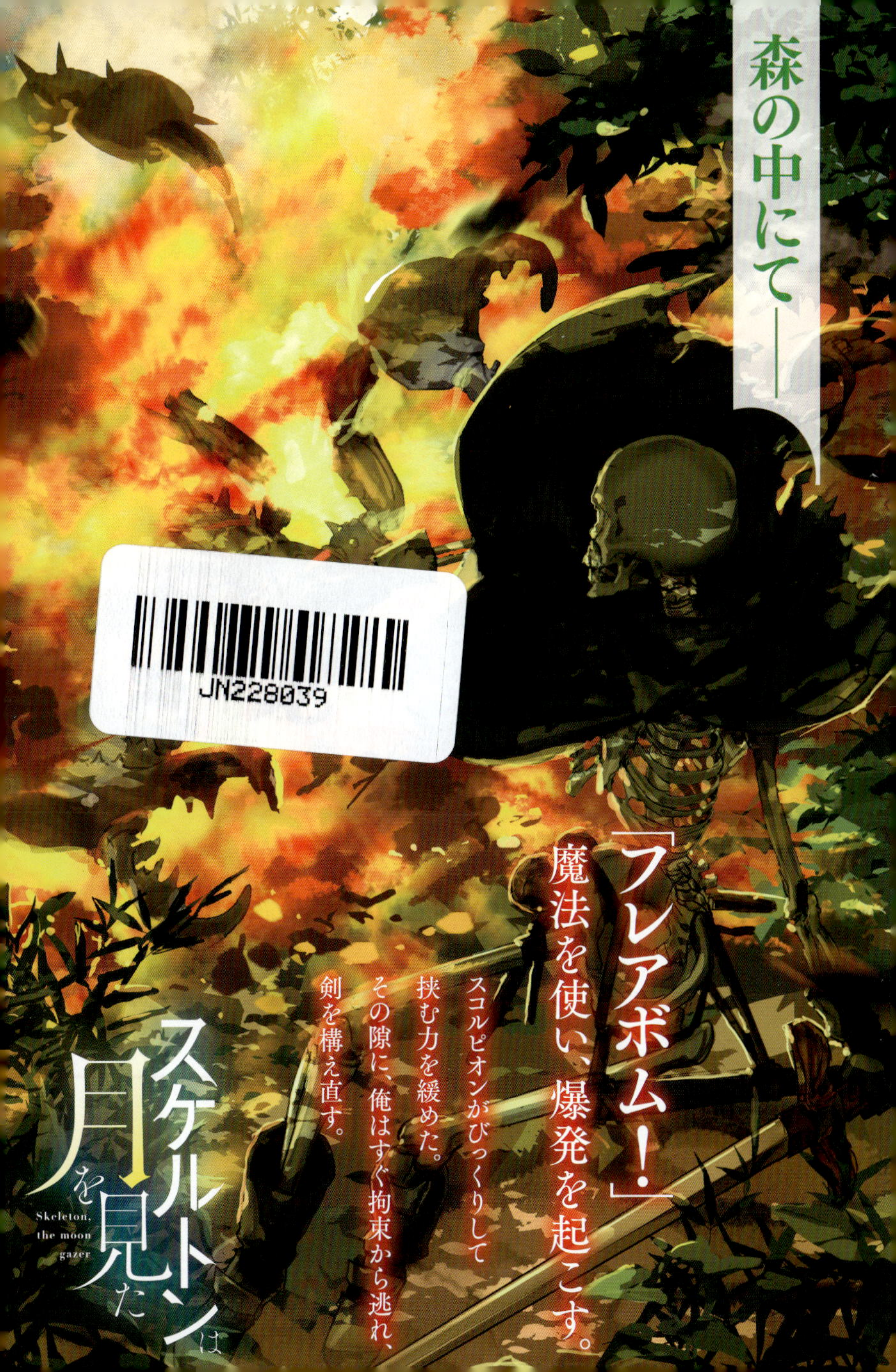

森の中にて——
「フレアボム！」
魔法を使い、爆発を起こす。
スコルピオンがびっくりして
挟む力を緩めた。
その隙に、俺はすぐ拘束から逃れ、
剣を構え直す。
スケルトンは月を見た
Skeleton, the moon gazer

魔都レヴィアにて――
夕暮れの街はとても美しかった。
人間の街と似ているが、
歩く人は多種多様。

大鬼族《オーガ》、小鬼族《ゴブリン》、そして骨人族《こつじん》、
モンスターと似たような見た目をしているが、
人間のように生きる者。
この街は差別をせず、共に手を取り合って
生きていくようにしているらしい。

天の川の下で——
「私も感動してます」
「……なんとも、美しいな」
「あぁ。俺もそう思う。世界には、こんなにも美しいものがあったのだな」

スケルトンは
月を見た
Skeleton, the moon gazer
［著］アルファル
aruhularu
Illustration
六七質

口絵・本文イラスト：六七質
装丁：宇都木スズムシ（ムシカゴグラフィクス）

目次

Skeleton,
the moon gazer

エピローグ

ここは、バルバル洞窟《どうくつ》。

バルバルの街にあり、勇者が所有する特別保護対象のダンジョン。

ダンジョン内には、スケルトンのみが生息し、そこに住んでいるスケルトンは人を襲《おそ》わず、ダンジョンの外にも出ることはない。

そのダンジョンに、一人の女性が訪《おとず》れていた。彼女《かのじょ》は、毎晩そのダンジョンへと足を運んでいる。

普通《ふつう》、国や街が所有するダンジョン内には、松明《たいまつ》などの照明が取り付けられているのだが、このダンジョンにはそれがない。

その理由は簡単で、余計な光がダンジョン内に入るのを防ぐため。

彼女は自分のスキルを使い、真っ暗なダンジョンの中を進んでいく。途中《とちゅう》、天井《てんじょう》に穴が空いており、そこから入り込《こ》んだ月の光がダンジョン内を照らしている場所がある。

その下に、月を見上げるスケルトンが一体。彼女は毎日、彼に会いにきているのだ。

「こんばんは。……様、また来ましたよ」

そのスケルトンは何も答えず、ただ月だけを見ている。

月の光に照らされたそのスケルトンは、それだけで美しかった。純白のような白い骨に、青い月が色をつけていた。

そのスケルトンは、他のスケルトンとはまるで違《ちが》っていた。身につけているものも、右の腰《こし》に短《たん》剣《けん》を三本差し、左腰には装飾《そうしょく》がなんとも綺麗《きれい》な長剣。手袋《てぶくろ》やブーツも、普通ならば手に入れることのできないような最上級のもので、豪華《ごうか》なものばかりを身につけている。

女性はそのスケルトンの横に立ち、共に月を見上げた。

共に泣き、共に笑い、共に旅をしてきた彼《かれ》を、彼女は思い出す。彼をこのダンジョンに連れてきたのも、彼女だった。

彼女は、彼と初めて会った冒険者《ぼうけんしゃ》が、このダンジョンでこの場所を一番気に入っていたと教えてくれた。

このスケルトンは、手を引けば抵抗《ていこう》もせずについてきてくれた。ただ、休ませようとして腰に差している短剣や長剣に手を伸《の》ばすと、それを手で払《はら》われてしまったこともあった。身にまとっているものを大切にしているからこその行動というのが、彼女たちにはすぐにわかった。

スケルトンは、このダンジョンに着くなり引かれていた手を離《はな》し、この穴の下で止まると、もう動き回ることもなくなってしまった。

「……様との旅は、本当に楽しかったです」

スケルトンは何も答えない。彼女は、毎晩こうして洞窟に来ては声をかける。当然、反応することなどはなく、彼女は今日も涙《なみだ》を流してしまう。

「申し訳ありません、……様」

謝《あやま》ってしまうのも、今日に限ったことではなかった。彼女は涙を拭《ふ》き、また月を見上げる。

「本当に……美しいですね」

二人を優《やさ》しく照らす月を見て、独り言を漏《も》らす。

「あぁ。本当に、美しい」

彼女はハッとして、横のスケルトンを見る。スケルトンは顎《あご》をカタカタと鳴らしているだけだった。女性は、懐《なつ》かしい幻聴《げんちょう》に胸をいっぱいにしながらも、今日も変わらず月を眺《なが》めた。


（……様が変わってしまっても、私は……）


これは、彼の物語。人と触《ふ》れ、寄り添《そ》い、時に絶望し、時に怒《おこ》り、人を助ける。美しいものを見て、食べて、旅をする。

そんな、人に憧《あこが》れたモンスターのお話。

名前：
種族：白月の不死王《ルナ・キングスケルトン》
ランク：error
レベル：1/100
HP：38000/38000
MP：26000/26000

固有スキル：【月読《つくよみ》】【純白骨】
スキル：【剣聖《けんせい》Lv10】【暗黒魔法《まほう》Lv10】
称号《しょうごう》：月を見る魔物《まもの》、月の女神《めがみ》の寵愛《ちょうあい》、月の女神の祝福、月の使者、救済者

骸骨は出会い

Skeleton, the moon gazer

俺《おれ》の種族はスケルトン。名前は、まだない。

暗い洞窟《どうくつ》の中で、俺は仲間と一緒《いっしょ》に過ごしている。仲間と言っても、意思の疎通《そつう》は図《はか》れない。俺が喋《しゃべ》りかけても、いつもカタカタと音を鳴らすだけ。俺のように声は出せないのだ。この洞窟には、俺以外に声の出せるスケルトンはいない。

たまに洞窟にくる人間を、俺の仲間、スケルトン達《たち》が襲《おそ》う。

だが、俺は人間を襲わなくなった。なぜだかはわからないが、俺は考えることを覚え、喋り始めるようになってからは、人間を襲う気が起こらなくなっていた。攻撃《こうげき》してくる者には襲いかかるが、戦闘《せんとう》は基本避《さ》けている。

俺は今日も、天井《てんじょう》に空いた穴から月を見上げながら、考える。

（俺はこれからどうしよう……）

洞窟の中を照らす青い月は、何も答えてはくれなかった。

「俺の種族はスケルトン。独りぼっちだ」


バルバル洞窟。

それは、バルバルの街近く、徒歩三十分ほどの森の中にある。Gランクに認定されている初心者御用達《ごようたし》のダンジョンだ。

階層は五階層と少なく、出てくるモンスターもラット、ゴブリン、スケルトンなど、低ランクのモンスターばかりで、ボスモンスターもおらず、Fランクのゴブリンがダンジョン内では一番強いと言われているほどのダンジョン。

その洞窟の中に無数にいるうちのモンスターの一体。

スケルトン。

スケルトンとは、白骨化した死体が大気中の魔力《まりょく》に当てられモンスター化するか、自然にポップし湧《わ》いてくるアンデッドだ。ランクはG。

理由は簡単で、何も考えず、ただただ突撃《とつげき》をしてくるので、対処がしやすいから。いわゆる『雑魚《ざこ》』と言われるモンスター。

しかし、そんなスケルトンの一体に、不思議な行動をするものがいた。

本来、スケルトンは何もせずにボーッと立ち、敵が来れば襲いかかる。仲間がやられてもひたすらに突き進む。敵がいなければまた突《つ》っ立ったままなのだ。

だが、そのスケルトンは敵が来れば仲間と共に攻撃し、何もなければただ棒立ちをするだけだったのだが、夜になると、洞窟の天井にポッカリと空いた穴から、空を見上げている。

洞窟の入り口近くで立っていても、二階層へ下りる階段の近くに立っていても。夜になれば、天井に穴が空いている場所へ行き、空を見上げる。

その穴からは、綺麗《きれい》な青い月が見えている。スケルトンは、それを見ているようだった。

「美しい……」

本来、喋るはずのないスケルトンが、感嘆《かんたん》の声を漏《も》らした。この日から、スケルトンは変わった。

昼間になっても、ただ立っているだけではなく、仲間に話しかけたり、洞窟の中を見て歩くようになっていた。夜にはまた月を見上げ、翌日にはまた洞窟を歩く。

そしてスケルトンは気づいた。自分は、他のスケルトンとは違《ちが》うことに。

「俺の種族はスケルトン。独りぼっちだ」


俺の種族はスケルトン。武器はまだない。

俺の住んでいるこの洞窟、ごくごく稀《まれ》に人間が来る。

見たことのある人間が、定期的に来ては仲間やゴブリンたちを倒《たお》し、初めて見る人間は、適当に仲間やゴブリンたちを倒している。

今日も、定期的に来る人間が来ていた。仲間たちは、わらわらとその人間を襲っていたが、俺はその人間を遠くから観察してみることにした。

「それにしても先輩《せんぱい》、この間はすごかったですね～」

「この間？　あぁ、勇者様のことか」

「こんな辺境の、バルバルの街に来るなんてびっくりしちゃいましたよ！」

「最近召喚《しょうかん》されたばかりと聞いたからな。ここらへんは低ランクモンスターが多いからレベル上げをしやすいんだろう」

「あぁ～、バルバル洞窟じゃなくてバルバル鍾乳洞《しょうにゅうどう》だったら、勇者様とご一緒できたかもしれないのにな～」

「俺たちの担当はここだろ？　別に命の危険がないだけいいだろう。さっさと上位モンスターがポップしてないか見て、適当に間引きして帰ろう」

「それにしても勇者様は美しかったなぁ～、見目麗《みめうるわ》しい～」

「……ったく」

人間は何者かの話をしながら、洞窟の奥《おく》へと進んでいった。

（美しい、勇者……か。月よりも美しいのだろうか）

それにしても、あの人間が言っている上位モンスターとは、時々見る剣《けん》や杖《つえ》をもったスケルトンのことだろうか。俺たちよりも強いスケルトンを倒しているということだろう。

俺は人間たちの後をつけ、ゴブリンやスケルトンを軽くあしらうのを見ながら、最下層の五階へ到着《とうちゃく》していた。

「お、ポップしているな。スケルトンメイジとスケルトンウォーリアか」

「FとEランクですね。ウォーリアがポップするのは珍《めずら》しいですね」

「そうだな。ほら、さっさと倒して帰ろう」

杖を持ったスケルトンメイジ。剣と盾《たて》を持ったスケルトンウォーリア。

どちらも時々見かける。どうやら上位モンスターというものらしい。そんな上位スケルトンも、為《な》す術《すべ》もなく人間にやられてしまっていた。不思議と、怒《いか》りや怨《うら》みなどは一切《いっさい》感じなかった。ただただモンスターがやられていく。そんなものだろう。

人間たちはスケルトンの頭蓋骨《ずがいこつ》を砕《くだ》くと、来た道を引き返してきた。俺のいる場所へ近づいてくる。俺は、自分の頭蓋骨を外し、近くへ隠《かく》して死んだスケルトンのフリでやり過ごす。

「今日も終わりましたね」

「よし。また一ヶ月後だ。何があるかわからない。気は抜《ぬ》くなよ」

「はいは～い」

「まったく……」

俺はその人間たちを見送り、先ほど倒された上位スケルトンの下へ向かう。

「剣と木の盾か」

ボロボロのローブと杖を持ったスケルトンと、ボロボロの鉄の剣とボロボロの盾を持ったスケルトン。直感的に、俺は剣の方が扱《あつか》いやすいと思い、剣を取る。

「木の盾でも、ないよりはマシか」

盾も一緒にもらい、また上層へと戻《もど》る。

手短なラットを、剣で殺してみる。

スケルトンが襲ってくると思っていなかったラットは、逃《に》げることもせずにただ俺の剣に貫《つらぬ》かれた。赤黒い血が剣につき、ぬめりと光る。

「レベル上げがどうとか言っていたな……殺せばよいのだろうか」

俺は、黙々《もくもく》とラットを殺していく。

なぜラットでレベル上げをしようと思ったのかだが、他のスケルトン達には仲間意識があって、殺すのには抵抗《ていこう》があったからだ。ゴブリン達は集団で行動しているため、危害を加えれば、返り討ちになってしまいそうだとも思った。ゴブリン達はこちらから手を出さない限り、こちらにも手を出さない、はずだ。

俺がひたすらにラットを追って殺していると、辺りが明るくなっていることに気づいた。どうやらいつの間にか、大穴の下に戻ってきていたようだ。穴から月の光が射し込んでいる。

「もう太陽が落ちていたのか。月を見なければ」

俺はいつものように大穴から空を見上げる。見慣れているはずの月が、より一層美しく見えた。

「勇者というのは、この月よりも美しいのだろうか」

昼間に来た人間の話を思い出し、俺は密《ひそ》かに願った。

「一眼《ひとめ》、見てみたいものだ」

ステータス
名前：
種族：スケルトン
ランク：G
レベル：2/5
HP ：5/5

MP：1/1
固有スキル：【夜目】
スキル：
称号：月を見る魔物、月の女神《めがみ》の寵愛《ちようあい》

人間がこの洞窟を後にして、三日。

俺は人間の戦い方を見て、考えていた。あの人間たちは、剣をただ力任せに振《ふ》り回すのではなく、横や縦、さらには斜《なな》めなど、敵の動きに合わせて剣を振っていたのだ。そこが肝《きも》なのだろう。

横に振れば身体《からだ》を一直線に斬《き》ることしかできない。だが、縦に振れば、頭、首、胸、斜めに斬っても、それらを攻撃することができる。

「試《ため》してみたくとも、ラットではな……」

俺は、日々ラットを殺し、考える。どうすれば早く倒せるのか。やはり、頭を斬るのが手っ取り早いようだ。

俺たちスケルトンは、頭を斬られただけでは死なないが、肉や皮を持って生きているモンスターは、首を落とせば簡単に殺すことができる。

「ただ素振《すぶ》りを続けていてもな……」

結局俺は、大きな穴の下で、ひたすら素振りを続けていた。すると、足を引きずるゴブリンが、目の前を通っていく。

（ボロボロだな。群れから追い出されたか？）

血だらけのゴブリンは、天井に空いた大きな穴の下まで歩いていくと、膝《ひざ》を折り、休む。息も絶え絶えのようで、肩《かた》を使って息をしているようだ。

周りのスケルトンは無反応。元々スケルトンは、同じ洞窟内で発生したモンスターは襲わず、人間、モンスター問わず外から入ってきた敵に襲いかかる。俺は例外で、洞窟内のラットを日々殺しているが。

（これは……チャンスか？）

俺は素振りをやめ、洞窟の中を徘徊《はいかい》する。ゴブリンは、こちらを見てもいない。

俺は、そのままゴブリンの後ろに回り込み、様子を窺《うかが》った。ゴブリンは苦しそうに唸《うな》りながら、そのまま横になった。

俺は静かに背後からゴブリンに近づくと、ゴブリンの頭を押《お》さえ、喉笛《のどぶえ》へと、剣を深く突き刺《さ》した。

「グッ、グギギ…」

喉へ突き刺したのには、理由がある。時々見かけるゴブリンたちは、俺のように喋っているように見えたからだ。俺が使っている言葉というわけではないが、仲間内に伝わる、鳴き声のようなものを発していたのだ。俺は万が一にでも、仲間を呼ばれぬよう、まずは喉を潰《つぶ》し、声が出せないようにした。

一匹《ぴき》で行動していたこと、血だらけになっていたことから、このゴブリンに仲間はいないと判断したが念には念を、ということだ。

「グッ…グ」

ゴブリンは、力のない目で俺を睨《にら》みつけているが、抵抗する力もないまま息絶えた。

すると、俺の身体が輝《かがや》き始めた。初めてのことでびっくりしたが、俺は本能的にわかった。これは、進化だと。

進化とは、今の段階から、もう一段階強くなれることだ。スケルトンメイジや、スケルトンウォーリア。上位モンスターと呼ばれた個体に、俺はなるのだ。

「ふむ」

光が収まった。

どうやら、身体が青くなったようだ。それだけしかわからない。俺は頭蓋骨を外し、手にもって身体をくまなく見る。全身の骨が青くなっているようだ。

恐《おそ》らく、それだけなのだろう。

「月のように青いな。月に比べると数段も劣《おと》るが、これはこれで良いな」

色以外、何が変わったのかはわからないが、悪くはないと思う。

俺は、今日も、洞窟を照らす月を見上げる。俺は何気なく手を伸《の》ばし、自分の青さと、月の青さを見比べる。

「やはり、月のほうが比べようもないほど美しい」

ステータス
名前：

種族：ブルースケルトン
ランク：F
レベル：1/5
HP：10/10
MP：3/3
固有スキル：【夜目】
スキル：【剣術Lv1】
称号：月を見る魔物、月の女神の寵愛

俺は、今日も変わらず素振りとラット狩《が》りをしていた。

これは新しく発見したことなのだが、取り外した骨は、同じ部位の骨を入れることで、身体に馴《な》染《じ》むことがわかった。

つまり、どういうことかというと、肋骨《ろっこつ》の骨を外して投げる。そこらに落ちている肋骨の骨を拾い、外した場所へはめると、拾った白い骨が青く染まり、身体の一部となるようだ。投げたほうの青い肋骨は、時間が経《た》っても色を変えず、その場に残る。そしてもう一つ。どうやら、攻撃《こうげき》力と防《ぼう》御《ぎょ》力が少しだけ高くなっているようだ。

（……夜には月を見に戻らなければな）

ラットを探しながら洞窟の中をうろついているが、レベル上げや強くなることよりも、月を見ることのほうが俺の中では最優先事項《じこう》なのだ。

（お、ラットとはぐれゴブリンだ）

洞窟内を探索《たんさく》していると、度々《たびたび》見かけるはぐれゴブリン。どうやらはぐれゴブリンは一定数いるようで、一匹で徘徊しているゴブリンは狩るようにしている。

俺は静かにゴブリンの背後に回り、後ろから羽交《はが》い締《じ》めにし、口を押さえて喉笛を抉《えぐ》りとる。ゴブリンの首は千切れ、地面に転がり、身体からは力が抜け、絶命する。

（これは……なんだ？）

はぐれゴブリンが手に持っていたのは、石でできた棒だ。たまに洞窟に来る人間が似たような武器を使っていた気がする。

もしも剣が折れてしまったら、武器がなくなってしまう。代わりになるものがないか探していたところだった。丁度いい。

俺は、ゴブリンが巻いていた腰布《こしぬの》を拝借し、腰布と恥骨《ちこつ》の間に棍棒《こんぼう》を差す。これで、武器に少しだけ余裕《よゆう》ができた。

（使い勝手を見ておかなければな……あのラットは棍棒で殺そう）

俺は近くにいるラットへ歩み寄る。

最近は、ラットを狩りすぎて警戒《けいかい》されてしまっているのか、逃げるラットが多い。

俺は慌《あわ》てることなくラットを追う。

ラットが行き止まりへ逃げたところを確認《かくにん》し、棍棒を振り下ろす。小さな身体から、小さな臓物が顔を出す。特に使い勝手は悪くないが、死体が汚《きたな》い。仕方のないことなのだろう。

（ふむ。そろそろ夜だろうか）

俺は帰り道もラットを数匹狩りながら、いつもの大穴へと戻る。

（む？　なんだあれは）

いつも月の光が当たる場所の中心に、それが置いてあった。何かの箱のようだ。

「綺麗な……箱だ」

その箱は、煌《きら》びやかな装飾《そうしょく》が施《ほどこ》され、その装飾が月の光に照らされ輝いている。留め具は金の色をしているが、その箱自体の色は黒で、その色の違いが、箱の美しさを際立《きわだ》たせていた。

埃《ほこり》や土などは全くついていない状態で、その箱は置いてあった。

モンスター同様、洞窟内ではポップするものなのだろうと、本能的に感じた。

俺は、月を見上げて、不思議と思った。

（この箱は、月が俺に与《あた》えてくれたものなのだろう、感謝を……）

月へ向かって謝辞を送り、その綺麗な箱を恐る恐る開いてみた。箱の中には、一振りの剣が入っている。

黒い鞘《さや》には、その黒という美しさを邪魔《じゃま》しないような、金色に光る装飾が少しばかり施されており、柄《つか》は煌びやかな金色にほんの少しの黒い宝石のようなものが埋《う》め込《こ》まれている。

俺はその剣を箱から出し、引き抜く。

「……おぉ」

刀身は透《す》き通ったような青色で、その輝きを見て俺は言葉を失ってしまった。今まで見た中で、月の次に美しいものだった。俺はその剣を掲《かか》げ、月と見比べた。

真っ暗な空に浮《う》かぶ透き通るような青色の月の輝きを、剣に凝縮《ぎょうしゅく》したようだ。鞘は夜空、剣は月。

目の前の光景が、今、俺の手の中にあるように感じられる。

俺は、月と剣を交互《こうご》に見ながら、感嘆の声を思わず漏らしてしまう。

「美しい……」

その日見た月は、喜んでいる俺を微笑《ほほえ》ましく眺《なが》めているように思えた。

ステータス
名前：
種族：ブルースケルトン
ランク：F
レベル：4/5
HP：18/18
MP：5/5
固有スキル：【夜目】
スキル：【剣術Lv1】
称号：月を見る魔物、月の女神の寵愛

雨が降る森の中を、走って逃げる者たちがいた。

「ふっ、ふっ、くそっ！　なんでバルバルに巨猪《パワフルボア》がいるんだ！」

「知らないけどっ！　この雨なら、私たちの匂《にお》いをたどってこれないはず！」

「そうだな……あっ！　あれはバルバル洞窟じゃないか⁉　低ランクダンジョンだ。強いモンスターはいないはず。あそこで雨宿りしよう！」

「ならもう少しでバルバルね。わかったわ。そうしましょ」

男と女のパーティは、Gランクダンジョン、バルバル洞窟の中に入り、雨宿りをすることにした。

「ふぅ。とりあえず一安心だな」

男は息を切らしながらも、背中を洞窟の壁《かべ》に預け、一息ついた。

「でも、入り口じゃ他のモンスターに見つかるかもしれないわ。少し奥に入ってみましょう」

「このダンジョンにはスケルトンとゴブリンがいたはずだ。体力は温存しておくべきだろう」

「そう……ね」

二人はリュックの中から薪《まき》を出し、重ねていく。幸い、薪は湿気《しけ》っていなかったようだ。

「よかった……雨にやられなかったようだわ。『種火よ《リトルファイア》』」

女は指の先から小さな火を出し、薪へ移していく。

「これで暖はとれるな。食料は干し肉、水も少し残ってる。なくなったら雨水でも飲めばいいだろう」

「そうね。私は安全確保のために、少し奥を見てくるわ」

「あぁ。大丈夫《だいじょうぶ》だとは思うが、くれぐれも気ィつけろよ」

「わかってるわよ」

女は荷物を置き、武器を片手に奥へと進む。

「『光《ライト》よ』」

光源魔法を使い、辺りを照らす。少し奥へ進んだところで、明るい場所へ出た。

（天井の穴から月の光が入ってきているのね……）

美しい月の光に見惚《みと》れつつも、彼女《かのじょ》はあるものを発見した。スケルトンだ。

（スケルトンだわ。でも、なにかおかしい……？）

彼女は素早《すばや》くライトを消し、物陰《ものかげ》に隠れる。物陰から頭を少し出し、目の前のスケルトンを観察する。

月に照らされているからなのか、彼女にはそのスケルトンが青く見えた。

腰布を巻き、漆黒《しっこく》の鞘を腰に差し、左手には木の盾、右手にはなにも持っておらず、右の腰に石の棍棒を差している。面白《おもしろ》いのは、背骨のあたりにボロボロの剣を刺しているところだ。その剣の柄が、首のあたりの骨に引っかかっている状態だ。

（なにあれ。剣を背負っているつもりなのかしら）

女はその佇《たたず》まいに少し笑ってしまったが、すぐに真面目《まじめ》な顔へと戻る。そのスケルトンは、月を見上げているようで、彼女は気づかれないように近づき、ダガーを構え、スケルトンの顔めがけ投げつける。

スケルトンは即座《そくざ》に振り向き、それを木の盾でガードした。木の盾に突き刺さったダガーを引き抜き、首を傾《かし》げ、飛んできた方向へ軽く投げ返した。

「ダン！　来て！」

ダンジョン内で大声を発することは、禁止行為《こうい》に等しい。なぜなら、音に反応しモンスターが集まってくるかもしれないからだ。そんなこと、冒険者《ぼうけんしゃ》である彼女は知っている。だが、目の前のスケルトンから只《ただ》ならないものを感じ取り、すぐに仲間を呼ぶことにしたのだ。

「どうした！」

「スケルトンよ！」

「はぁ？　スケルトン如《ごと》きお前一人で、なんだあいつ……骨が……青い？」

ダンと呼ばれた男は、最初こそ呆《あき》れたように彼女をバカにしていたが、目の前のスケルトンを見て目の色を変えた。

「ユニークモンスターか」

「そのようね」

ユニークモンスター。

突然変異体《とつぜんへんい》とも呼ばれるモンスター。元々の種とは違う成長や特別な進化をし、原種とは圧倒的《あっとう》に違う強さを保有することが多い。

「へっ、スケルトンのユニークモンスターなんてなかなか見ない。ギルドに報告しなきゃな」

「そうね」

二人は武器を構えてスケルトンを注視するが、当のスケルトンは武器すら構えず、二人に襲いかかろうともしてこない。

「剣を抜かないいな」

「すぐに襲いかかってこない……臨戦態勢もとらないなんて……本当にモンスター？　なんのつもり！」

彼女は目の前のスケルトンに声をかけた。

「なんのつもり……それはこちらのセリフだな」

スケルトンは首を傾げ、疑問を返した。

「喋ったぞ！」

「見りゃわかるわよ！」

なんと、目の前のスケルトンは声を発したのだ。彼《かれ》らは不思議に思いつつも、また言葉を投げつける。

「あ、あなたは、ここでなにをしているの！」

「月を、見ていた」

「月を？」

「あぁ。美しい月だ」

スケルトンは、天井に空いた穴を指差し、月を見上げる。

「あなたたちは、ここになにしに来たのだ？」

スケルトンからの質問だった。

「あんたなんかに」

「俺たちは雨宿りをしに来た」

女の言葉を遮《さえぎ》り、男が前に出て喋った。

「雨宿りか……この水はあまというのか」

「……？　いや、降っている水はあめという」

「あめ、雨か……雨の中の月も美しい」

スケルトンは雨に濡《ぬ》れた手を握《にぎ》り、天井の穴からまた月を見上げる。

「雨宿り、といったか。ここから先へは行かない方がいい。スケルトンやゴブリンがたくさんいる」

「あぁ。忠告感謝する。話は変わるが、お前はスケルトンのユニークモンスターか？」

「ユニークモンスター？　杖や剣を持つスケルトンのことか？　俺、いや、私はただのスケルトンだ。剣は持っているがな」

「次の質問だ。なぜお前は言葉を喋れる？」

「なぜだろうな。あなたたちのように喉があるわけではないのに。私にもわからない」

「そうか。邪魔をして悪かったな。俺たちは戻るよ」

「ちょっ！　ダン！」

「あっちはこちらに危害を加える気はないみたいだし、俺たちも手を出すのはやめておこう」

二人はひそひそと会話をする。ダンは入り口の方へ戻ろうとするが、女はスケルトンへ確認をした。

「あんたは、私たちを襲うつもりはないのね！」

スケルトンはその言葉を聞き、開きかけた口を閉じ、顎《あご》を触《さわ》り何かを考えているようだ。

「危害……加えるつもりはないが、そうだな。できれば話がしたい」

「話？」

「あぁ。私はこの洞窟から出たことがないものでな。外の話を聞いてみたい」

青いスケルトンは、二人に数歩近寄る。女は構えたが、男も数歩歩き、スケルトンの前へ出向いた。

「ちょ、ダン！」

男は振り向き、真剣《しんけん》な顔で彼女へ言った。

「大丈夫だ」

そして、スケルトンは男にこう言った。

「話を聞かせてくれるならば、君たちが休んでいる間の見張りをしていよう」


その人間から聞いた話は、面白いものばかりだった。

金色に光る泉、真っ白な洞窟、雪山にそびえる氷の城、勇者の物語や魔神の伝説、色々なものを聞かせてくれた。魔法や剣術、有名な人物や剣神、賢者《けんじゃ》と呼ばれる人間もいるのだとか。

人間から聞いた話はどれも魅力《みりょく》的で新しいものばかりだった。

「こんなもんだろうか」

「ありがとう。実に有意義だった」

小一時間話をしてくれた男の名前は、ダンというらしい。女はシシリー。

「それじゃ、見張りのほうは頼《たの》んだ」

「任せてくれ」

洞窟、いや、このダンジョンでの見張りを、俺は話の見返りとして請《う》け負った。程《ほど》なくしてグガーグガーという音がダンから聞こえる。イビキ、というものらしい。シシリーがダンの嫌《きら》いなところだと言っていた。

シシリーはというと、身体の向きを何度も何度も変えている。

（これが寝返《ねがえ》りか）

俺は、二人の寝相というものを少しだけ観察した後、ダンジョンの入り口に向かい、夜の月を見上げていた。雨というものはすでに止《や》んでおり、あたりは静かな森だった。木々を濡らした雨が、月の光を反射し、綺麗に輝いていた。

（森を照らす月……美しい……）

月は変わらない美しさを俺に見せてくれる。そんな月を見て感動していると、目の前の茂《しげ》みから、鼻をヒクつかせながら大きな獣《けもの》が出てくる。臭《にお》いを嗅《か》いでいるようだ。しばらくして顔をこちらに向ける。

（睨みつけているな）

大きな獣はガサガサと身体を振り、こちらへ歩いてくる。どうやら、ダンとシシリーが話していた猪《いのしし》というもののようだ。

俺はゆっくりと剣を抜き、身構える。

小鳥のさえずりが聞こえ、男は目を擦《こす》りながら目を覚ました。

「んー……朝、か」

ダンは身体を伸ばし、頭を起こす。朝日がダンジョンの入り口から微《かす》かに顔を照らしていた。

「おはよう。よく眠《ねむ》れたかな？」

彼の相棒、シシリーのものではない声が聞こえてくる。だが、彼はその声が誰《だれ》のものかわかっている。昨日出会ったスケルトンだ。

見た目が青く、木の盾一つ、剣を二本、棍棒を一本持つユニークモンスター。

「あぁ、おかげさまで……うおぉっ！」

「きゃっ！　なに！」

ダンは目を疑った。

目の前には、昨日とは見た目が少し違うスケルトンが座《すわ》っている。それだけならあまり驚《おどろ》きはしないが、問題なのは、それが座っているもの。

昨日、ダンたちが命からがら逃げてきたパワフルボア。そのモンスターが今、首を切り落とされ、スケルトンの椅子《いす》になっている。

「どうした？」

「あ、い、いや、あんたの座っているその猪……」

「あぁ。こいつか、こいつは昨日寝静《ねしず》まったあなたたちを襲おうとしていたのでな。倒しておいた」

「そ、そうか」

パワフルボアの体には、シシリーが使っているダガーが突き刺さっている。昨日ダンたちが倒せなかったパワフルボアだということがすぐにわかった。

（こいつ……俺たちの倒せなかったパワフルボアを倒したのか。それに……）

昨日よりも身長が伸びており、真っ暗な眼窩《がんか》には青い炎《ほのお》が揺《ゆ》らめいている。

スケルトンは見た目が変わっていた。

「あんた……見た目変わったわね」

「わかるか。この猪を倒したら進化というものをしてな」

スケルトンはそう答えた。

「ま、まぁ、とりあえずその猪でも食うか！」

ダンの腹はどうやら限界だったらしく、ダンジョンの中に音が響《ひび》く。ダンが慣れた手つきで猪を解体し、肉と素材に分けていく。

「シシリー、火を起こしてくれ」

「わかったわ」

「私は何を？」

スケルトンが自分の役割を聞いてくる。

「そう、だなぁ……見張りを頼む！」

「わかった」

スケルトンはダンの言う通りに辺りを警戒しているが、ダン達のしていることに興味があるようで、チラチラと横目で見ている。

肉を焼いて食べるということは難しいことでも時間が掛《か》かるものでもなく、それはすぐに終わった。

「ふぅ〜、食った食った。残りは売るとして……」

ダンたちは朝食をすぐに済ませ、バルバルの街に向かうため荷物をまとめていた。

「それでは、気をつけて」

「あぁ。お前もありがとな！　見張りと朝食！」

「いやいや、こちらこそ貴重な話を聞けてよかった。これはせめてもの礼だ」

スケルトンはそう言って、肋骨の骨を外し、俺たちへ手渡《てわた》してくる。

「私はユニークモンスター？　というものなのだろう？　きっと高く売れることだろう」

「何から何まで、悪いな」

「いやいや、それでは、またどこかで」

「あぁ。世話になった」

スケルトンは男たちを見送り、ダンジョンの奥へと消えていった。


「ほい！　パワフルボアの肉と牙《きば》と毛皮だ！　買い取りを頼む！」

ダンたちは素材を買い取ってもらうために、バルバル街の冒険者ギルドに来ていた。

「はい。それでは、窓口の方へ進んでください。パワフルボアの討伐報酬《とうばつほうしゅう》は買い取りのお金と合わせてお渡し致《いた》しますね」

「あぁ。それで頼む」

俺たちは窓口へ進み、素材を出した。

「あぁ、あとこれ、いくらになる？」

「んん～？　青い骨？　これ、どこで手に入れたんじゃ？」

「そ、そこらへんに落ちてたんだよ。な？　シシリー」

「ええ、そうよ」

二人は嘘《うそ》をついた。もしも正直に言って、ユニークモンスターというだけで討伐されてしまえば、あれほどよくしてもらったスケルトンに申し訳がたたないし、後味が悪い。

「ふむ、ただのスケルトンの骨のようじゃが……そうじゃな、珍しいってことで銀貨一枚で買い取ってやろう」

スケルトンの骨はただの骨なので、価値がつくことがない。ただ珍しいということで銀貨一枚という値段が付いた。悪くはないだろう。

「あぁ、それで頼む」

「それじゃパワフルボアの素材と合わせて……」

「待て」

二人の後ろから声がかかる。そこには真紅《しんく》の鎧《よろい》に剣、眼帯をつけた大男が立っていた。

「ギルドマスター、なにか不思議なことでも？」

ギルドマスターは骨から目を離《はな》し、俺たちを見た。

「冒険者よ。この骨、どのあたりで拾った？」

「お、覚えてはいませんね……森の中でしたから……」

咄嗟《とっさ》にまた嘘をつく。ギルドマスターになるほどの実力者に嘘を言ったところで、すぐに見抜《みぬ》かれてしまうはずなのだが。

「ふむ、貴様は……漆黒の悪夢《ブラックナイトメア》を知っているか？」

「お伽話《とぎばなし》に出てくるモンスターですか？」

「その通り。だが、法螺《ほら》話や神話などではない。本当にあったことだ。漆黒の悪夢は真っ黒な骨を持つスケルトンメイジだとされている」

（スケルトン……）

そこでダンは気づいてしまった。ギルドマスターが言おうとしていることが。

「なぜ私たちが、Gランクダンジョンのバルバル洞窟を月に一度間引きしているか、わかるか？」

「ユニークモンスターを出さないため……？」

「そうだ。取り返しのつかなくなるまえに、な。もう一度聞こう。この骨はどのあたりで手に入れた？」

ダンは口を閉《と》ざす。ギルドマスターの口からバルバル洞窟と出た時点で、気づいているのだろう。求めているのはその確信。だが、あの洞窟で出会った月を見上げる青いスケルトンと会話をしたところ、悪いやつではなかった。

ダンはまた嘘をつく。

「森の……端《はし》」

「バルバル洞窟よ！」

「っ！　……シシリー！」

シシリーがギルドマスターへそう告げる。

「ふむ……やはりそうか。なぜ隠そうとしたかは聞かぬ。見逃《みのが》してやろう。おい、買い取りに少し色をつけてやれ。情報提供料だ」

「はい！　かしこまりました！」

二階へ上がるギルドマスターを見つめ、ダンは不安になっていた。シシリーは、苦虫を噛《か》み潰したような顔で伏《ふ》せていた。シシリーがなぜ告げ口をしたかも、ダンにはよくわかる。ダンたちのような木《こ》っ端《ぱ》の冒険者が、ギルドマスターに嘘をついていいはずがない。嘘をついて居場所がなくなるのは冒険者の方。シシリーはダンを助けようとしたのだ。

「パワフルボアの肉、五kgで銅貨一枚
パワフルボアの毛皮、一枚で銀貨一枚
パワフルボアの牙、二本で銀貨一枚
そしてこの青い骨は……金貨一枚だ。

締めて、金貨一枚、銀貨二枚、銅貨一枚だ」

ダンにその声は聞こえていなかった。このあと起こることを考えてしまっていたからだ。

その晩、スケルトンを相手にするには恐ろしいほどの過剰《かじょう》戦力、ギルドマスター率いるBランクの討伐隊が組まれた。

ステータス
名前：

種族：月ノ骸骨《ルナ・スケルトン》
ランク：E
レベル：1/20
HP：50/50
MP：10/10
固有スキル：【月ノ眼《め》】【堅骨《けんこつ》】
スキル：【剣術Lv2】
称号：月を見る魔物、月の女神の寵愛

今日も、月を見上げる。

いつ見ても変わらない月の美しさに、ふと安堵《あんど》する。

（美しい……）

（それにしても、昨日は有意義だった）

二人の人間が、冒険者というらしいが、ダンとシシリーがこのダンジョンへ来た。

最初は、警戒していたようだが、話してみると意外と打ち解けることができたように思う。

そしてその夜、猪を倒して進化し、身体の変化を感じることができた。

まずはこの眼、どうやら相手の簡単なステータスを見ることができるらしい。

種族：ラット
ランク：G
レベル：1/5
HP：5/5
MP：1/1
固有スキル：【夜目】

種族：スケルトン
ランク：G
レベル：1/5
HP：5/5
MP：1/1
固有スキル：【夜目】

種族：ゴブリン
ランク：F
レベル：2/5
HP：10/10

MP：1/1
固有スキル：【夜目】

ダンジョン内はこんなものがほとんどだった。

今までは避けていたゴブリン達だが、五対一でも十分に余裕を持って勝つことができるようになってきた。

この剣、そして、このさらに硬《かた》くなった身体のおかげだろう。

俺は月に剣を照らしながら、剣の情報も見る。

名前：月光剣・ナイトブルー
　月の女神に認められた者のみが使える剣、魔力が通りやすい
名前：ボロボロの鉄の剣、鉄でできたボロボロの剣
名前：石の棍棒、石でできた棍棒
名前：木の盾、木でできた盾

俺はその説明を見て剣を鞘に戻し、月の光が差している広間の中心へ行き、座り、剣を置く。

（やはり、月が俺にくれたものなのだな。ありがたい）

俺は近くの水溜《みずた》まりで、水に映る自分を見た。

名前：
種族：月ノ骸骨《ルナ・スケルトン》
ランク：E
レベル：4/20
HP：70/70
MP：15/15
固有スキル：【月ノ眼】【堅骨】
スキル：【剣術Lv2】
称号：月を見る魔物、月の女神の寵愛

（月がいっぱいだ。月に愛されているのか？　嬉《うれ》しい限りだ）

俺は笑えない顔で、カタカタと音を出す。

「おい！　スケルトン！　青いスケルトンはいるか！」

ダンジョンの中に大きな声が木霊《こだま》した。

俺は先ほど置いた月光剣を手に取り、立ち上がる。走っているのか、足音はだんだんとこちらへ近づいてくる。

「やっぱり！　ここにいたか！」

声の主は、ダンだった。

「おぉ。朝ぶりだな。大声をあげてどうした？」

「それが……」

ダンは街に戻ってから、何が起こったかを教えてくれた。

「討伐隊……か」

「あぁ！　明日の朝にここへ来ると言っていた！　今日のうちにここを出れば助かるかもしれないんだ！」

「だが、私のこの見た目ではどこへ行っても同じではないのか？」

「そうなると思ってな……」

ダンはリュックから一枚の外套《がいとう》を出した。

「ほら、これで身体を隠すことができる。目深《まぶか》に被《かぶ》るんだ」

俺はダンに外套を着させられ、小袋《こぶくろ》を手渡された。

「この中に、銀貨が五十枚入ってる。使ってくれ。街に入らなくても、道の途中《とちゅう》で露店《ろてん》を開いているやつらから食い物かなんか買えるだろう」

「だが、私は食事も睡眠《すいみん》も不要だぞ」

「ん、そ、そういえばそうだな。ははは」

ダンは笑いながらも、真剣な顔をして俺に言った。

「正直、これは俺の自己満足でしかない。ここで出会ったお前、話してわかったお前、そしてパワフルボアから守ってくれたお前が、モンスターながら気に入った。だからお前には生きて欲《ほ》しい。俺には、お前が人間に害を与えるような存在だとは思えないんだ。だから、生きてくれ。お前らモンスターを殺して稼《かせ》いでる冒険者の俺が言うのも変なんだけどな。ハハハ」

ダンはまた笑いながら話した。

「それじゃ！　俺は怪《あや》しまれる前に街に戻る！　またな！　どこかで会おう！」

ダンはそのまま走っていってしまった。

（逃げろ……か）

俺は、フードを顔が隠れるように被り、小袋を肋骨の中に入れて歩き出す。

初めて見る、外の世界。ダンジョンの中とは違い、明るく、広かった。変わらないのは、それらを照らす月の輝きだけ。

「美しい……」

俺は、あてもなく歩き出す。外の世界を見るために。

金色に光る泉、真っ白な洞窟、雪山にそびえる氷の城。

月にも負けない景色を見るために、この美しい世界を見て回るのだ。

「俺の種族は、月ノ骸骨《ルナ・スケルトン》。目的地は……まだない」


どれだけ歩いただろうか。

この身体、眠らず、食べることも、疲《つか》れることもない。そんなアンデッド特有の能力のおかげで、不眠不休《ふみん》でひたすら道を歩いている。

昼はひたすらに歩いていると、狼《おおかみ》に見つかり、威嚇《いかく》されることもあったが、匂いを嗅ぎ、興味を無くしたように離れていった。

（食べる身がないから、襲われないのだろう）

時々会うゴブリンや、先日のような猪も、こちらが骨とわかると、食べる部分がないためか、襲いかかってはこないが、俺はレベルを上げるために、コツコツ敵を殺してはいる。

そして夜。これまたひたすらに歩く。

頭上には美しい月が出ていて、世界を照らしている。

俺はその月を見ながら、あてもなく歩き続ける。時々、月に夢中になってしまい、木に体当たりしてしまうが、別段痛くもない。

たまに月が雲に隠れ、顔を出さない日もある。

そんな日は寝静まる狼や、ゴブリンなどのモンスターを狩っている。昼に狩るよりかは、楽に狩れるのがいいところだろう。

ステータスも、別に水に映った自分ではなく、手を見るだけで十分なようだ。

名前：
種族：月ノ骸骨《ルナ・スケルトン》
ランク：E
レベル：12/20
HP：92/92
MP：18/18
固有スキル：【月ノ眼】【堅骨】
スキル：【剣術Lv2】【隠密《おんみつ》Lv1】

称号：月を見る魔物、月の女神の寵愛、忍《しの》び寄る恐怖《きょうふ》

レベルも、進化への折り返した地点といったところだろうか。

（歩き続けて、何日目だろうか）

あてもなく歩き続けてきたが、これでは金色に光る泉も、真っ白な洞窟も、雪山にそびえる氷の城も、どこにあるのかわからない。

（人に聞こう……露天《ろてん》の商人か、街……か）

街に入る勇気などはないが、俺は整備された道をひたすら歩いていた。

馬の音がすれば、森に入り身を隠し、街が近づけば、何もない森の中へと突き進む。

（月は十八回ほど見たか。つまり、それほど日が過ぎたということだな）

今日も今日とて、道無き道を、歩いていく。

（どこかに人はいないものか……）

その時だった。

「お父さーん！　お母さーん！　助けてー‼」

女の子の泣き声が、森の奥から聞こえた。すぐに声がしたほうへ走る。木の枝などは俺の邪魔にはならず、次々とへし折れていく。

すると、広い場所へと出た。

大木を背にし、木の棒を前へ振り回す少女。傍《そば》に転がっている籠《かご》からは、草花が落ちている。その少女を取り囲むように、狼が三匹。

（やっと会えた人間だ。話を……の前に）

肋骨を一本外し、狼めがけて全力で投げつける。青い肋骨は一直線に飛んでいき、一番端にいる狼の頭に炸裂《さくれつ》した。

嫌《いや》な音がして狼が倒れる。どうやら死んだようだ。

残りの狼は、その死んだ仲間を見て慌て、周りを警戒する。少女は口を手で覆《おお》いながらびっくりしている。

俺はその隙《すき》を見逃さず、物陰から出て、そのまま狼の首を一閃《いっせん》。噛み付こうと襲い掛かってくるもう一匹に、左腕《うで》を噛ませる。木の盾は既《すで》に壊《こわ》れていたからだ。だが、狼の顎は、俺の骨を砕くほどの力はなかったようだった。

俺は下から尺骨と橈骨《とうこつ》の間へ剣を差し込み、そのまま狼の頭に突き刺し、捻《ひね》った。一瞬《いっしゅん》にして三匹の狼を葬《ほうむ》ることに成功した。

剣についた血を払《はら》い、鞘へと戻し少女へ向き直る。

「あ、ありがとう。ございます」

少女は、震《ふる》えながら尻餅《しりもち》をつくと、安堵したようで、お礼を述べた。

「礼には及《およ》ばない。ところで、少し尋《たず》ねたいことがあるのだが」

「は、はい」

少女は、目を離さずにこちらを見る。

（この少女……耳が長いな。ダンとシシリーとは比べものにならない……こういう人間もいるのか）

そう考えていると、森の中から矢が飛んでくる。

俺はそれを難なく右腕で弾《はじ》き、矢が飛んできた方向を睨む。

すぐ後ろから別の人間が飛び出し、攻撃を仕掛けてきた。

俺は、振り向きながら剣を抜き、それを受けた。後ろからは二射目の矢が飛んでくるが、ガードはしない。外套を少し開き、骨と骨の間で矢を貫通《かんつう》させると、そのまま反対側の男へと突き刺さる。

「グッ……」

矢が刺さった男は数歩後退し、森の中から次々と人間が出てくる。皆《みな》耳が長いようだ。

「貴様！　何者だ！」

囲まれてしまったようだ。俺は慌てることもなく、正直に答えた。

「通りすがりのものだ。道を聞きたい」

「人間は皆そう偽《いつわ》る。このエルフの森へなんの用だ！」

（俺が人間？　エルフの森？）

俺達は武器を構えたまま、話を進めていく。


膠着《こうちゃく》状態。

スケルトンは質問の意味がわからないようで、答えることができず、エルフも確かめることができないでいた。

そんな中に、少女の声が響く。

「違うの！　この人は、私を助けてくれたの！」

少女が女エルフに向き直って声をあげた。

女エルフは少女と狼の死体を見て、フードの男に問いかけた。

「本当、か？」

「確かに。狼を殺したのは私だ」

「ここに来た目的は？」

「道を聞きたいと言っているだろう」

（本当にそうなのか？）

女エルフは尚《なお》も信じられずにいた。少女を狼から助けたことが本当だったとしても、エルフの森に足を踏《ふ》み入れているのだ。それ以外の目的があるように思えて仕方がない。

「フードをとって、顔を見せろ」

女エルフがそう言うと、フードの男がビクリと身体を揺らした。女エルフはその様子を見て、やはり、と思う。

「顔を見せてもらえねば、警戒を解くことができない。武器もこちらに渡してもらおう」

エルフの声を聞き、フードの男は腰の棍棒を抜き、地面に置いた。

「この剣は大事なものだ。これだけは渡すわけにはいかない」

男はそう言い、棍棒を蹴《け》ってこちらへ渡してくる。

「ならば、剣を収めてもらおう」

フードの男は、ゆっくりと剣を鞘へ収めていく。女エルフも軽く手を上げ、周りのエルフに武器を収めるように指示を出した。

「よしフードをとってもらおうか」

「とるのは構わないが、ひとつ約束をしてもらおう」

「なんだ？」

「フードの下がどんなものでも、襲わない。と」

女エルフはその言葉に何か引っかかりを覚えたが、すぐに了承《りょうしょう》した。

「ふむ。いいだろう。皆の者、聞いたな」

周りのエルフは小さく頷《うなず》き、フードの男が手をかける。そして……。

エルフ達はすぐに武器に手をかけた。

「やめろ！」

女エルフが大きな声で周りの男エルフへ怒気《どき》を飛ばした。

「約束した。襲わない、と。我らエルフが交《か》わした約束を破っていいのか！」

「だが人間達は！」

「彼は人間ではない！　見ろ！」

男たちが武器に手をかけるのもわかる。

フードをとった男は、青い頭蓋骨に眼窩に青い火が灯《とも》っているだけのスケルトンなのだから。

「数々の無礼、失礼した。改めて、仲間を助けてもらったこと、礼を言おう」

女のエルフは男のエルフを叱咤《しった》した後、スケルトンに向き直り、頭を下げた。

「誤解が解けたようで何よりだ。とりあえず、道を聞きたい」

「わかった。どこへ行くつもりなのだ？」

「黄金の泉……いや、美しいものが見たいのだが、ここら辺りで何かいい場所はないか？」

「美しいもの……ならば、良いものがこの近くにある。我らの集落にな！」

女エルフは両手を広げ、言った。


言われるがままに、俺はエルフの女についていく。

どうやら、彼女達は人間とは違った種族らしい。亜人《あじん》というものに分類されると言っていたが、俺にはよくわからない。

「先ほどは、すまなかったな」

俺は、俺の横を歩いている、俺が避《よ》けた矢に射られた男に声をかける。

「あぁ。こちらこそ。すまない」

「気にしてはいない」

短い会話は、すぐに終わった。淡々《たんたん》と歩いていると、程なくして目の前に大きな丸太でできた門が見えてきた。

「モンタナ！　戻ったか！　……そのフードの男は、誰だ？」

門の上に立つエルフの男が、エルフの女に向かって声をかける。

（この女はモンタナというのか……）

「ハナを助けてくれた恩人だ！　長老へ御目通《おめどお》り願いたい！」

「ハナ様を……わかった！　待て！　今、門を開ける！」

大きな丸太で作られた門が、大きな音を立てながら開いていく。

「モンタナ、長老というのは？」

「長老というのは……一番偉《えら》い人のことだ」

（ふむ。一番偉い人を長老と呼ぶのだな。覚えておこう）

門の中に入ると、数人のエルフが出てきた。

「モンタナ、その男は何者だ？」

「あぁハンク、この男は、恩人であり客人だ」

「ほう。まずはフードをとってもらおうか」

「私が、人間をこの村に入れるとでも？」

「お前がそんなことするとは到底《とうてい》思えない。が、だったらこいつは何者だ？　得体の知れない者をこの村へ入れることはできない」

どうやら、口論になってしまっているようだ。どちらも譲《ゆず》らず、終わらない。

「あのね、ハンクさんって人はね、集落を守ってくれる人のなかの偉い人でね、頑固《がんこ》な人なの。でも多分骸骨さんの顔を見ちゃったら村に入れてもらえなくなるかもしれないから……」

少女が俺にわかりやすいように説明をしてくれた。集落を守る人たちの長老ということだ。ならば心配になる気持ちもわかるというものだ。

「モンタナ、俺の顔を見せよう」

このままでは話が終わらないと思い、俺は顔を見せにモンタナの前に出ようとした。すると、丁度そこに壮年《そうねん》の男エルフが走ってくる。

「ハナ‼」

「おじいちゃん‼」

少女も走り出し、おじいちゃんと呼ばれたものと抱《だ》き合う。

「長老！」

（あの人も長老なのか。一体何の長老なのだろうか）

「やぁハンク、モンタナ。で、恩人というのは？」

「はい。あのフードを被った男が、ハナ様を狼から助けてくれた恩人でございます」

モンタナが、俺を指差して言う。

男エルフは俺に近づき、右手を差し出してくる。

「軽くだが、話は聞いたよ。うちの孫を助けてくれたこと、本当に感謝する」

俺は少し悩《なや》んだ。なぜならば、手が骨なのだから。これは握手《あくしゅ》というものなのだろう。すぐに返したほうがよいのだろうが、手を差し出せば、すぐに俺が人間じゃないことがバレてしまう。

悩んでいる間にも、男は微笑みながら手を差し出している。

「礼には、及ばない」

悩んだが、俺は骨の手を出し、握手をした。

長老と呼ばれた男は、俺の手を見て一瞬固まったが、手をしっかりと握り直し、ハンク達を振り返り、言った。

「この恩人を私の家へ案内してくれ、そして食事の用意を。話は私の家で聞こう」

「ですが！　得体の知れない者を！」

「ハンク、責任は私が待とう。この男は私の客人だ」


「初めまして。この集落で長老をやっているハルナという。改めて、孫を助けてくれたこと、お礼を言わせていただくよ」

「礼には及ばない。私は……」

「深くは聞かないよ。君のその姿も、生《お》い立ちも」

長老、ハルナの家へ通され、俺はフードを外している。この青い頭蓋骨を晒《さら》しているのだ。

「とりあえず、モンタナが君をここへ連れてきた理由は聞かせてもらったよ」

「美しいものが見たいのだ」

「うん。そう聞いたよ。モンタナが見せたいのは、この村にある木のことを言っているのだろう」

「木、か」

「そこらへんに生えているようなものではないよ？　もの凄《すご》く大きい」

「大きい」

「あぁ。それは後で見にいくとして、孫のハナを助けてくれたお礼を是非《ぜひ》ともしたい。何か欲しいものはあるかい？」

「礼には及ばないと先ほどから言っているだろう？　欲しいものも特にはない」

「そうは言ってもなぁ。恩人に礼もせず、このまま帰すというのは……」

ハルナは腕を組み、唸った。だが、欲しいものなど本当にない。

「美しいものを見れるならば、それで十分だ」

「ふむ……それでは、勝手ながらこちらで用意させてもらおう。よし！　じゃあ、ご飯を食べようではないか！　運んできてくれ！」

ハルナが手を叩《たた》くと、部屋の扉《とびら》が開き、エルフが色々な食事を運び込んでくる。青い骨のスケルトンを客人として迎《むか》え入れた。という話を集落中にしたようで、少し動揺《どうよう》はしていたが、身構える者はいなくなった。

「この村で育てた野菜と、森で狩ってきた獲物《えもの》の料理だ。豪勢《ごうせい》にさせてもらったよ。是非、食べてくれ」

「実にありがたいのだが……私は食事を不要とする身でな……」

「味もわからないのかい？」

「食べようとしたこともないものでな……」

「まぁまぁ、ひとつ食べてみてはいかがかな？」

「ふむ……それもそうか。それでは、失礼して」

俺自身、腹が空《す》くことも、喉が渇《かわ》くこともなかったのだ。それ故《ゆえ》、食事もとろうと思ったことがなかった。ダンやシシリーを見ていて、食事自体には興味があった。

（初めての食事だ……）

俺は、微かな期待を抱き、差し出された料理を指でつまみ、ゆっくり口へ運ぶ。

「はむっ……」

肉を口へ運び、咀嚼《そしゃく》する。味はしない。呑《の》み込む。というよりは、滑《すべ》り落ちる。

「……すまない」

「こちらこそ……」

喉を滑り落ちた料理は、そのまま足元に落ち、床《ゆか》を汚《よご》してしまったのだ。ハルナはすぐに拭《ふ》くものを用意してくれ、それを受け取り身体を拭く。

木でできたスプーンと、フォークと呼ばれるもので食事をするのが普通《ふつう》らしい。

初めて見た食事風景は、ダンとシシリーが手で肉を食べていたからそれが普通だと思っていた。どうやら違うらしい。

食事はハルナ、そして同席しているモンタナとハナが食べている。俺はそれを凝視《ぎょうし》し、食事の仕方を覚える。

「食事が終わったらお風呂《ふろ》にしましょうか」

「おふろ……？」

「はい。お風呂、です」

初めて聞く単語に、またもや俺は期待してしまう。

風呂というものは、溜《た》めた水を温め、そこへ入り身体を洗う。というものらしい。骨だけのこの身体、洗う必要があるのかと思うが、言われるがままに案内される。

脱衣所《だついじょ》で外套と棍棒を外す。

「骸骨殿《どの》、それは？」

「これは大事なものでな。安心してくれ。斬りかかったりはしないさ」

「ははは。わかってますよ」

俺は、月光剣を背骨と肋骨の間に差し込み、お風呂というところへ向かう。

名前がないと呼びにくいということで、ハナが俺に骸骨さん。という名をつけてくれた。

お風呂は露天《ろてん》風呂というものらしく、外に設置されているらしい。脱衣所というところで俺とハルナは服を脱《ぬ》ぎ、露天風呂がある場所の扉を開ける。扉を開けた向こうには、大きな石に囲われた池のようなものがあった。

「これが露天風呂というものか？」

「はい」

俺は指先を入れ、どれほどの熱さかを調べる。が、俺に体温などというものはなく、熱さはわからない。

「ふむ、温かいな」

なんとなくそう言ってみる。

「よかった。そのまま入るんですよ」

そう言い、ハルナは風呂の中へと入っていく。

俺もそれに倣《なら》い、風呂の中へ入る。

温かい。全身の骨が温まっていくのがわかる、気がした。気がしただけだが、不思議と気持ちがいいものだ。

「骸骨さん、見てください。あれがモンタナが見せたいと言っていた木ですよ」

指のさされた方を見ると、そこには巨木《きょぼく》が立っていた。

立っている。といっても、根の部分をここから見ることはできない。大きく聳《そび》えた木に、立派な葉がその存在を主張している。

「あれは、私たちが世界樹と呼んでいるものです。とは言っても、ここにあるのは本当の世界樹ではないんですけどね」

「本当の世界樹ではない？」

「はい。エルフの集落はここ以外にもたくさんあるのですが、ここからはるか東、自然豊かな場所に、本当の世界樹があるんです。そこの世界樹は、ここの世界樹とは比べ物にならないくらい大きいんです」

「ハルナはそれを見たことが？」

「はい。小さい頃《ころ》ですが」

「そうか」

世界樹の横から、月が顔を出している。互《たが》いを引き立てあい、実に美しい。世界樹の緑が空に浮かぶ青い月を見事に彩《いろど》り、月もまた、青い月の光で世界樹の葉を照らしている。うまく言葉にはできないが、とても美しい。

その時、脱衣所のドアが開いた。

「おじいちゃーん！」

「失礼します」

「ハナ、モンタナ」

ハナとモンタナが入ってくる。ハナは助走をつけ、思いきり露天風呂に飛び込み、水飛沫《みずしぶき》をあげた。

「ぷっは、男同士、水入らずで話すと言っただろう」

「ハナ様がどうしても……と、ならば私はハルナ様のお背中を流そうと思いまして」

「ハナは骸骨さんの骨を磨《みが》くのー！」

ハナは元気にそう言い、タオルを振った。

俺はハナに手を引かれ、風呂から上がった。モンタナはハルナの背中を、ハナは俺の骨を磨く。

「こうしたほうが磨きやすいだろう」

俺は肋骨や腕の骨を外し、ハナへ渡す。ハナは最初びっくりしたが、骨を大事そうに磨いてくれている。

「あっ！　骸骨さん！　動かないでね？」

ハナは俺の肋骨を全部とり、中へ入ると、骨を戻していく。

「おじいちゃん！　見て見て！　柵《さく》！」

ハナは俺の肋骨を揺らしながら笑う。

「コラコラ。骸骨殿。すみません」

「いや、大丈夫だ」

俺は顎をカタカタと鳴らしながら笑って答えた。風呂はハナのおかげで楽しく、明るく話せた。

ハルナからはエルフのこと、歴史や魔法、ハルナが見たことがある絶景スポットの話を聞いた。

風呂から上がり、着替《きが》えた後、また世界樹を見に出かけた。周りのエルフは、俺を見かけると少し固まったが、ハルナのおかげか、皆お辞儀《じぎ》をしてくれた。

真下から見る世界樹も見事なものだった。巨木を支える根っこは、俺の身の丈《たけ》以上もあり、太さもある。落ち葉の大きさも、俺とほとんど変わらなかった。世界樹の木々や葉の隙間《すきま》から見える月が、本当に綺麗に見える。

俺は月光剣を鞘から抜き、月に掲げる。

「骸骨殿？」

「あぁすまない。剣にも見せてやりたくてな」

「そうですか」

ハルナはにっこりと微笑み、ハナは剣を見せてと言った。剣を見たハナが、綺麗、と言ってくれ、俺は自分のことのように嬉しく思った。

世界樹を軽く見て回った後、客人用の部屋へと通され、ここで眠るよう言われたが、睡眠が不要な身のため眠ることはなかった。俺は窓から入ってくる月の光に照らされながら、飽《あ》きることなく月を見る。

「やはり……美しい……」

「本当に、もう行っちゃうの？」

ハナが泣きそうな顔でそう言った。

「長居するのも、悪いと思ってな」

「いえいえ、骸骨さんがよければずっといてくれてもいいのですよ？」

ハルナはそう言ってくれているが、俺は知っていた。道行くエルフ達が、俺を見て怖《こわ》がっていることを。俺がこのままこの集落にいれば、皆のストレスになってしまうだろう。

俺は腰を落とし、ハナの頭を撫《な》でる。

「ここにいたのは一日だけだが、有意義なものだった。これもハナと出会えたおかげだ。ありがとう」

立ち上がり、ハルナにも礼を言う。

「ハルナもありがとう。この外套と、この荷物入れ、ありがたい」

「いえいえ、このようなものしか渡せず、申し訳ないです」

ハルナ達エルフからもらったこの外套、自然に溶《と》け込むことができるのだとか。森での狩りがしやすくなるらしい。荷物入れ、ボンサックと呼ばれるものだ。中には、ダンからもらったお金、そしてエルフからもらった金貨しか入っていない。

「それと骸骨さん、これを。本物の世界樹を見にいくのであれば必要になるでしょう」

ハルナからそう言われ、何かが書かれている木の板を渡された。

「その板には、私の魔力と、エルフの字が書いてあります。紹介状《しょうかいじょう》のようなものですね。それがあればいくらか楽になるでしょう。骸骨さんは害がない、ということを書きました」

「そうか。ありがたく頂戴《ちょうだい》しておく」

俺はその板を荷物入れの中に入れ、歩き出す。

「バイバイ！　骸骨、さん！」

俺は後ろを振り向かず、青い手だけを上げた。

「また、この近くを通ることがあれば寄る！　それでは！」

「また会おう！　骸骨！」

「また会いましょう！」


俺は森の中を、ハルナに教えてもらった魔力循環《じゅんかん》というものをしながら歩いていく。

時にはモンスターを狩り、レベル上げをし、魔法が撃《う》てないかも試《ため》す。

魔力循環は、自分の身体の中をめぐるMPを感じ取り、それを身体の中で循環させる、というものだ。魔法を使うには魔力を感じなければならないし、魔力循環をすればMPの最大値も上がる。

俺の体は魔力の通りが良いらしく、サラサラと流れていく。試しに肋骨に魔力を通し投げてみると、少しばかり硬度《こうど》も上がり、威力《いりょく》も僅《わず》かに上がっている。少しなら魔力を操《あやつ》って方向を変えることもできた。

月光剣に魔力を流すと、輝きが増し、より一層綺麗になった。

「おっと、忘れていた」

エルフの村を出るときにもらった木彫《きぼ》りの仮面。顔も隠せて、なぜ仮面を被っているのか疑問にも思われないという幻術《げんじゅつ》のような魔法がかかっているらしい。

これをつければ人間の街にも入りやすい、と言っていた。

モンスターの俺でも、人の暮らしには興味がある。

俺は今、ハルナに教えてもらったエルフの集落の近くにあるという街へ、向かっている。

名前：
種族：月ノ骸骨《ルナ・スケルトン》
ランク：E
レベル：14/20
HP：100/100
MP：34/34
固有スキル：【月ノ眼】【堅骨】
スキル：【剣術Lv2】【隠密Lv4】【火魔法Lv1】
称号：月を見る魔物、月の女神の寵愛、忍び寄る恐怖

森の中を抜け、街道《かいどう》を歩き、今は街へ向かっている最中だ。すれ違う行商人などに道を聞き、レベル上げをしながら突き進む。

ちなみに今のステータスはこんなものだ。

名前：
種族：月ノ骸骨《ルナ・スケルトン》
ランク：E
レベル：18/20

HP：125/125
MP：80/80
固有スキル：【月ノ眼】【堅骨】
スキル：【剣術Lv2】【索敵《さくてき》Lv1】【隠密Lv5】【火魔法Lv3】
称号：月を見る魔物、月の女神の寵愛、忍び寄る恐怖

レベルとランクが上がるごとに、レベルアップは緩《ゆる》やかになるようだ。

獲物を探したり、隠れて近づくことによって、新しいスキルも手に入れることができた。魔力循環とともに、獲物には魔法の練習も兼《か》ねて放っているので、着々と魔法のスキルレベルは上がっている。

エルフの外套と仮面、手袋《てぶくろ》にブーツのおかげで行商人に変に怪しまれず道も聞くことができている。

(お、見えてきたな)

目の前に教会と思われる建物が見えてきた。

今向かっている街は【ボロガン】というところで、ハルナが住んでいたエルフの森から一番近い街らしい。

(ふむ、あと一日……といったところか)

ここから見えるのは、教会らしき建物のてっぺんのみ。まだ外壁《がいへき》やほかの建物は見えてこない。

(あの教会はどれだけ大きいのだろうか)

少し歩くと、後ろから馬の走る音が聞こえてきた。俺は轢《ひ》かれないように端に寄りながら街へ向けて歩き続ける。

すると、黒を基調としている青や金で装飾された実に見事な馬車が横をすり抜けていく。行商人のような荷車と馬といった簡素なものではなく、馬にも装飾が施されていた。

(いい色合いだな。あれはあれで美しい)

走り過ぎていく馬車を横目に、そんなことを考えていると、通り過ぎた馬車が停車した。御者《ぎょしゃ》と思われる人物がこちらに手を振っている。

「私に何か用か?」

「あなた様は、ボロガンに向かう途中ですか?」

「あぁ」

「それでしたら、私たちの馬車にお乗りになりませんか? 歩くよりも早く着きますよ」

「ふむ。その申し出、実に嬉しく思う。が、私を乗せたところであなた達にメリットがないのでは?」

「ははは。メリットは確かにない……のですが、お嬢様《じょうさま》が……」

「お嬢様?」

「私《わたくし》のことですよ」

馬車の中から、ドレスを着た娘《むすめ》が顔を出す。

「初めまして! 私の名前は、リーン・フォルベス。ボロガンの街に向かっている途中で退屈《たいくつ》だったの。だから旅人さんのお話を聞きたいな、と思ってお誘《さそ》いしたの」

「という……ことです」

御者の男が、苦笑いをしながらそう言った。人間と話をするのは悪いことではない。俺は馬車に乗ろうと思ったのだが……。

「そういうことなら、こちらも嬉しい限りであるが、旅人の身、この美しい馬車を汚いブーツで汚してしまうのは心苦しいものがある。歩きながらでよろしければお話をしてあげたいのだが、どうだ？」

俺は右足をあげながらそう言った。

「大丈夫！　気にしないわ。さぁ、お乗りになって」

リーンが元気にそう言うと、御者が扉を開き、乗るように促《うなが》してくる。俺は頬《ほお》をかく仕草をしながら、会釈《えしゃく》をし、中に入り席に座る。

「さぁ出して頂戴。それで……あなたは……」

「俺のことは、骸骨さんとでも呼んでくれ。仲間からはそう呼ばれている」

「ふふ、それでは骸骨さん。あなたはどこからいらしたの？」

「ふむ。そうだな。俺は……」

俺は嘘を交えながら語り出す。バルバルというところから出てきて旅をし、モンスターと戦ったり、エルフと出会ったり。思えば、まだそこまで旅という旅をしていない気もする。

「まぁ！　骸骨さんはエルフ様とお会いになったのね！」

「骸骨様はすごく貴重な体験をしていますね。私もできればエルフに会いたいです」

リーンも御者も、エルフの話には食いついてきた。どうやら、エルフというのはそれだけ珍しいらしい。冒険者にも、エルフや獣人《じゅうじん》などの亜人もいるらしいのだが、エルフはほとんどが奴隷《どれい》というものらしい。

奴隷というものを知らなかった俺はどのようなものなのか聞いてみると、簡単にだが説明してくれた。

人間のすることとは思えない話を聞かされ、リーンは真剣で、でも悲しげな表情をしていた。

「今向かっているボロガンは、奴隷制度を導入しているのだけれど、ちゃんとした法で統治しているから今の話よりはひどくないのだけれど……」

「そうか。それはよかった」

「ところで、骸骨さんはフードをお脱ぎにならないのですか？」

「ふむ……モンスターと戦い続けて見るに堪《た》えないような顔になってしまってな。傷がひどいといえばいいのだろうか……」

仮面をつけているとしても、後頭部はそのまま骸骨なのだ。見せられるはずがない。

「私は気にしないわ。骸骨さんのお顔が気になるの」

「リーン殿のような見目麗しい娘に見せれるようなものではない故。すまないな」

「まぁ、骸骨さんお上手ね。やっぱり気になってしまいますわ」

「お嬢様、もうそれぐらいにしてください。骸骨様がお困りになってしまいます」

御者の一言でリーンは「ぐぬぬ」と言って諦《あきら》めた。

「お嬢様、骸骨様、ボロガンの街が見えてきましたよ」

そう声がかかり、窓から外を見てみる。外壁に囲まれた大きな街。そこへ通じる門には多数の行商人が並んでおり、街の真ん中に悠然《ゆうぜん》と聳える高い教会が見えている。

ここは、月が好きな俺にハルナが勧《すす》めてくれた街。無数の宗教とその大きな教会が観光スポットになっているという。

聖都市、ボロガン。

「ふむ……美しいな」

窓から見る景色に感動しつつも、馬車は進む。

「む、あの列には並ばなくていいのか？」

「私たちは別の入り口から入るんですよ」

「それは、ずるい、というものではないのか？」

「ははは。私たち貴族は、別の入り口があるので大丈夫なのですよ」

初めて見た。これが貴族というものか。人間には序列というものがあると知っていたが、貴族というものは知識でしか知らなかった。

「リーン殿たちは貴族だったのか。イメージと違うからわからなかった」

「うふふ。骸骨さんと話してみてわかったけど、本当に世間のことは知らないのですね」

リーンは微笑みながら俺に言った。

ボロガンの中へは簡単に入ることができ、入市税などもとられなかった。御者が兵士に何かを見せて、それだけで通れてしまったのだ。リーンが言うには、フリーパスというものらしい。

「さて、骸骨さん。私たちは屋敷《やしき》へ向かうのでここでお別れになってしまいますが、これからどこへ向かうのですか？」

門を入ってすぐ、馬の停留所というところで降りる。

そういえばハルナは、人間の中で暮らしていくなら身分証を作ったほうがいい、と言っていたな。確か、冒険者ギルドに行くといいと……。

「冒険者ギルド、というのはどちらにあるか知っているか？」

「あら、登録はまだだったのね。冒険者ギルドは確か……」

リーンは思い出すように頭を唸らせるが、御者の男が説明してくれた。

「この道を真っ直《ます》ぐ進んだところに、青い屋根の武具屋があるのですが、そこを右に曲がって真っ直ぐ行けば、後はわかると思います」

「だそうね。それじゃ、私たちはこっちだから。あ、骸骨さん、お金は持っていますか？　少量でよければ」

「大丈夫だ。そこまで世話にはならない。心配しなくとも、金は十分に持っている」

「あらそう。では、大変有意義な時間だったわ。ご縁《えん》があればまたどこかでお会いしましょう」

リーンは可愛《かわい》らしい笑顔を見せてそう言った。

「あぁ。こちらこそ世話になったな。ここでお別れだ」

俺は軽く会釈し、感謝を伝えた。

リーン達は俺が向かう方とは反対側へ行ってしまった。貴重な人間との初会話。そして新たに聞いた話。この世界では、まだまだ楽しみなことが多くあるようだ。

「ここ、か」

言われた通りの道を辿《たど》って冒険者ギルドへ向かうと、いかにもな場所があった。両開きのドアと、剣と盾のマークが描《えが》かれた看板。建物には、武具で身を固める人間がたくさん出入りしている。

（よし。入るか）

俺はドアを両手で開き、中へと入る。中は思ったよりも広く、入って目の前に大きな掲示板《けいじばん》と、休《きゅう》憩《けい》スペースらしきもの。右には受付と買取窓口、左は飲食スペースとなっていた。

（ふむ。機能性に優《すぐ》れている、ということか）

入ってすぐのテーブルには、髭面《ひげづら》で強面《こわもて》の男が座っていた。顔は赤く、しゃっくりをしている。どうやらあれが酔《よ》っ払《ぱら》っているというもののようだ。

俺はすぐに受付窓口と思われる場所へ向かう。

「冒険者の登録をしたいのだが」

「はい。それではこちらの用紙へ記入をお願い致します。代筆もできますが、文字の読み書きは大丈夫ですか？」

冒険者には文字の読み書きができない人間、生まれた時から貧困で、学ぶこともできず冒険者という職業しか残っていない人物が登録することもあり、そういった者は代筆などが多いらしい。

「問題ない」

俺はなぜか文字の読み書きが可能だった。なぜかはわからない。きっとこれも月のおかげだろう。

登録用紙に簡単な情報を書いていく。

名前：
性別：男

出身地：バルバル
得意武器：剣
備考：月が好きだ

受付嬢《うけつけじょう》へ紙を渡す。

「バルバルから……遠いですね。お名前は必須《ひっす》事項となっておりますのでお書きください」

「名前……か」

俺に名前はまだない。名前というのは大事なものらしく、ハルナから「名前をつけてほしいと思った人物につけてもらいなさい」と言われた。「ハルナがつけてくれ」と頼んだが、拒《こば》まれた。理由はあるが、傷つけてしまうからと、教えてはくれなかった。

名前がつくとネームドモンスター、というものになるらしい。ユニークでネームド持ちなものは希少で、強いモンスターが多いと聞いた。

「ふむ……」

「スカルヘッド……さん、ですね。かしこまりました。それでは冒険者カードを作るので体の一部を頂戴致します」

「体の、一部……？」

「はい。冒険者カードを作るにあたり、ご本人様の情報が必要になります。冒険者カードには討伐したモンスターが自動的に書き込まれ、仕事の完了《かんりょう》報告や不正がないかを見るのにとても便利なのです」

「体の一部というのは、具体的には……？」

「ごく一般《いっぱん》的なのは血液ですね。体の中に流れているもので、その人の情報が詳細《しょうさい》に明記されやすくなります。次点で髪《かみ》の毛などになります」

俺には両方なかった。体に流れる血液も、頭に生える髪の毛も……。

俺は、ただの青い骸骨なのだ。

「少しちくりと致しますが、どうぞ」

受付嬢から小さなナイフを手渡される。

目の前の受付嬢は、不思議そうに首を傾げている。

人間の街に入って、さっそくの大ピンチ……どう切り抜けようか……。

ふと、俺は思いついた。

「その、体の一部というのは……骨。とかでもいいのだろうか……骨髄《こつずい》。とか……」

体の一部ならなんでもいいはずだ。それが骨粉でも……骨なのだから骨髄はあるはずだと思った。

血液はないが。

「ひっ、え、えと、か、可能ではないですか？　で、でもそういうのは、見たことないものでして」

受付嬢がすごく慌てている。笑顔は引き攣《つ》り、目が全力で泳ぎ、身体が震えている。どうやって骨髄を抽出《ちゅうしゅつ》するか考えているのだろうか。俺は恐ろしいことを言ってしまったようだ。だが、髪の毛も、血液も、皮膚《ひふ》もない俺が出せるのは、こんなところだろう。

（いや、まてよ？）

「は、はは、ははは。今のはほんの冗談《じょうだん》だ。魔力……などでも大丈夫だろうか？」

俺は受付嬢の顔を窺いながらそう尋ねた。

「そ、そうですよね～！　じょ、冗談ですよね！　あはは……あ！　魔力！　魔力でも大丈夫ですよ！　すっかり忘れていました！　魔力も血液に次いで一般的なものでした！　それでは、こちらのカードに魔力を流してください！」

（よかった。魔力でもできるようだ。あてが外れたら、本当に骨髄を提供しようかと思ったぞ）

手渡されたカードに魔力を流す。するとカードが淡《あわ》く光り、カードに情報が浮き出てくる。

名前：スカルヘッド
Gランク冒険者

どうやら登録は完了したみたいだ。

（ふむ、Gランクからの開始、ということか）

「それでは、ランクや昇格《しょうかく》などの説明に移りますが、よろしいですか？」

「あぁ。頼む」

「はい。それでは、まずカードの見方からご説明しますね。そこに書かれているように、名前と今のランクが表示されます。Gランクというのは、仮登録のようなものでして、討伐系の依頼《いらい》を一つクリアいたしますと、Fランクへと上がり、本登録となります。冒険者ランクは、一番下のGから、一番上のS3まであります。DからC、BからA、AからSはランクが一つ上がるごとに昇格試験が行われます。ここまでは大丈夫ですか？」

「ああ」

 すんなりと理解できる。モンスターだというのに、俺は知能が高いんだな、と、我ながら笑ってしまう。

「それでは、次に約束事の確認になります。冒険者なるもの、世界の未知を探す！　というのが基本となっていきます。冒険者は政治に巻き込まれることを良しとせず、また、巻き込むことも良しとしません。

そして、ここが大事なことなのですが、絶対にやってはいけないことがあります。略奪《りゃくだつ》や、犯罪行為です。まぁ、常識の範囲《はんい》内でやってはいけないことはダメ、ということです。気をつけてほしいことなのですが、ギルドは冒険者同士のいざこざに直接介入《かいにゅう》することは滅多《めった》にありませんので、揉《も》め事などはくれぐれもお気をつけください」

「ふむ。命がとられそうになったとき、ギルドは助けてくれるのか？」

「互いの合意がない場合、犯罪が起きるなど、目の届く範囲ではお助けしますが、それ相応《そうおう》の処分を両方に受けてもらいます。さて、説明は以上になりますが、わからないことがあれば、定期的に講習が開かれているので、是非ご参加ください。簡単な質問であれば、窓口でも対応しております」

「わかった。あそこにある掲示板から依頼をとってくればいいのだな？」

「はい。その通りです」

「わかった」

俺は受付嬢にそう返事をし、依頼の貼《は》ってある掲示板の下へと行く。

（討伐系の依頼か……）

簡単なものではゴブリンや狼、パワフルボアといったところか。

俺は以前にも倒したことのあるパワフルボア三頭の討伐依頼書をとり、窓口へ向かう。

「スカルヘッドさん、さっそく決めたんですね。それでは……って、これパワフルボアじゃないですか」

「む？　その通りだが？」

「パワフルボアはEランクの魔物ですので、Gランクのスカルヘッドさんが受けるのは危ないと思うのですが……」

「いや、以前にも戦ったことがあるのでな。別段難しくはないと思う」

「えっ！　そうなんですか！　スカルヘッドさんは見た目に似合わずお強いんですね」

「強そうな見た目ではないか？」

「私としたことが……口が滑ってしまいましたね……申し訳ありません！」

受付嬢は勢いよく腰を曲げ、謝罪をする。

「いやいや、気にはしていない。それで、この依頼は受けられるのか？」

「スカルヘッドさんが本当に難なくこなせるのであれば……危なくなったら、逃げるんですよ？」

「あぁ。覚えておこう」

俺は受付嬢に依頼書を渡し、それをカードが記憶《きおく》する。これでパワフルボアを討伐すれば、数が明記される、ということらしい。

「あ！　スカルヘッドさん！　討伐したモンスターの素材は買取いたしますので、余裕があれば持ってきてください！」

前にダンがやっていたことだな。解体した肉や牙を売ると言っていたな。

俺は軽く手を振り、返事をした。

俺は、パワフルボアが生息しているという森の近くの門をくぐる。依頼を受けたギルドカードを見せれば、出入りに税は発生しない。ただ、そのまま他の街へ行くときには発生してしまうらしい。

しばらくして、目的地の森の中に到着した。それから五分ほどが経つ。一頭目のパワフルボアをすぐに発見した。周りに他のモンスターの気配はない。

称号の忍び寄る恐怖と、スキルの隠密、そして、エルフの外套のおかげで気づかれることなく、背後を取ることに成功する。

「炎の槍《フレイムランス》」

手を前に出し、魔法を詠唱《えいしょう》する。燃え盛《さか》る槍が形成され、パワフルボアへ突き刺さり燃えていく。

俺は動かなくなったのを確認し、周りを警戒しながら冒険者カードを見る。

対象モンスター討伐数：1

と、増えていた。

(ほう。おもしろいな)

俺は、カードを確認し、力尽《つ》きたパワフルボアの素材を剥《は》ぎ取ろうと近づいた。

「……しまったな。火で毛皮をダメにしてしまった……」

自分の失敗を反省しつつ、残った牙、燃えた毛皮は使えないと思ったが、とりあえず剥ぎ取っておく。

肉は量が量なので、三頭分持ち運ぶことは諦めた。

（最後の一頭のみ、肉を持ち帰ろう）

改めてパワフルボアを探し、次々と倒していく。

剥ぎ取った素材は、牙六本、毛皮三枚、肉一頭分といったところだ。

帰り道を歩いていると、先ほど倒したパワフルボアを見つける。

「ふむ……真っ直ぐ帰るのだから、両手に抱《かか》えれば二頭は持ち帰れるか」

右手には三頭目のパワフルボアを、左手には二頭目のパワフルボアを担ぎ、街へと帰っていく。傍《はた》から見れば無防備なのだが、街の門はもう目の前、衛兵もこちらを確認しているようだ。

俺は衛兵に軽く会釈をし、真っ直ぐに冒険者ギルドへ向かい、依頼達成の報告をするために両手のパワフルボアを受付の前に転がした。

「え、えぇとスカルヘッドさん……持ち帰るのでしたら、袋《ふくろ》か何かに入れていただければ……」

「む？　そのまま持ち帰るのはダメだったか？」

「ダメ、ではないのですが……やはり、皮を剥ぎ取った後のものをそのまま運ぶのは、目に毒といいますか……」

そう言われれば、ここに来るまでにすれ違った人間たちは、パワフルボアを見て口を覆ったり、道《みち》端《ばた》にしゃがみこむものがたくさんいた気がする。門のところにいた衛兵も苦笑いだった気が……。

「考えてみればその通りだな。すまなかった。次回からは気をつけよう」

「は、はい。依頼は達成ですね。報酬は買取金額と合わせてお渡ししますので買取窓口のほうへお願いします」

「わかった」

買取窓口のほうへ進むと、他のギルド職員が買い取りの対応をしてくれた。

「それでは、素材買い取りの内訳を報告しますね。パワフルボアの肉一〇〇kgで銀貨一枚、二頭で銀貨二枚になります。パワフルボアの毛皮一枚で銀貨一枚、一枚焦《こ》げてはいましたが、初の依頼達成を祝いまして、勝手ながらオマケさせていただきました。毛皮三枚で銀貨三枚になります。パワフルボアの牙二本で銀貨一枚、六本で銀貨三枚になります。そして、依頼達成報酬が銀貨三枚。締めて金貨一枚と銀貨一枚となりますが、よろしいですか？」

「あぁ。それで頼む」

俺は報酬を職員と一緒に数え、それを受け取る。これで手持ちのお金はダンからもらった金と、エルフからもらったお金で、金二枚、銀五一枚ということになった。

「そしてこちらが、冒険者カードです。スカルヘッドさんはEランク相当の腕ということでFを飛んでEランクへの昇格となりました」

Gランクカードは木の板だったが、渡されたEランクカードは鉄の板に換《か》わっていた。こういうところでランクの差異というものがでるのだろうか。

「ところで、聞きたいのだが……金貨などは銀貨何枚で金になるのだ？　田舎《いなか》から出てきたものでな。相場がよくわからないのだ」

「えーっと、銅貨十枚で銀貨一枚、銀貨十枚で金貨一枚、金貨十枚で大金貨一枚、大金貨十枚で白金貨一枚ということになりますね。大白金貨などもありますが、一般の人はまず使いませんね」

「おぉ、細く教えてもらって助かる。もう一つ質問なのだが、オススメの宿はこの近くにあるか？」

「ギルドを出てもらって、右にまっすぐ行きますと、左手のほうに【金色の鳥】という宿がありますよ。朝晩のご飯がついて銀貨五枚と、待遇《たいぐう》的にお安くはなっておりますよ」

「素泊《すど》まりで安いところはないか？」

「そうですねぇ……確か金色の鳥をしばらく過ぎたところに、【月の微笑み】という場所があって、そこが安かった気がします。申し訳ありませんが金額までは覚えていませんね……」

「月か……いや、十分だ。ありがとう。これは感謝の気持ちとして受け取ってくれ」

俺はチップとして銀貨を職員の前に出す。

「……ありがたくいただいておきますね。またのご利用をお待ちしております」

深々と頭を下げられ、軽く返事をして、ギルドを後にした。

名前：スカルヘッド（仮）
種族：月ノ骸骨《ルナ・スケルトン》
ランク：E
レベル：19/20
HP：140/140
MP：5/85
固有スキル：【月ノ眼】【堅骨】
スキル：【剣術Lv2】【火魔法Lv3】【索敵Lv2】【隠密Lv6】

称号：月を見る魔物、月の女神の寵愛、忍び寄る恐怖

「【月の微笑み亭《てい》】……ふむ。ここか」

ギルドの職員に紹介《しょうかい》された宿、月の微笑み亭。宿と酒場が併設《へいせつ》されているようで、実に賑《にぎ》やかな場所だ。

中に入ると、すぐに声がかかる。

「いらっしゃいませー！　お食事ですか？　お泊《と》まりですか？」

小さな少女だった。歳《とし》の頃は十、十一といったところだろうか。

「泊まりたいのだが、部屋は空いているか？」

「はい！　少々お待ちください！　お母さーん！　お泊まりの受付するからちょっと外すよー」

「はーい」

配膳《はいぜん》している恰幅《かっぷく》のいい女性が返事をした。あの人がこの少女の母親なのだろう。

「それでは、こちらへお願いします！」

少女は受付の裏へと回り、帳簿《ちょうぼ》を出した。

「それではこちらにお名前と、素泊まりか食事付きか、それと身分証のご呈示《ていじ》をお願いします」

俺は帳簿に名前を書き、冒険者カードを出す。

「はい！　素泊まりですね。銅貨二枚になります！　お食事が食べたくなりましたら、このお食事処で別料金ではありますが、注文することができます！　こちらの鍵《かぎ》をお見せいただければ、少し

だけ割引させていただきます！」

他にも軽い説明を受ける。鍵をなくせば弁償《べんしょう》が発生したり、夜遅《よるおそ》くはうるさくしない、などだ。

「ありがとう」

俺は銀貨を一枚取り出し、少女に渡す。少女はお釣《つ》りを取り出そうとしたが、俺はそれを手で止めた。

「お釣りはお小遣《こづか》いということにしてくれ」

「え、でも」

「いいんだ。財布《さいふ》が嵩張《かさば》ってしまうから」

「あ、ありがとうございます！」

腰を折り、礼を言われる。元気で愛嬌《あいきょう》のある、良い少女だった。この酒場を盛り上げるマスコット的な存在なのだろう。

俺は、１０４番と彫《ほ》られた鍵をもらい、二階へ上がった。部屋は五部屋、俺は行き止まりから二番目の部屋に入れるようだ。

（部屋数が少なく下の食事処も家族三人で回しているようだった。価格が安いのはそういうところなのだろうか）

ベッドと机、クローゼットがそれぞれ一つあるだけの簡素な部屋だった。ベッドは悪質なものではなく、マットや掛け布団《ぶとん》、まくらにもしっかりとした手触《てざわ》りを感じた。

「いい場所だな……何より名前がいい」

荷物を下ろし、外套を脱ぎ、骸骨の姿になる。

「ふむ……当面、金の問題は大丈夫だろう。あとは……観光、か」

気づけば、既に太陽が沈《しず》み始めたころだった。あと少しすれば、月が昇《のぼ》ってくる。俺は剣を鞘から抜き、窓に立てかけ、自分も窓のそばで月が出てくるのを待った。

その日、窓から見た月には雲がかかっていた。波のない、真っ直ぐで少し曲がっている雲。その雲が、月の下に差しかかる。

その日の月は、なぜだか笑っているように見えた。


小鳥が鳴き始め、朝日が窓から差し込んでくる。

「よし、朝だ」

いつもは夜通し月を見ており、月が沈み始めたころにはモンスターを狩り、レベル上げをしていたのだが、今日は宿から出ることもなく、月を見上げながら魔力循環をしていた。最近は、うまく魔力を操作することができているのではないのだろうか。

陽《ひ》がもう少し出てきたところで、着替えて下の階へ行くと。

「あ、お客様！　おはようございます！」

昨日受付をしてくれた少女が、元気な挨拶《あいさつ》で出迎《でむか》えてくれる。

「あぁ、おはよう。早いのだな」

「お客様も早起きですよ！　他のお客様はまだ寝《ね》てる時間だもん！」

今の時間は朝の五時といったところだろうか、少女は朝御飯《ごはん》の支度《したく》や晩御飯の仕込《しこ》みをしているらしい。

「ところで、鍵はここに置いておけばいいのか？」

「はい！　ご利用ありがとうございました！」

「朝飯はもう食べられるのか？」

「はい！　大丈夫ですよ！　銅貨一枚割引致しますので、席についてお待ちになっていてください！」

適当な席について一息つく、といっても特に食べるわけでもないのだが……。

「こちらお水になります。そしてこちらがメニューになります。お決まりになったらまたお呼びください！」

「あぁ。……君は、朝飯はもう食べたのか？」

「軽食ではありますが、食べましたよ？」

「そうか。……今は他の客もいないし、少し話をしないか？　好きな食べ物を食べていい」

「私が食べていいんですか？」

「あぁ」

少女が厨房《ちゆうぼう》に顔を向けると、男が顔を出す。なかなか厳《いか》つい顔をした男だ。

「聞こえてるぞ。お客さんとミリアがよければ別に大丈夫だ。仕込みは大体終わってるしな。この時間だ。まだ他の客もこないだろ」

怖いのは顔だけのようだ。なかなか優しそうな笑みを浮かべた。

「わかった！　じゃーお父さん！　私、Ｂランチねー！」

「今はランチじゃねぇだろーが。たく、しょーがねぇな。お客さんは？」

「私は朝、食べない方でな。水だけで十分ですよ。申し訳ない」

「いや、いいってことよ。この街には色々な宗教があるからいろんな奴《やつ》がいるんだ。別に変わってるわけじゃねぇ」

「よければ大将も、料理を作り終えた後にお話でも」

「暇《ひま》だったらな！」

そう言うと厨房へと戻り、火を起こす音が聞こえてくる。

「ところで、スカルヘッドさんはどんなお話が聞きたいんですか？」

「む、名前を覚えていたか」

「面白い名前でしたからね。骨の頭。うふふ」

「ははは、よく言われるんだ。そうだなぁ……まずは……」

水を飲むフリをしつつ、話を切り出す。

「この街に観光名所はあるか？」

「観光名所～？」

頭にハテナが出ている。観光名所という言葉がわからないのか……？　いや、俺じゃあるまいしそんなことはないだろう。一向に答えが出ないようで、ミリアは頭をひねっている。

そこへ、料理を運んできた大将も交ざり、一緒に話をすることとなった。

「この街自体が観光名所みたいなもんだからなぁ。まぁ、一番の見どころといったら大聖堂だろうな」

「大聖堂？　あの一番大きな教会か？」

「あぁ。この都市の中央にあるとこだ。問題を起こさなけりゃ、いろんな宗教の出入りと祈《いの》りを許可してる。平たく言えば、特に派閥《はばつ》はないフリーの教会。だな」

「ここは宗教都市と聞いたが、どんな宗教があるのだ？」

「はっはっは！　この街にはどんな宗教もあるんだぜ？　邪教《じゃきょう》までもな！　変なこと、他の宗教に手を出さない限りは自由に信仰《しんこう》してもいいんだ」

「お二人は何を信仰しているんだ？」

「俺は戦《いくさ》の神、アレスを」

「私は恵《めぐみ》の神、フレイア！」

「別なのですか」

「あぁ。ちなみに俺の嫁《よめ》さんは慈愛《じあい》の神、ヴィーナスだ」

「家族でそれぞれ違うのですか」

「ははは、面白いだろ？　俺たちの家族も自由な信仰を尊重してるんだ。ところであんたは、朝飯は食わないって言ってたが、どこの宗派だ？」

ここで俺に話を振られる。

(宗教についてはあまり知らないのだが……知っているのは創造神と……やはりアンデッドとしてはハデス様かペルセポネ様と言ったほうがいいのか？)

「そう、だな……強《し》いて言うなら、月……だろうか」

「月？　あぁ、月の女神アルテミスか。なら朝飯抜くのも頷けるな」

飯を食べないのはアンデッドだからなのだが……月の女神……初めて聞くな。

「あぁそうです。アルテミス様です……朝飯をなぜ抜くんでしたっけ？」

見当はずれな質問をしてしまったのか、大将は笑いながらも、答えてくれた。

「なんだぁお前、信徒のくせに、んなことも知らないのか？　まぁ自由な宗派らしいからなぁ。あー、なんだったか、確か、朝になると月が沈むだろ？　その沈んだ月が今日も平和に昇りますように、って朝に祈りを捧《ささ》げるらしいんだが、それが朝飯の時間にかぶってるんだっけかな」

「ほう、そうなのですか」

初耳だが、月への祈りか……月自体は好きだし、興味が出てきた。

「ところで、その月を信仰するところは、この街にも教会はあるのか？」

「確かあった気がするなぁ」

「それならヴィーナスの教会の近くじゃなかったかな？　お母さんなら知ってるかもしれないよ」

「そうだっけか？　すまんが嫁さんが起きるまで詳《くわ》しい場所はわからないかもしれねぇ」

「そうか。もし邪魔でなければ、ここで待たせていただいても？」

「あぁ構わねえ」

「ねぇ！　次はスカルヘッドさんの話が聞きたいな！」

「私の話か……特に面白いことはないと思うが」

「スカルヘッドさんはどんな旅をしてきたの？」

「ふむ。旅……と言っても、まだそこまで経ってはいないが……」

俺は、ここまで乗せてきてくれたリーン達にした話を、ミリア達にまた話した。二人ともやはりエルフの話に食いつく。エルフの集落に招かれるというのは、それほど貴重な体験らしいのだ。

この街に来てまだ一日目、しかも冒険者登録したその日にEランクに上がったこと、パワフルボアを倒した腕など、俺は褒《ほ》められてなぜか恥《は》ずかしかった。

「おっと、もうこんな時間か。面白い話をありがとよ。俺はそろそろ厨房に戻るよ。嫁さんはそろそろ来ると思うから待っててくれ」

「悪いな、礼を言う」

「いいってことよ」

大将は、はにかみながら厨房へと戻っていった。俺の話はなかなか受けが良かったようで安心だ。

「じゃあ、私もお手伝い行ってくるね！　お母さんが来たら言っておくね！」

「あぁ。ありがとう」

ミリアも自分が食べた食器を片付け、厨房に戻っていく。

「あぁすまない！　会計を済ませていない」

「ミリアのはサービスだ！　気にしないでくれ！」

大将が厨房からひょっこり顔を出して言う。

（ふむ。これがご近所づきあい、というものだな）

俺は、初めてのご近所づきあいにちょっと嬉しくなりながら、そのまま席で大将の嫁さんを待った。

（今日は、月の教会へ行こうか……）

少しした後、ミリアの母が来て、月の教会の場所を教えてくれた。俺はミリアや大将にも礼を言い、月の微笑み亭を後にした。

そして、

（今日もここに泊まろう）

と、決めたのであった。

月の微笑み亭から少し歩いたところで、目印として教えられていた慈愛の神ヴィーナスの教会を見つける。

「ここがヴィーナスの教会か……ということは、こっちだな」

ヴィーナスの教会を過ぎて左に曲がる。また少し歩くと、ようやく教えてもらった建物へ着いた。

見た目は普通の教会と一緒だが、月の女神を信仰しているということで、月のシンボルマークのようなものがあった。

（ここで間違いないようだな）

俺は銀色のドアをゆっくり開け、中へ入っていく。

「おはようございます。月の教会へようこそおいでくださいました」

銀色の箱を持ったシスターが、お辞儀をしてくる。ここはエントランスのようで、客人が休めるソファー、そして礼拝堂や地下室へと通じるドアがある。少し狭《せま》いスペースには売店のようなものまである。

なぜ教会に地下室があるのか、ミリアの母親の話によると、地下室にはそれぞれの教会特有のものが展示物としてあり、それの見学ができるらしい。ちなみに、慈愛神ヴィーナスのところは女性ものの下着が置いてあるのだとか……。

そしてシスターの持つこの銀の箱。これはお布施《ふせ》、というものをするらしく、旅人や冒険者、そして観光客、その教会に属していない者が入場料としてお金を入れるらしい。確か銅貨一枚でもいいと言っていた。売店などで別に儲《もう》けていて、この街では教会が経営難に陥《おちい》っても、救済をしてくれるのだとか。

（お布施か……銅貨は持っていないし……銀貨一枚、というのも月に失礼だ……五十枚も出せば持ってるシスターが重いだろう……そうだ。もう一枚あった）

「これでいいだろうか」

俺は、お金を入れている袋から金貨を取り出し、シスターにそう聞いた。

「えっ！　もっと安くても大丈夫ですよ。銀貨一枚でも十分でございます」

シスターは、一瞬驚いたようで声を上ずらせたが、すぐに微笑んでそう言ってくれた。

「いや、銀貨一枚では月に、月の女神に失礼だと思ってな。気にすることはない」

俺はそう言い、そのまま箱の中に金貨をいれる。

「なんとお礼を申し上げればよいのか……ありがとうございます」

シスターは繰《く》り返し深々と頭を下げる。こちらが何か悪いことをしてしまったのかと思ってしまうほどに。

「気にすることはない。地下室の見学はもう行ってもいいのか？」

「可能ですよ。今は手の空いているシスターがいるので、ご案内をさせていただくことができますが、いかがいたしますか？」

「おぉ、そうなのか。ありがたい。月の女神に関しては無知なのでな。是非頼む」

「はい！　ありがとうございます！　それでは、こちらへどうぞ」

シスターは銀の箱を別のシスターへ渡し、地下室へ続くドアを開ける。どうやらこのシスターが案内をしてくれるようだ。

「それでは、今回のご案内を務めさせていただきます。シスタービビアンです。よろしくお願いします」

「あぁ。スカルヘッドだ。よろしく頼む」

簡単に自己紹介をし、地下室へと下りていく。地下と言っても、真っ暗ではなく、しっかりお洒《しゃ》落《れ》なれども華美《かび》ではない壁紙《かべがみ》や室内灯がついている。

少し進むと、ガラスのケースに入ったものや銅像が置かれており、シスターが説明をしてくれる。その話は実に興味深いものばかりだ。

例えば、月のカケラ。

月のカケラは非常に希少で、置いてある教会はここを合わせて僅か四つしかないらしいのだ。この月のカケラは月の女神の落とした涙《なみだ》と言われているらしく、空から落ちてきた隕石《いんせき》というものらしい。月の表面のように、丸いくぼみがある。

そして銅像や、月の女神アルテミスが使ったと言われる弓と矢のレプリカなどが置いてある。どれも非常に素晴《すば》らしく美しいものばかりであった。

実に有意義な見学は、早くも終わってしまった。

「展示物は以上になります。どうでしたか？」

「非常に興味深く、素晴らしい話ばかりだった。まさに月を具現したかのような銅像も素晴らしく、逞《たくま》しい弓矢やそのお話など、これほど有意義にすごせたのもビビアン殿の案内のおかげだろう」

「そ、そんな、滅相《めっそう》もありません！　ですが……ありがとうございます。そう言っていただけると、私も嬉しいです。ところで、スカルヘッドさんは礼拝もいたしますよね？　月の女神へ祈りを」

「あいにく、礼拝の作法を知らないものでな……だが、是非月へ祈りを捧げたい」

「はい！　それではこちらへどうぞ」

ビビアンに案内され、礼拝堂へと進む。俺が入った時間は、ちょうど祈りを捧げている人間はおらず、俺とビビアンの二人だけだった。

「それでは、月の教会での作法をお教えしますね」

「頼む」

「まず、胸の前で手を組んでください」

「おっと、すまないが、この後の作法は目を閉じながら教えてくれないだろうか。私の顔は大層醜《みにく》いらしくてな。見せるのは申し訳ない」

「私は気にしませんよ。ですが、スカルヘッドさんが見られたくないと言うのであれば」

「あぁ。悪いな」

ビビアンは俺の言った通りに目を瞑《つむ》ってくれた。俺はフードを脱ぎ、仮面を外し、青い骸骨の顔を露《あら》わにする。

（神への御目通りで顔を隠すのは不敬というものだ……）

「次へいってもよろしいでしょうか？」

「あぁ。構わない」

「スカルヘッドさん、仮面を外すとすごく低くていい声ですね。先ほどまで籠《こも》っていて、うまく聞き取れなかったので……」

「いい声、か……ありがとう」

「いいえ。それでは、続いて右膝をついてしゃがみます。これであとは祈るだけです」

「あぁ。わかった」

言われた通り膝を折り、祈る。

（初めてお目にかかる。私の名前はスカル……いや、まだない。種族は月ノ骸骨《ルナ・スケルトン》というスケルトン。……モンスターだ。まずは私が人間ではないことを深くお詫《わ》びする）

『……気にすることは、ありませんよ。顔を上げてください』

凛《りん》と透き通るような声が、聞こえた。不思議と心に響き、安心する声だ。そんな不思議な声に導かれるように、俺は顔を上げた。

一面の白い空間、ビビアンもおらず、先ほどの礼拝堂とは全く違う場所にいた。

「ここは……どこだ……」

思わず立ち上がり、辺りを見回す。が、何もない。

『ここは、私の心の中よ』

（またこの声だ）

さっきまでここにいたはずのビビアンの声でもなければ、俺が今まで出会った人間の誰とも違う。

「姿を、見せてはくれないか」

『ずっと、あなたの目の前にいましたよ』

後ろから声が聞こえ、俺は振り返る。そこには、先ほどまではなかったはずの黒いテーブルと、黒い椅子が二脚《きゃく》。その一つには美女が座っていた。

飾《かざ》り気のない黒いドレスに、ふわふわとした白い羽衣《はごろも》。首元には銀のチェーンに青い月のペンダント。そして、透き通るような白い肌《はだ》。

その全《すべ》ての装飾品《そうしょくひん》も美しいが、美女その人には到底及ばなかった。

「あなたは……」

『どうぞ、おかけになってください』

えも言われぬ、吸い込まれるようなその瞳《ひとみ》と美しさに、俺は静かに席につく。

『こうしてお会いするのは、初めてですね』

「……そうなのか？　確かに……不思議と初めて会う気はしないな」

自分でも、なぜそんな言葉が出てしまったのかはわからなかった。

『うふふ、そうね。初めて、というわけではないわよね』

目の前の美女の笑顔は、とても蠱惑《こわく》的だった。ひとつひとつの動作が美しく、不思議と見惚れてしまっていた。

「美しい……」

『いつものように褒めてくれるのね。本当に嬉しいわ。毎日ありがとう』

また、思わず言葉が漏れてしまった。

この美女の前では全てを吐《は》き出してしまう。ありのままの自分でいてしまうような。俺はモンスターだというのに。

（はっ！　そういえば！）

俺は自分の顔を触る。正確には頭蓋骨を。

（そうだ、先ほどの礼拝の時に仮面を外したのだ……なぜ気づかなかった。さっきからモンスターだということがバレている）

『気にすることはないと言ったではありませんか。私はあなたを知っています』

一瞬の沈黙《ちんもく》の中、美女は俺を一心に見つめている。

「私も……あなたを、知っている？」

不意に溢《あふ》れるその言葉。先ほどから止まらない。

『うふふ。改めまして、私の名前はアルテミス。月の女神にして、月そのもの。いつも私を慈《いつく》しみ、優しい言葉をかけてくれて、ありがとう』

一瞬固まってしまったが、俺は椅子にかけるのをやめ、片膝をつき、頭《こうべ》を垂れる。

「か、数々の無礼、心から謝罪する」

『あらあら、そんなこと気にしてないけど、どうぞおかけになって』

「いや。私の心の拠《よ》り所である月のあなた様と同じ席につくこと自体が烏滸《おこ》がましい」

『あら、それは私の判断が悪いってこと？　それとも私とは同じ椅子に座って話したくない？』

「そ、そんなことは……」

そんなことはあるはずがない。日々見惚れ、敬愛してきた月。その本体であらせられるアルテミス様と言葉を交わし、このような場に呼ばれている。それだけでも最上の喜びである。

『さぁ、座って。ずっとあなたと話がしてみたかったの』

「……そ、それでは失礼す、します」

『うふふ、いいのよ。ありのままのあなたで。かしこまらないで』

「す、すまない。モンスターゆえ、常識というものがなくてな……」

『うふ、本当に面白い。あなたは生まれた時から面白いスケルトンだったわ』

「お恥ずかしい……」

『あなたは周りのスケルトンとは違っていて、見ていて楽しかったわ』

「最初期のことは覚えていなくて……あなたは」

『アルテミスって呼んで？』

「アルテミス……様は、私のことを知っているのですか？」

『うふふ。知っていますよ。あなたが生まれた頃からね。生まれた頃のあなたは、周りのスケルトンと同じで、自我を持たず、ダンジョンに入ってきた冒険者を襲うただのモンスターだった』

自我を持たずにその場で立ち、入ってきた人間を襲う。俺が知っているスケルトンの行動だ。

『でもね。ある日あなたがダンジョンの大穴で立ったまま夜になってね。その穴から覗《のぞ》く私に気がついたの。周りのスケルトンは前を向いて立っているのに、あなたは顔を上げて私を見上げていたわ。その日から、あなたは夜になると自分が立っていた場所から移動してきて、いつも大穴に来ていたわ』

そんな日が続いた頃、俺に自我が芽生え始めたのだろう。まだろくにものを考えられなかった時、あたりが暗くなるとふと大穴の方へと向かいたいと思うようになり、月を日々見続けたのだ。

『あなたは、毎日私を慈しむように見ていたわ。あれは何を考えて私のことを見ていたの？』

「何を考えて……ただ、ただただ美しい。そう思っていた」

『それだけ？』

「あぁ。月を見て、美しい。その一言に尽きる」

『うふ。お上手ね』

「む？　す、すまない」

『謝《あやま》らなくていいのよ。そういえばあなた、ダンジョンを出てからも私を見続けてくれたわよね。この街に着いてからも、一日も欠かさず』

「アルテミス様は私の心の拠り所。あなたのために生き、あなたのおかげで生きている」

『うれしいわ。あなたと話せて楽しい』

「こんなモンスターと話せて……楽しいか？」

『嬉しいわよ。あなたは他のモンスターとは違うの。優しく、勇気に溢れている……あの人を思い出すわ……』

「あの人？」

『あ、いいのよ。気にしないで。ところで、その剣はどうかしら？』

アルテミス様は、俺の腰に差している月光剣ナイトブルーを指差す。

「とても使い勝手がいい。そして美しい。これはアルテミス様が授《さず》けてくださったものだろう？」

『はい。その通りです。よかった。あなたは見聞を広めるために遅《おそ》かれ早かれダンジョンから出るとは思っていたの。それがせめてもの助けになれば、と』

「とても使いやすい。心からの感謝を」

『いいのよ。その剣はまだまだ育っていくわ。あなたと共に、ね……』

「ふむ。大事に致す」

『そろそろ……時間ね。あなたとの時間は、とても素晴らしかったわ』

「それはこちらも同じこと。ありがとう」

『月の教会へ来れば、また私と会うこともあるでしょう。ですが、あまり長くは話せない……と思います』

「十分です。話せずとも、日々あなたを想《おも》い続ける」

『うふ。嬉しいわね……最後になにかしてほしいことはある？』

　俺がしてほしいこと……抱きしめてほしい……それはダメなのだろうか。そんなことを考えたがすぐにやめ、俺は、皆は持っているが俺がまだ持っていないものを思い出した。

「……名前を、つけてはくれないだろうか？」

『名前？』

「知り合いのエルフが言っていた。名前は、自分がつけてほしいと思える人につけてもらうといいと。あなた様以上につけてほしいと思える人には会えない……と思う」

『お安いご用よ……そうね……』

　アルテミス様は腕を組み、目を閉じ考えている。その姿すらも高貴に見える。

『ムルト……というのはどう？』

「ムルト……いい。いい響きだ。気に入った」

『ムルト、またあなたと話せる時がくるでしょう。最後に確認しておきたいのだけれど……人間は好き？』

「好きだ」

『そう。それはよかった。だけど、人間も良い人ばかりではないわ。悪い人もいる。そんな人にムルトは傷つけられるかもしれない。それでも、人間全てを嫌いになってほしくないの』

「それなら安心するといい。モンスターは悪いものばかりだと言うが、私のようなものもいるのだ。自分で言うのも恥ずかしいが……だから人間もそのようなものがいるとは思っている。心配はいらない」

『本当にムルトは、優しいのね……』

「それほどでもない」

『ありがとう。あなたと話せて本当に楽しかったわ。また、ね……』

俺の身体が光の粒子《りゅうし》になり消えていく。アルテミス様は笑みを浮かべながら手を振っていたが、その目には涙を溜めていた。


目の前からムルトが消え、真っ白な空間には絶世の美女、アルテミスのみが残る。

『本当に、楽しかった……』

それは、もうこの場にいない彼へと投げかけられた言葉だろう。アルテミスは心の底から彼との会話を楽しんでいた。

彼女は、昼夜を問わず争っている人間を見ていた。時には自分を信仰している教会の人間を守るために神託《しんたく》を下す。

それでも争いの火は消えず、襲われ、憎《にく》しみが憎しみを呼び、自分を信仰していた人間までもが争いを始める。そんな人間を幾度《いくど》となく見た彼女は、とうとう人間に愛想を尽かし始めていた。

その日、彼女はいつものように人間の戦いを見ていた。そして、その中で一体、ただ自分のことを見つめるモンスターがいた。

彼は自我を獲得《かくとく》し、知恵《ちえ》を得て旅をし、とうとうここまで辿り着いた。

彼女に会いにくるために。そんな彼に、彼女も会いたかった。

『オリオン。あなたにも……会いたいわ……』

今は亡《な》き彼を思い出す。

『ムルト。あなたに感謝と、心からの祝福を……』

独りぼっちに戻ってしまった彼女は、人知れず頬《ほお》を濡らす。


「それでは、祈りが終わりましたら声をかけてください。目を開けますので」

ビビアンの声が聞こえた。どうやら礼拝堂に戻ってきたようだ。

「あぁ」

斜め後ろでは、ビビアンが膝をつき目を瞑り祈っている。俺は傍に置いた仮面をつけ、フードをかぶる。

「もういいぞ」

「あら、お早いのですね」

「あぁ。祈りたいことは短かったからな」

「そうですか。それでは戻りましょうか。あら、スカルヘッドさん、その胸元《むなもと》の……」

「ん？」

そう言われ、胸元を指差される。そこには銀のチェーンに、青い月のペンダント。

アルテミス様がつけていたのと同じものが首にかかっていた。

「いつの間に買ったんですか？　ほら、私たちとお揃《そろ》いですよ」

そう言うとビビアンは、服の中から同じようなネックレスを取り出す。だが、月の部分が俺とは違い、暗い青だった。

「あぁ。そうかもな」

「？　とりあえず、行きましょうか」

そのままビビアンに連れられ、エントランスへと戻る。アルテミス様と十分に話もしたし、この教会への用事はもうない。

（今日は依頼をこなして金でも稼ぐか……）

「ビビアン、世話になったな。実に有意義であった」

「いえ、そう言われると嬉しいです。またいらしてくださいね。スカルヘッドさん」

「あぁ。そういえば……私の本当の名前を教えていなかったな。スカルヘッドは通り名で、本当の名前は、ムルト、という」

俺はなんとも言えないような声で、自分の名前を初めて名乗った。なんと愛《いと》しく、良い響きなのだろうか……


「ムルト、さんですか。はい。それでは、また」

ビビアンも俺の名前を繰り返し呼び、微笑んでくれた。

「あぁ。また」

短く返事をし、教会を後にしようとした時。

「お待ちになってください」

知らない人物の声が聞こえた。ビビアンのものではない。

「シスターヴァイオラ様、いかがなさいましたか？」

そこには、歳をとった女性が立っていた。歳をとったといっても、顔に少しシワがあるだけで、まだまだ若さを失ってはいない。

「そこのフードの方にお話があります」

「話……とは？」

「あなたの名前は？」

「ムルトというが」

「ムルトさん、別にあなたの不利益になる話ではありませんよ。どうぞこちらへ」

シスターヴァイオラに招かれ、後ろをついていく。ビビアンはヴァイオラに同行を止められていた。心配そうな顔でこちらを見つめるビビアンを安心させようと、俺は手を振った。

「それでは。お話の件《けん》ですが、神託が下っています」

ヴァイオラに連れてこられた部屋は、しっかりとした作りの執務室《しつむしつ》のようなものだった。

「神託……とは？」

初めて聞く単語だったので、俺は聞き返した。

「月の女神、アルテミス様からの言伝《ことづて》となります。あ、自己紹介を忘れていましたね。シスターヴァイオラ、この教会の責任者をやっています」

「改めて、ムルトという。冒険者だ」

「アルテミス様から話は聞いております。あなたが、モンスターだということを」

「なに？」

思わず睨みつけてしまう。

「ご心配することはありませんよ。私は人族至上主義でもなければ、モンスター撲滅《ぼくめつ》過激派でもありませんから」

「ふむ。ならば……隠す必要はないな」

俺は仮面とフードを脱ぎ、骨の顔を見せた。

「で、私になんの用だ」

「そうでしたね。少々お待ちください」

ヴァイオラは俺の顔に怯《ひる》みもせず、席を立ち本棚《ほんだな》のほうへ歩いていくと、一冊の本を引き抜き、違う場所に差し込む。すると、何かが噛み合うような音が聞こえ、本棚が横にずれると、中から頑丈《がんじょう》そうな箱が出てくる。

（ふむ、あれが金庫というものか……）

その金庫からヴァイオラが青い液体の入った瓶《びん》を取り出した。

「これは月の霊薬《れいやく》、と言われるものです。アルテミス様の神託は『真の月のネックレスをしているムルトという男に、月の霊薬を差し上げなさい』とのことです」

「ほう。これが月の霊薬？」

「えぇ、これをあなたに、と。頭からかけてください、とのことです」

「むむ。なんだか知らぬが、わかった」

俺はその霊薬を受け取り、疑いもせず頭からかぶる。アルテミス様の言うことに間違いなどあるはずがないと思っているからだ。

霊薬は俺の骨に吸い込まれるように染み渡り、体が光り始める。

（これは……進化⁈）

モンスターを一定数倒さなければ進化はしないものだと思っていたが、何かがきっかけで突然《とつぜん》進化が始まることもあるのだとわかった。進化の光はすぐに収まった。

「お話はこれで全てです。そしてそのネックレスは私たちのものとは違う、本物の月のカケラでできていますので、大事にしてくださいね」

ちなみにシスターたちが身につけているものは月のカケラではないという。

その後、俺はそのまま教会を後にし、ギルドへと向かった。休憩所で少し落ち着いてから依頼を受けることにしたのだ。

（さて、進化もした。ステータスの確認をしよう）

名前：ムルト
種族：月下の青骸骨《アーク・ルナ・デスボーン》
ランク：C
レベル：1/50
HP：666/666
MP：430/430
固有スキル：【月読《つくよみ》】【凶骨《きょうこつ》】【下位召喚】【下位使役《しえき》】
スキル：【剣術Lv3】【炎魔法Lv5】【風魔法Lv1】【暗黒魔法Lv1】【危険察知Lv5】【隠密Lv10】
称号：月を見る魔物、月の女神の寵愛、月の女神の祝福、月の使者、忍び寄る恐怖、心優しいモンスター

（なん、なんだこれは……！）

ステータスが軒並《のきな》み異常に増えていたのだ。魔法に至っては二つ増え、上位の魔法まで使えるようになっていた。

（そしてなんだこの……つく、よみ？）

月読
魔眼を持つ者が、月の女神の祝福により取得できる。魅了《みりょう》効果。相手のステータスの閲覧《えつらん》。ステータスの詳細閲覧。視認不可能なモノの視認が可能になる。相手の動きをトレースすることができ

る。相手の動きの予測ができる……ｅｔｃ。


月読の説明が出てきた。

（これが詳細閲覧か？）

魔眼を持つ者、と書いてあるが俺は魔眼を持っていなかった。だいたい眼の部分がないはずなのだが……。

（月ノ眼の上位版、ということだろうか……）

俺は、一人でギルドの休憩所にいる。一人でビクッとして、一人で笑っている。

（すごい……これもアルテミス様の加護か……）

俺は月読以外にも、自分のステータスを詳細に見ていった。

月下の青骸骨《アーク・ルナ・デスボーン》
月の祝福を受けたスケルトンが変異したユニークモンスター。
ランク
そのモンスターのランク。G～S3まである。
レベル
そのモンスターのレベル。レベルの上限は個体差がある。上限に達すると進化をするモンスターもいる。
ＨＰ

ヒットポイント。ゼロになると死ぬ。特殊《とくしゅ》な方法でしか死なないものもいる。

ＭＰ

マジックポイント。ゼロになると魔法を使うことができなくなる。

凶骨

強靭《きょうじん》な骨。とてもかたく、武器にもなる。他の骨を取り込むことで、再生することができる。

下位召喚

自分と同じ系列の種族をＭＰを消費し召喚することができる。召喚できるモンスターは、自分のランク未満のモンスターに限られる。召喚されたモンスターは時間経過、または破壊《はかい》されることで消える。

下位使役

自分と同じ系列の種族を従えることができる。使役できるモンスターは、自分のランク未満のモンスターに限られる。

暗黒魔法

闇《やみ》魔法の最上級。

危険察知

危険察知能力が上がる。

隠密

気配を気取《けど》られにくい。夜になると補正がかかる。

称号

何かを成した者が得る。ステータスへ補正がかかるものがある。
月を見る魔物
月を見ていたモンスター。
月の女神の寵愛
月の女神の寵愛を受けし者。
月の女神の祝福
月の女神の祝福を受けし者。
月の使者
月の女神に認められ、月の女神に仕えることを良しとした者。
忍び寄る恐怖
気配を消し、数々のモンスターを倒した者。
心優しいモンスター
心優しいモンスター。

頭が痛くなるな……。この下位召喚と下位使役は、きっと実戦か何かでは使えるのだろうが、発動したら最後、悪者認定をされそうなものではある。モンスターという点では悪者なのだろう……が。

（何はともあれ、強くなったのだろう）

俺はふと、月光剣の説明も見てみたいと思い月読をする。

月光剣―月夜《つくよ》―
（ん？　名前が違うぞ？　確か前はナイトブルーだった気がしたのだが……）

月光剣　―月夜―

月の女神が認めた者にしか扱うことができない世界に一本の剣。所有者と共に成長する。

（情報通りなら、俺と一緒に成長した……ということなのだろうか）

動揺を隠しきれはしないが、とても嬉しく、これが今の現状だということを認めた。気を取り直し、依頼掲示板を眺める。

冒険者ランクはE。その周辺なら狩れる、ということなのだろう。

（ふむ。無難にパワフルボアにしておくか）

俺は昨日と同じ依頼を取り、受付へ進む。

「スカルヘッドさん、昨日と同じものを受けるのですね。パワフルボアは畑や農作物をよく荒《あ》らすので、退治してもらえるのはありがたいんですよ」

「そうか、なら張り切ってやらねばな。ところで、冒険者カードの名前を変えることはできるか？」

「え？　あ、はい、結婚《けっこん》した場合などに変えることはできますが……婚約なされたんですか？」

「いや、その、実はスカルヘッドというのは仲間に呼ばれているニックネームのようなものでな……やはり本名で登録したいと思ってな……」

「そうなのですか……あまり名前をコロコロ変更《へんこう》してはいけないのですが、また名前を変える予定はありませんよね？」

「あぁ。もう変えることはない」

「わかりました。それでは特別に変更しましょう」

「悪いな。助かる」

「いえいえ、それでは冒険者カードをお預かりします。変更後のお名前はどうしますか？」

「ムルト、で頼む」

「ムルト、ですね。かしこまりました。少々お待ちください」

「あぁ。すまない」

カードを渡すと、受付嬢はいったん席を外し、またすぐに戻ってくる。冒険者カードの名前はしっかりと変わっていた。俺はそのまま依頼の手続きをし、冒険者カードを受け取り、門へと向かう。

（パワフルボア……早く倒して今日は少しゆっくりするとするか）

別に休む必要はないのだが、今日は朝から色々とありすぎた。やはり教会での一件が大きいだろう。俺は簡単な仕事を終わらせるために、暗い森へと向かう。明日はどこへ行こうかと考えながら。

だが、俺は知ることとなる。モンスターの怖さと、人間の怖さを。


森の中を歩き続ける。

今は一匹目のパワフルボアを討伐してから一時間が経っている。前回は三匹倒しても一時間以内だったのに、今回はなかなか見つけることができていない。それよりも、モンスターとあまり出会わない。

ちなみに今回は、パワフルボアを入れる袋を持っている。門を抜ける際に、昨日と同じ門番に会い、

「おい、お前昨日のやつか？　なんだ。またパワフルボアを狩るのか、袋はちゃんと用意してきたか？　なに？　忘れていた？　仕方ないな。少し待っていろ」

そう言い、パワフルボア一頭が丸々入る大袋《おおぶくろ》を三枚もらった。

「街の治安のために働いてんだろ？　返す必要はねぇ」

そのまま袋をもらってきたのだが……未《いま》だ一頭。

「今日は大変だな……」

そんなことを言いながら森の中を進んでいく。それでもなおパワフルボアは発見できず、街へ引き返すことにした。

（一頭だけだが、月が出るまであと二時間ほどだろう。往復の時間を考えると今引き返せば丁度いい時間だろうか）

今日の森は何かがおかしい。そんな根拠《こんきょ》のないことを考えるほどに、静まり返っていた。

（パワフルボアがいないだけでこんなことを考えてしまうとは、弱気なのかもしれんな）

「誰か助けてぇぇぇ‼」

街に向かって引き返していると、静かな森に悲鳴が響いた。声が聞こえてきた方向からは、微かに血の匂いがする。

（人が襲われているのかっ！）

俺は走った。声のする方へ。茂みを掻《か》き分け、飛び出す。

そこには、黄色と黒のまだら模様、大きなハサミに、そして鉤爪《かぎづめ》のような尻尾《しっぽ》をした大きなモンスターがいた。

種族：ポイズンスコルピオン
ランク：A
レベル：52/100
HP：1529/1530
MP：0/0
固有スキル：【大鋏《ばさみ》】【毒生成】【堅甲殻《けんこうかく》】
スキル：【危険察知Lv1】【隠密Lv6】
称号：殺戮者《さつりくしゃ》、肥大

ランクA。そして圧倒的なステータス。月読で見たそいつは、恐ろしく強く見えた。

鉤爪には男と思われるものが刺さっており、傍《かたわ》らには腹を裂《さ》かれている女と思われるもの。そして助けを求める悲鳴を上げたと思われる少女がいた。

「大丈夫か！」

俺はすぐさま少女とスコルピオンの間に剣を構えて立った。

「立てるか！　街までそう遠くない、走って助けを呼んでくるんだ！」

「で、でもママとパパが……」

「い、いきなさい……」

鉤爪に刺さっている男が、力のない声でそう言った。自分はもう助かるはずもないと考え、我が子だけはと願う父親の優しさが見てとれた。

「で、でも……」

「さっさと行け！」

思わず怒気を込めて、少女に怒鳴《どな》ってしまった。少女は泣いた顔を手でこすりながら立ち上がり、街のある方へと駆《か》けていく。

「あ、ありが」

父親と思われる男が俺を見てそう言葉を紡《つむ》いだ。だがその言葉が最後まで言われることはなく、スコルピオンがその大きな鋏で男の首を切ったのだ。死体は一口咬《か》み味見をし、腹を掻《か》っ捌《さば》いて近くへ捨てる。

次の標的は俺だと言わんばかりにハサミを大きく広げている。

「俺に食える身はないぞ？」

俺は大地を力強く蹴り、接敵する。圧倒的なステータス差、圧倒的なランク差、そして種族差があるのだろう。進化したこの我が身でも、恐らく勝つことは難しいだろう。

だがここで逃げてしまえば、間違いなくスコルピオンは俺ではなく少女のほうへ向かってしまう。争って食いにくい俺よりかは、負けることのない少女を食べたほうがいいに決まっている。

剣を振り抜き攻撃をする。だがその剣の攻撃は、巨大な鋏によって阻止《そし》された。堅《かた》い甲殻に傷をつけることはできたが、断ち切ることは不可能だろう。

「炎の槍《フレイムジャベリン》！」

火魔法の上級魔法、炎魔法を使う。が、その身を焼くことは叶《かな》わず、甲殻の堅さに固まってしまう。

（尻尾攻撃がくる……！）

俺は月読のおかげで、敵が次にどう動いてくるかが、ある程度わかっていた。だが相手は格上。予測通りにはいかないのであった。

（尻尾はフェイント……ぐぅっ）

尻尾に気を取られ、俺は大鋏に捕《つか》まってしまう。万力のようなその強さに、俺は小さく悲鳴を漏らす。だが俺の骨が砕けることはなかった。

（ぐっ……ダメージは受けたが）

「フレアボム！」

魔法を使い、爆発《ばくはつ》を起こす。スコルピオンがびっくりして挟《はさ》む力を緩めた。その隙に、俺はすぐ拘束《こうそく》から逃《のが》れ、剣を構え直す。

（くっ、外套がダメになってしまった……）

俺は外套を脱ぎ捨て、骸骨の姿を晒す。

スコルピオンはそんな俺を見て、一瞬固まった。人間だと思って戦っていた相手が、モンスター。ましてや骨だけの身体なのだ。俺はその隙を見逃さず、攻撃を繰り出す。

だが、高速で横から迫《せま》る尻尾に反応できず、もろに攻撃を受けてしまった。

「かはっ」

HP：463/666

自分の体に月読を発動する。思っていたよりも、まだまだHPはあるようだ。

（スケルトンは頭さえ破壊されなければ死なないはずだ……無茶な戦いは、できる！）

スコルピオンは、吹《ふ》っ飛ばされた俺を一瞥《いちべつ》し、さっき狩った食料を食べている。俺への興味を無くしたようだ。

「くそっ！　舐《な》めるなよっ‼」

魔法は通じない。ならこの剣のみで戦うほかない。俺は剣に魔力を流し、強化する。剣の扱い方は不思議とわかっている。こいつは俺の武器であり、俺そのものなのだ。

「ムーンスラッシュ！」

魔力を通した月光剣を横になぎ、魔法攻撃のようなものを発動させる。それがスコルピオンの鋏にあたり、先ほどよりも食い込んだようだ。

「ギギギ……！」

スコルピオンは怒りをあらわにし、こちらへ迫る。

「何度もその手が通じるか！」

幾度となく食らった尻尾攻撃、俺は身を低くし躱《かわ》し、顔に迫る。

「目なら……堅くないだろう‼」

俺は、剣をスコルピオンの眼球に突き刺した。堪《たま》らなく痛いのだろう、のた打ち回るスコルピオン。俺はそれを絶好のチャンスだと思い、手を離さなかった。

「ギギ、ギッ！」

スコルピオンの口から紫《むらさき》色の液体が出てくる。俺はそれを身に受け、鋏によって吹き飛ばされる。

恐らく毒だろう。

「ふふふ、俺たちアンデッドに毒はきかぬよ」

そう、俺たちアンデッドは状態異常耐性《たいせい》が備わっている。毒や麻痺《まひ》、石化などといったものだ。個体差はあるが、俺は毒を受け付けないことを、本能で理解できた。

「ふははっ！　これでどうだ！」

なおも俺は、剣を振るい、戦い続ける。


どれほど時間が経っただろうか。

何度か攻撃をするチャンスはあったが、俺はそれ以上に攻撃を受け、体はボロボロ、鋏で切れなかった骨は打撃に弱く、アバラ三本、足の骨を二本砕かれてしまった。

ムルト
HP：1/666

ポイズンスコルピオン
HP：232/1530

俺は瀕死《ひんし》の状態なのだろう。だが頭蓋骨を割られない限り、この身は動く。対してスコルピオンのほうは息も絶え絶え、といったところか。ここまで削《けず》るのには苦労したが、奴もすでに虫の息。決着はそう遅くない。


スコルピオンの甲殻は、とても堅く刃《は》は通らなかった。だがそんな甲殻を持つ奴らにも弱点はある。それは眼などの粘膜《ねんまく》部分、そして曲げるための関節だ。

尻尾は切り落とし、片方の鋏も使い物にならないようにした。勝利はもう目前のはずだ。

「これで……最後だ‼」

俺は駆ける。そして魔法を発動させた。

「リトルボム！」

小さな爆発を地面に向けて放つ。

攻撃のためではない。目隠しのためである。月光剣に常に魔力を流していて、ＭＰは底をつきかけていた。リトルボムは、最後に使える魔法だ。土煙《つちけむり》で相手から身を隠し、先ほど潰した眼の側へ入る。

（ここは奴の死角……！　そして首の根元の関節は……ここだ‼）

頭と胴《どう》の関節部分、そこに剣を深く突き刺し、捻り込み、斬り落とす。

「ギギッ、ギ……ギッ」

スコルピオンはその一撃が致命傷《ちめいしょう》となり、力なくその場へ崩《くず》れ落ちた。

「ふぅ……俺の勝ちだ」

スコルピオンにそう言うが、俺がもし人間であったならば、もうすでに負けていただろう。骨を折られ、HPは1にまで削られていた。この戦いで失ったものも多い。

ハルナからもらった外套と仮面。その二つが今回の戦いでズタズタにされていたのだ。

「これは……怒《おこ》られるなぁ」

残ったのは手袋、足袋《たび》、荷物入れ。パワフルボアはここへ向かう途中で捨ててしまった。

「こっち！　こっちに怖いモンスターが！」

逃げた少女の声と、数名が走る足音。冒険者達が来たのだろう。草木を掻き分け、先ほどの少女と冒険者。そしてなぜか受付嬢までもがいる。

「あれが、あれが私のママとパパを！」

「助けてくれたという冒険者はどこだ！」

「いない……！　けど！　あのコートと仮面をつけてた！」

少女は、俺が手に持っている外套と仮面を指差し、泣き叫《さけ》んでいた。

（少女よ……無事でよかった）

俺は少女の無事を確認し、安堵する。その横には、俺が手に持っている外套と仮面を見ながら震えている受付嬢がいた。

俺は何も言わず、暗い森へと逃げた。

骸骨は逃げ出す

Skeleton, the moon gazer

その日、彼女《かのじょ》は仕事をしていた。依頼《いらい》の受理、新規登録、質疑応答や案内など、冒険者《ぼうけんしゃ》ギルドの職員として、いつも通りに働いていた。

そんな真面目《まじめ》な彼女が、今日初めてやってはいけないことをしてしまったのだ。それは、冒険者カードの名前の再登録。

本来は、貴族との結婚《けっこん》などの位が変わってしまう人物しか変えることができない。しかし彼女は今日、会って二日しか経《た》っていない冒険者の名前を変更《へんこう》してしまった。

（はぁ……怒《おこ》られるかなぁ……）

その彼《かれ》は、今日も依頼を受けてパワフルボアの討伐《とうばつ》へ出かけている。前回も同じ依頼を受けており、その時は受けてから一時間ほどで戻《もど》ってきていた。なのに今日は異様に遅《おそ》い。すでに三時間は経過していた。

（それにしても、皮を剥《は》いだパワフルボアを両手に持って帰ってきたのにはおどろいたなぁ）

彼女は昨日の彼を思い出し、苦笑いをする。

「あ、いらっしゃいませ！　はい、本日の依頼は……リトルラビットの討伐ですね。かしこまりました。それでは冒険者カードをお預かりします」

いつものように受付をする。すると、冒険者ギルドのドアが乱暴に開けられ、彼女を含《ふく》め、全員の視線がそこに集まる。

「緊急《きんきゅう》！　緊急！　東の森に強大なモンスター出現との情報！　被害者《ひがいしゃ》はすでに大人二人！　発見者はその身内と思われる少女！　今は通りかかった冒険者が対処中とのこと！　至急応援《おうえん》を求む！」

彼女はこの人物を知っていた。東へ通じる門を警備している門兵だ。

「は、はい！　ただちに！」

ギルドにいる全員が、突然《とつぜん》のことに固まってしまっていたが、彼女が大きな声を出し、指示をする。

「みなさん！　常に外に出られるように準備をしていてください！　スタンピードの可能性も考えられます！　この中にBランク以上の人はいますか！　至急三人以上のパーティを作ってください！　私と共に現場へ急行します！」

その声を聞き、ギルド中の皆《みな》が一斉《いっせい》に動き始める。装備を確認《かくにん》するもの、飲むのをやめ仲間に指示をだすもの。

その時、丁度依頼から帰ってきていたBランクパーティが彼女に声をかけた。

「先輩《せんぱい》！　私行ってきます！」

「わかった！　引き継《つ》ぎは任せろ」

「門兵さん！　対処に当たっている冒険者に心当たりはありませんか?!」

「見たわけではないからわからないが……そうだ、昨日ボアを持ち帰った冒険者と同じ仮面と外套《がいとう》をつけているものが依頼で森に向かったらしい」

（やっぱり……東の森の依頼を受けたのはまだムルトさん一人。まさか、対処中の冒険者というのは……）

「準備は整いましたね！　至急向かいます！」

彼女は、門兵から発見者と聞いた少女をおんぶし、冒険者と共に全速力で走った。一刻も早く、助けるために。

（無事でいてください。ムルトさん……！）


「こっち！」

背中の少女が道を指して教える。森の中を走る五人の鼻に、鉄臭《くさ》い異臭《いしゅう》がいたずらを始めたようで、目的地はすぐそこだということがわかった。

臭《にお》いを辿《たど》った先、ひらけた場所に出ると、嫌《いや》な光景が広がっていた。

下半身を食いちぎられた死体が二つに、大きな蠍《さそり》型モンスターが首を切られ倒《たお》れていた。

そして、目の前には剣《けん》を握《にぎ》り、二本の足で立つ、体を赤と緑の液体で染めている青いスケルトン。

その手元には、ボロボロにはなってはいたが、彼女にとっては見覚えのあるものが目に入る。緑色の外套と、木でできた仮面。

「そんな……あれは、ムルトさんの……！」

対処中の冒険者というのは、彼女の知っている人物で間違《まちが》いないだろう。人間の死体は二つ。勇《ゆう》敢《かん》に戦った冒険者は、この蠍に食べられたのだろう。だとしたら、このスケルトンは何者なのだろう……。彼女がそんなことを考えていると、青いスケルトンは何もせずに森の中へ逃《に》げていく。

「異色の……スケルトン……」

「くそっ！　逃げられる！」

「追ってはいけません！」

「なんでだ！」

「まずは周辺の確認と被害の確認です。遺品を持ち帰り、身元の確認をします」

Bランクの冒険者たちも協力してくれ、遺体の回収、モンスターの回収、周辺の調査もすぐに終わり、街に帰ることができた。

（それにしても……あの青いスケルトン、最後に女の子のことを見ていた。襲《おそ》うわけでも、人質《ひとじち》にしようとしているわけでもなかった……私たちを襲おうともせずにすぐに逃げたし……）

ギルドに戻った後、彼女は今回の事件の報告書を書いていた。

被害者は少女の両親、そして冒険者のムルト。昨日出会ったばかりの人が、今日にはもういなくなっている。冒険者とはそういうものだと知っていても、彼女はどうしても切ない気持ちになってしまい、涙《なみだ》を流さずにはいられなかった。


王都イカロス。

冒険者ギルドの本部を備えているこの国に、彼女の報告書は届いた。

「この報告書を読んだか？」

「はい。気になる点がいくつかありましたね」

「ボロガンの東の森には、高くてもCランクのモンスターしか出現しないと聞いているが」

「はい。その通りです」

「だが今回、ランクAのポイズンスコルピオンが出たという」

「はい」

「そしてさらに驚《おどろ》くことは」

「異色の、スケルトンですか」

「その通り。漆黒の悪夢《ブラックナイトメア》を知っているだろう？」

「はい。遥《はる》か昔、王国を一つ消し去ったという、ランクS3に指定されたユニークモンスターですね」

「あぁ。そしてそのモンスターも、元は黒い骸骨《がいこつ》だった」

「黒色……ですか」

「エルダーリッチやワイトキング、Sランク指定のスケルトンはみな白い骨だろう？」

「ですが、報告のあったスケルトンは特に、強く恐怖《きょうふ》を感じることはなかったと書いてあります。発見時刻もすでに月が昇《のぼ》っていたことから、月の光で青く照らされただけのスケルトンウォーリアだった可能性があります」

「ふむ。その可能性もあるのかもしれない。ただ、警戒《けいかい》はしておこう」

「はい」

「報告は以上だな」

「はい。失礼致《いた》します」

部下は静かに扉《とびら》を閉め、その部屋を後にする。

部屋に残ったのは大きな男だけだった。その男は窓から覗《のぞ》く月を見上げ、来たる未来に不安を抱《いだ》いていた。

暗い森を走り続ける。

追いつかれないように。出会わないように。

天気は雨。地面を力強く蹴《け》ると、泥《どろ》が全身に飛びかかる。俺《おれ》は走り続け、疲《つか》れていた。疲れを知らないはずの俺だが、HPが1しか残っていないのか、それとも別の理由からなのか、心底疲れ果てているのだ。

ボロボロの体が、悲鳴を上げているように感じた。

（暗雲で月が隠《かく》れているな……）

月読《つくよみ》のおかげで、敵を避《さ》けながらも光がない真っ暗な森の中をかけていく。そして、ようやく洞《どう》窟《くつ》を見つけた。

（懐《なつ》かしい……俺のいた洞窟と似ているな）

疲れ果てた俺は、何気なくその洞窟の中に入っていった。雨風を凌《しの》げ、心休める場所、そんなところを探していたのだ。

月読に、洞窟の中のモンスターがうつる。スケルトンだった。ランクGの、なんの害もないスケルトン。彼らは部外者の俺に攻撃《こうげき》してくることはなかった。同じスケルトンだからだろうか。

俺は洞窟の適当な壁《かべ》に背を預け、やっと一息つく。

俺がいた洞窟のように大穴は空いてなく、月を見ることは叶《かな》わなかったが、今の空には月が出ていないので好都合だった。

(今日はたくさん、ありすぎた)

俺は今日の出来事を順番に思い出す。朝に月の女神《めがみ》と出会い、昼に自身の変化にびっくりし、夜には一人で逃げている。

最後に思い出すのは、あの少女の悲しそうな顔。

(怖《こわ》がらせてしまった……な。反省だ)

俺はそんなことを考えながら、目をつぶった。

生まれて初めての、睡眠《すいみん》だった。


太陽の光が、洞窟の入り口から差し込み、俺は目を開けた。

「ん……眠《ねむ》って、いたのか?」

俺は自分が横になり意識を手放していたことを思い出す。

「これが、睡眠か……ふむ、悪くはないのかもな」

俺は立ち上がり、現状の確認をする。

名前:ムルト
種族:月下の青骸骨《アーク・ルナ・デスボーン》
ランク:C
レベル:27/50

HP：366/1240
MP：600/600
固有スキル：【月読】【凶骨《きょうこつ》】【下位召喚《しょうかん》】【下位使役《しえき》】【魔力《まりょく》操作】
スキル：【剣術《けんじゅつ》Lv3】【炎《ほのお》魔法Lv6】【風魔法Lv1】【暗黒魔法Lv1】【危険察知Lv6】【隠密《おんみつ》Lv10】
称号：月を見る魔物、月の女神の寵愛《ちょうあい》、月の女神の祝福、月の使者、忍《しの》び寄る恐怖、心優しいモンスター、挑戦者《ちょうせんしゃ》、嫌《きら》われ者

あの蠍を倒しただけで、レベルが半分ほども上がっていた。それと共にステータスも向上しているが、ＨＰの回復は不完全だった。

（ふむ……）

俺は自分の身体を見て、原因に思い当たった。それは、このボロボロの骨である。身体の骨を数本砕《くだ》かれ、その他の箇所《かしょ》にもひびの入っているものが多い。

幸い、自分の骨は替《か》えが利《き》くのを知っている。さらに、この洞窟にはスケルトンがいっぱいいる。

（しかし……やはり同族に手をかけるのはやめておきたい）

俺はスケルトンを目の前にし、剣に手をかけていたがそれをやめた。試《ため》しに手を前に突《つ》き出し、唱えてみる。

「使役」

目の前のスケルトンはカタカタと音を立てると、静かになった。

（これでよいのだろうか……右手を上げろ）

そう念じてみると、目の前のスケルトンが右手を上げた。下位使役は成功したようだ。彼は召喚したスケルトンではないので、魔力がつきても消滅《しょうめつ》することはないだろう。

「成功、だな。よし、君の仲間の残骸《ざんがい》があるところまで連れていってくれないか」

目の前のスケルトンは、またカタカタと音を出して歩き始める。歩いてすぐ、無数のスケルトンの残骸が無造作に転がっている場所に着く。なぜスケルトンの残骸がここに集まっているのかはわからないが、好都合だ。

「ありがとう」

俺はここへ連れてきてくれた彼に礼を言う。彼はカタカタと音を出すだけだった。

俺は、目の前の残骸からアバラと足の同じパーツを探し、自分の身体に取り込《こ》んでいく。ひびの入ったところも替えようと思ったのだが、どうやらひびが入っている骨は、他の骨を押《お》し当てるとその骨を吸収してひび割れを治すらしい。新しいことに気づけた。

そのまま自分のステータスを確認し、ＨＰが少しずつ回復していることを確認すると、予備の骨を五本ほど荷物入れに入れ、元の場所へ戻る。

（よし。これで身体に関しては大丈夫《だいじょうぶ》だな）

次に荷物を確認した。

決して手放すことのない月光剣、エルフにもらった荷物入れと紹介状《しょうかいじょう》、銀貨などの入った袋《ふくろ》、門兵にもらった大袋二枚に、先ほど回収した五本の骨。

仮面と外套はスコルピオンとの一件でズタズタになったので、あの場へ置いてきてしまった。ブーツは汚《よご》れているがまだ使える。手袋はスコルピオンの毒のせいだろうか、溶《と》けて穴が空き、骨を隠すことはできなくなっていた。

（ふむ、とりあえずしまっておこう）

俺は現状の確認を終えると、使役をかけていたスケルトンを解放し、改めて礼を言い、太陽が昇り始めた森へ向かって歩き出した。

向かう場所は決めていないが、これからの旅は明るいものだと思いたかった。


「ふぅ、街道《かいどう》が見えたな」

俺は森の中を一方向へまっすぐ進み続け、ようやく街道を見つけることができた。

（これを辿っていけば街へ着くだろう）

だが街道へは出ず、身を隠すように森の中を進む。外套はなく、骨の身が剥《む》き出し状態だからだ。HPは回復したが、人間と出会い、無駄《むだ》な争いをするべきではないだろう。

しばらく進むと、森の中に狼《おおかみ》を見つけた。久しぶりのモンスターだ。経験値の足しにするために狩《か》っていく。

さらに進んでいくと、森の奥地《おくち》に見たことのある丸太で作られた門を見つける。

（ここは……もしやエルフの集落か？）

エルフなら話したこともあるし、何より紹介状がある。少ないが金はあるし外套や仮面を売ってはもらえないだろうか、そう思い俺は門へ近づき声をかける。

「誰《だれ》かいるか！」

俺の声に反応して、櫓《やぐら》から一人の男が顔を出す。長い耳に緑色の服、そして俺が着ていた気配を気取《けど》られにくくなる外套も着ている。

「おぉ、すまないが中に入らせては」

「貴様！　何者だ！」

「あぁ、すまない。私はムル」

「動くな！　みんなー！　敵だ！　魔族と思われる！」

「ま、待ってくれ！　俺はスケルトンだ！　紹介状もある！」

「紹介状？　我らが誇《ほこ》り高きエルフが魔族に紹介状など書くものか！」

「本当だ！　この荷物の中」

荷物入れの中を探《さぐ》っていると、矢がこちらへ飛んでくる。門の横の小さな扉からぞろぞろとエルフの戦士が出てくる。

「聞いてくれ！」

「モンスターに貸す耳などもっていない！」

問答無用で襲ってくるエルフたちに、これ以上の言葉が届くことはなかった。仕方なく俺は剣を抜《ぬ》き、相対することとなる。

「くっ、このスケルトン手強《てごわ》いぞ、囲め！」

（なぜ、信じてくれない……モンスターというだけで……）

月光剣に魔力を流し強化をする。初めに斬《き》りかかってきたエルフの剣を左手で掴《つか》んだ。俺の硬《かた》い骨はスコルピオンの鋏《はさみ》に勝ったのだ。このような剣で切れるはずもなかった。

「な、なにっ！」

そして俺は、右手に持っていた月光剣でそのエルフの首をそのまま……。

その刹那《せつな》、首にかけている月のネックレスが目に入る。

（ダメだ！）

俺は思い出す、アルテミス様の言葉を。

『人間全《すべ》てを嫌いになってほしくないの』

俺の剣は、エルフの首元で止まる。少しでも遅《おく》れていればこのエルフの命を刈《か》り取ってしまっただろう。

「っ……」

周りのエルフも息を呑《の》んでいる。

「お願いだ。俺の話を聞いてくれ……」

俺は、その一言を絞《しぼ》り出すように口にする。

エルフは武器を構え、こちらの出方を窺《うかが》っている。

「……止まるな！　俺ごと切るんだ！　モンスターに唆《そそのか》されるなんて恥《はじ》だとは思わないのか！」

目の前のエルフが大声で叫《さけ》んだ。

「さぁ！　殺すがいい！　だが死んだとしてもお前を呪《のろ》ってやるぞ！　スケルトン！」

「く、くそっ！」

俺はエルフを蹴りつけ、引き離《はな》す。

「リトルボム！」

煙幕《えんまく》として魔法を発動して逃げる。逃げる。逃げ続けた。

（昨日と同じじゃないか……）

俺はスケルトン。走ってにじむ汗《あせ》も、悲しみで流す涙も、出ることはなかった。


代わり映《ば》えのない森の中をとぼとぼと歩く。

パワフルボアが出ても、狼が出ても、俺は無視していた。攻撃されることもないのだから、攻撃する必要もない。

しばらく街道に沿って歩いていたが、人間の街に行くことが怖くなってきた。怖いのだ。あの目が、スケルトンというだけで向けられる。あの、敵意に溢《あふ》れた目が怖い。

（俺は、どうすればいい）

すると、どこからか微《かす》かに血の匂《にお》いがただよってくる。

（モンスター同士の小競《こぜ》り合いだろうか。俺には関係のないことだ）

「お嬢様《じょうさま》！　お下がりください！」

「ダメ！　逃げるのよ！」

どうやら人間だったようだ。切羽詰《せっぱつ》まった声、少女とまだ若い女性、といったところだろうか。

襲われていたとして、俺には何の関係もない。

俺は変わらず森の中を歩き続ける。

「ぐへへ、どこに逃げるっていうんだい？　お嬢ちゃんたちぃ？」

「お頭《かしら》！　この剣士の女は食っちゃってもいいんですよねぇ？」

「あぁ、お前らの好きにしていいぞ」

「よっしゃ！　お頭優《やさ》しぃー！」

「だが、そこのお嬢ちゃんに傷はつけるなよ？　売り物なんだからなぁ」

「わかってますよぉ～」

下卑《げび》た笑《え》みを浮《う》かべる男五人を前に、一歩も引くことのない女性の剣士。その後ろには十二歳《さい》ほどの女の子が震《ふる》えながら立っていた。

「お嬢様！　早くお逃げになってください！」

「嫌よ！　リカを置いてはいけないわ！」

「大丈夫です！　私は後から追いつきます！」

「嘘《うそ》！　そんなの嘘よ！」

「お嬢様！　早く！」

「逃《のが》すわけねぇだろうがよぉ！」

男が女性に斬りかかる。女性は右腕《うで》を斬られており、動きが悪くなっていた。男は油断することなく力を加え、女性の腹を蹴《け》飛《と》ばす。

「リカ！」

「お嬢様……早く。早く逃げてください……」

「嫌よ……私、リカを失ったら……リカ、私を、私を一人にしないで!!!」

少女の絶叫《ぜっきょう》が静かな森へ響《ひび》く。その声を聞きつけたのか、静かな森の中から、なんとも恐《おそ》ろしい青い恐怖が迫《せま》ってきた。


気づけば身体が動いていた。森から飛び出し、目の前の男を上段から斬り捨てる。

「な、なん」

すぐさま隣《となり》の男の足を下段から斬る。

「ぎゃっ」

体勢が崩《くず》れ、顔が地面に近づく。その先へ剣をそっと置き、その落下とは逆に高く斬り上げ、その男も殺す。

「な、何が起きてる……！」

「お、お頭ぁ」

「何を怯《ひる》んでる！　相手はスケルトン一匹《ぴき》だぞ！　いけ！」

「は、はいぃ！」

残り三人のうち二人が真《ま》っ直《す》ぐ突っ込んでくる。それに合わせ俺も走り出し、二人の男の横を通り過ぎる。後ろから聞こえる果物が潰《つぶ》れるような音、ちゃんと斬れたようだ。

「なっ！　……ま、待て、お前、な、なにが目的なんだ！　いきなり襲ってきて！　なんのつもりなんだ！」

(目的か……)

俺にもわからなかった。身体が勝手に動いた、のだろうか。少女の一人になりたくないという願いに、自分を重ねてしまったのだろうか。何かを失うのは怖く、悲しいものだと、俺は知っている。なら、まだそれを失っていない少女に、俺と同じ気持ちを知ってほしくなかった、のかもしれない。

俺はその男の問いに答えることはなく、首をはねる。剣についた血を払《はら》い、鞘《さや》に収めると、俺へ声が飛んでくる。

「あ、あなたは……」

「いけません！　スケルトンです！　しかも相当の手練《てだ》れです」

「で、でも彼は私たちを助けてくれたわ！」

「次は、私たちです……」

「……っ！」

(あぁ……またこの目か)

恐怖して俺を敵視する目。

一度目はスコルピオンから助けた少女。二度目は、殺せなかったエルフ。そして三度目、悪漢から助けた少女。

女性の剣士はしゃがみながらも剣を構え、少女の盾《たて》になろうとしている。少女は庇《かば》われながらも恐怖した目で俺を見ている……。

俺はしばらく睨《にら》み合っていたが、はっと我に返る。

（逃げよう）

俺は、悪漢の身につけていた外套を拾い、それに身を包み森へ向かって走った。

「あ！　待って‼」

また、逃げた。


どれだけ歩いただろうか。また何も考えず、あてもなく前へ、前へと歩き続けた。

（俺は……）

何かを考えようとすれば、蘇《よみがえ》るのはあの目、恐怖に染まったあの眼差《まなざ》し。

（なぜあんな目を向けられねばならないのか！）

俺はモンスターなれども、人を助けた。別に人を憎《にく》んでもいないし、嫌いでもない。困っていれば助けるのは当然のことのはずだ。なのに。

（スケルトンだということだけで）

なぜ人間は、ああも冷徹《れいてつ》になれるのか。

「……もう、こんな時間か」

気づけば、真っ暗になっていた。とうに陽《ひ》は沈《しず》み、月の光が辺りを優しく包み込んでいた。

「……月を、見よう」

俺の心の安らぎは、もはや月だけになってしまった。いや、元々月だけが、俺の心の安らぎなのだ。

「開けた場所はないものか」

息の詰《つ》まるような暗い森。ただでさえ暗い気持ちになっているのだ。

もうしばらく歩き、木の少ない場所を目指す。辿り着いた場所は、湖だった。

風の吹《ふ》いていない湖は、波紋《はもん》ひとつなく、空に浮かぶ月をそのまま映していた。

「美しいな」

いつもは見上げるばかりだった月を、今日は自分より下で見ているのだ。近くの大きな木へ腰《こし》を下ろし、悪漢から拝借した外套を身につける。

「やはり……月はいいな」

見上げれば青い月が、目線を下ろしても湖に映る青い月が、顔をまっすぐ向ければ、その両方を見ることができる。

「これが、一度で二度美味《おい》しいというものか」

独りでその絶景を楽しむ。心の安らぎを生むのはいつだって月だった。俺の心を癒《い》やすのはいつも月なのだ。

俺は何かに縋《すが》るように、月へ手を伸《の》ばす。

「アルテミス様……俺はいったいどうすれば……」

月は、アルテミス様は、俺に何も言ってはくれない。胸のペンダントを、固く握った。

名前：ムルト
種族：月下の青骸骨《アーク・ルナ・デスボーン》
ランク：C

レベル：27/50
HP：1240/1240
MP：600/600
固有スキル：【月読】【凶骨】【下位召喚】【下位使役】【魔力操作】【憤怒《ふんぬ》の罪】
スキル：【剣術Lv3】【炎魔法Lv6】【風魔法Lv1】【暗黒魔法Lv3】【危険察知Lv6】【隠密Lv10】
称号：月を見る魔物、月の女神の寵愛、月の女神の祝福、月の使者、忍び寄る恐怖、心優しいモンスター、挑戦者、嫌われ者

「あら、人がいるなんて珍《めずら》しいわ。領民の方ですか？」

後ろから声をかけられるまで気づけなかった。注意力が散漫《さんまん》になっていたようだ。敵というわけではないらしく、暗闇《くらやみ》にフードを被《かぶ》っていることから、まだスケルトンだということには気づかれていないようだった。

「あ、あぁ。月を見ていたんだ」

「月を……綺麗《きれい》ですよね」

声色《こわいろ》から考えると、まだ成人していない、年端《としは》もいかない少女、といったところか。

「隣、失礼しても」

「構わない」

人と話すのは、二日ぶりか。別段空いたというわけではないのに、話をすることで不思議と心に余裕《よゆう》を持つことができた。

聖女の信仰が
試されるとき、
聖都の闇を
ロージャの『力』が打ち払う——
フラレた後のファンタジー　2
著：マルチューン　イラスト：ox
定価：1,300円＋税
魔導都市を巨人スヴァトゴールから護ったロージャ。しかし平穏も束の間、
彼の『力』に目を付けた聖教会からロージャは聖都に召喚されてしまう。そ
こで待っていたのは己の信仰に揺らぐ聖女ルシャとの再会だった——！

「失礼します。あの、突然なんですけど、私の話を聞いてはくれませんか？」

「こんな私でよければ構わないが、今出会った人物に話してもいい内容なのか？」

「そう、ですね……あまり聞いていて心地《ここち》よい話ではないと思いますが、私自身どうしたほうが良かったかわからなくて……」

「話して楽になるのであれば、聞こう」

少女も俺と同じく、悩《なや》みを抱《かか》えているのだろうか。俺が聞いて解決できるものとは思えぬが、その話を聞いて少女の肩《かた》の荷が下りるのであれば、協力するのは吝《やぶさ》かではない。

「ありがとうございます。今日の昼間の出来事なのですが、別荘《べっそう》に向かう途中《とちゅう》で盗賊《とうぞく》に襲われまして」

「それは……災難だったな。だが今ここにいるのだから、助かったということだろう？」

「はい。もうダメだと思った時、あるお方に助けていただいたのですが、その方が……」

俺はその続きをわかっていた。その助けてくれた人というのは間違いなく俺のことだろう。ということは、この少女は昼間襲われていたやつか。

「スケルトンだったのです。そのスケルトンは瞬《また》く間に盗賊を倒すと颯爽《さっそう》と森の中に消えていきました」

「モンスターなのに襲ってこなかったのか。ラッキーだったな」

「ええ、ですが私は助けてくれたスケルトンにお礼も言えず、私は怖がることしかできませんでした」

「モンスターは忌《い》み嫌われるものだ。それが当然の反応ではないのか？」

「そう言われると、そうだと思うのですが、あのスケルトンは私たちを襲うつもりは微塵《みじん》もなさそうだったのです。盗賊を倒した後、すぐに剣をしまい去っていきました。きっとスケルトンは私たちの反応を見て、気を遣《つか》って去ってくれたのかもしれません」

「ふむ。して、あなたはそのスケルトンに何をしたいのだ？」

「お礼を言いたいです」

「……そのモンスターはもう関《かか》わりたくないと思っていたら？」

「それでも、この気持ちを伝えたいです。ごめんなさい。そしてありがとう、と」

「そう、か」

少女と俺の間に静かな沈黙《ちんもく》が流れた。それでも月は美しく輝《かがや》き、俺たちを照らす。心地良い風が吹き、湖に波紋が広がる。

「それでは、私はもう行きますね。遅いと家のものが心配してしまいますので」

「あぁ」

「ここは私のオススメスポットなんですよ。月と湖がとても綺麗でしょ？」

「あぁ」

「この湖は精霊《せいれい》が住むと言われていて、モンスターは近づけないから安全なの」

「そうか」

少女は立ち上がり、少し離れながらそんな話をしてくれた。俺も立ち、少女に背中を向けながら言う。

「それでは、俺も失礼しよう。話せてよかった」

「私も話せてよかったわ。ありがとう。それと、ごめんなさい」

俺は、森の中に姿を晦《くら》ました。後ろからは少女のすすり泣く声が聞こえてくる。俺はそれでも振《ふ》り返らず、月を見上げながら、口を開ける。

俺も、カタカタと顎《あご》を揺《ゆ》らしていた。

骸骨は微笑《ほほえ》む

Skeleton, the moon gazer

数日歩き、俺《おれ》は川を見つけることに成功し、今は川に沿って海に向かっている途中《とちゅう》だ。あの後、湖から離《はな》れた後、俺はまた夜通し歩くように旅をした。

夜通し歩いていると、夜から朝に変わる時、月が沈《しず》み太陽が浮《う》かんでくる時に空が白みがかってくる光景を見た。

それで、先日湖で見た空に浮かぶ月と湖に映る月のように、一度で二度美味しいをしてみたくなったのだ。

（これを同時に目に収めるためにはどうすればいいのか……）

と考えて浮かんだ答えが、海に行き、太陽が浮かぶ時に一緒《いっしょ》に見れるのではないか？　という結論だった。障害物のない海に太陽。逆に障害物のある方向には月という、ギャップというものだろうか。それを見たくなった。

そんな旅の中、時にはモンスターを狩《か》ったり、人知れず助けられるものは助ける。そんな旅をしていて、自分のステータスを確認《かくにん》してみると、【憤怒《ふんぬ》の罪】という見慣れないスキルをみつけた。

憤怒の罪

悲しみが怒《いか》りに、憎《にく》しみが怒りに、そして力も怒りに変わってしまう。憤怒の罪を発動した者は怒りに呑《の》まれてしまうが、恐《おそ》ろしい暴力を手にすることができる。

よくわからない説明文ではあった。俺はうまく理解できなかったが、さらに強くなれる、と確認してそのままだ。

さらに数日、特に変わったことは何も起こらなかった。

目の前には、大きな岩の上であぐらをかき、竿《さお》を川の中に垂らしている人間がいた。

「む、人がいるな」

(あとどれくらいで海に着くのか聞いておこう)

俺の身を隠《かく》すのは、外套《がいとう》にブーツ。それと自分でモンスターの皮を使って作ったマスクと手袋《てぶくろ》と、不恰好《かっこう》ではあるが、自分がスケルトンとは気づかれないような服装をしていた。

少し近づくと、その人間は顔を上げ、ピクピクとしている。どうやら匂《にお》いを嗅《か》いでいるようだ？

その人間は勢いよく首を曲げて顔をこちらに向けると、俺を見つけた。

「貴様何者だ！」

岩の上に立ち上がり、竿をその場に捨て、身を低くして戦う姿勢を見せてきた。

「怪《あや》しい者ではない！　道を聞きたいだけだ！　話したくないようであればすぐにここから去ろう！」

そう言葉を返すと、今度は腕《うで》を組み考え始めた。こちらが害意のないことが伝わったのだろうか。道を聞けるのであれば聞きたいし、話すのを拒《こば》まれれば、すぐにこの場を去ろうと思っている。道を聞ければそれが一番いいのだが……。

「ぬっ、モンスターかと思ったが言葉が話せるのか……吸血鬼《きゅうけつき》？　いや、私たちと同じ？」

「訳あってこのフードは脱《ぬ》げないが、怪しいというのであればすぐにここから立ち去ろう！」

「待て！　貴様の種族はなんだ？　吸血鬼か？　もしやエルフ？　まさかエルダーリッチではあるまいな！」

種族を聞かれてしまう。きっとこの獣臭《けものくさ》いマスクや手袋でそう思われてしまったのだろう。

（正直に言って拒まれたら、すぐに去るか……）

「私の種族はスケルトン、だ。……あなたは？」

「我らは誇《ほこ》り高き人狼《じんろう》族、ウェアウルフだ！　……って、スケルトン⁉　嘘《うそ》をつくな！　スケルトンは言葉を話すことができない！」

人狼族というのは初めて知ったが、傍《はた》から見れば完全に人間ではないか。耳も尻尾《しっぽ》も生えていない。

そしてこの人狼族の目は、敵視するでも、恐怖《きょうふ》するものでもない。

（……これは、歓喜《かんき》と困惑《こんわく》……？　といったところか）

敵対する意思は感じられないため、俺は大丈夫《だいじょうぶ》かと思いフードとマスクをとり、青い頭蓋骨《ずがいこつ》を見せた。

「ほら、これで信じられるか？」

「えぇっ⁉　本当にスケルトン！　みんなに知らせてくる‼」

「あ！　待て！」

人狼族と名乗った者はそのまま森の中に走っていった。人狼族と言われた通り、その者は二足ではなく、四足歩行で地を走っていったのだ。

（仲間を呼ばれたら襲《おそ》われてしまうか？　だが、悪い奴《やつ》ではなさそうだったな……）

俺はしばらく悩《なや》んだが、下手な争いは生むべきではないと思い、その者が帰ってくる前にこの場を後にすることに決めた。

（ぬっ、これは……）

その瞬間《しゅんかん》、俺の危険察知が作動し、大勢がこちらに素早《すばや》く向かってきていることに気づいた。すぐに月読でその方角を見て、どれほどの数がいるのかを確認する。

「十五、六人か」

総勢十六名、さっきの者を除き十五名がこちらに向かっている。それもものすごいスピードで、みな四足歩行で森の中をかけていることから、全《すべ》てが人狼族だということがわかった。

（すぐにここから離れなければ……！）

だが、時すでに遅《おそ》し。あたりには人狼族、囲まれてしまっていた。間髪《かんはつ》をいれずに人狼族の一人が飛びかかってきた。

（この目は……！）

俺は何もせずに押《お》し倒《たお》される。

「骨だー！」

（歓喜の目っ！）

喩《たと》えるならば、目がキラキラ光り輝《かがや》いている、というものだろか。若い人狼族が俺の腕に飛びかかり、ガジガジとしている。

「コラ！　客人に失礼ではないか！」

俺を取り囲む人狼族の一人がそう言っているが、その者の目も、今俺の腕をペロペロしている者と同じ目をしていた。すぐに飛びかからないだけ理性があるほうだ。

「ちょっとちょっと！　兄《にい》も父様も気が早いです！　私が一番に見つけたんですから！　私が一番じゃないんですか⁉」

「ニーナ、そうは言ってもな、まずは客人との会話が先だろう。ジット！　離れなさい！」

理性のある人狼族がそう言うと、俺の腕にしがみついているジットと呼ばれた青年が悲しそうに離れていく。

「まずは客人よ、せがれの無礼を謝罪する。そしてこのような大勢で来てしまったことも。ただ、敵対する意思を持っていないことだけは理解してくれ。して、娘《むすめ》のニーナから聞いたが、言葉を話せるとか」

「あぁ。言葉を話せる。種族はスケルトン。先ほどの謝罪だが、攻撃《こうげき》する意図がなければ別に構わない」

「ふむ、感謝する。こんなところで立ち話もなんだ、我が集落へ案内しよう」

「いいのか？　俺はモンスターだが」

「構わんよ。わしらも人狼族と言ってな、亜人《あじん》のようではあるが、獣人《じゅうじん》族と違《ちが》ってモンスター寄りなんだ」

その後、俺はすぐに集落へと案内された。

集落に向かう道すがら、常に人狼族は俺の腕や腹、足などの骨に夢中になっていた。

グルルル、とよだれのようなものを出しながら見られるのは、それはそれで変な気持ちにはなったが、その都度父様と呼ばれた人狼が注意し、移動してる間、骨を食《は》むことはされなかった。

「さぁ、狭《せま》いところですがどうぞ」

通されたのは大広間。座布団《ざぶとん》のようなものを勧《すす》められ、俺はその上に座《すわ》った。

「まずは初めまして。私はこの集落の族長をやっております、ビットと言います。横にいるのは息子《むすこ》のジット、その隣《となり》は娘のニーナです」

ジットとニーナはビットの前だからか、綺麗《きれい》にお辞儀《じぎ》をしてくる。

「私の名前はムルトという。旅をしているスケルトンだ。よろしく頼《たの》む」

「よろしくお願いします、ムルトさん。娘から聞きましたが、何かお話があったとか？」

「大して大事な話というわけではないのだが、道を、聞きたくてな……」

川に沿って海を目指したものの、今はなぜか離れて集落に来てしまっている。こんな寄り道も悪くはないのだが。

「道ですか。ここいら辺でいいますと、魔都《まと》レヴィアへ？」

「レヴィア、とは？」

「魔王レヴィアが統治している魔族の国ですよ」

俺は気づかないうちに魔族領へ足を踏《ふ》み入れていたようだ。

「そうなのか」

「ムルトさんはポップしたモンスターですか？　それとも生まれてきた……？」

「ここから遠く離れたダンジョンでポップした」

「そうですか、なら魔王のことは知りませんよね。勇者のことは？」

「話では聞いたことがある。見目《みめ》麗《うるわ》しいと」

「私も見たことがないので、見目麗しいかはわかりませんが、魔族の敵、人間の救世主と言われている存在です」

「魔族と人間は争っているのか？」

「いえ、互《たが》いに不可侵《ふかしん》ということになってはいますが、人間側の聖国が人間至上主義でしてね。魔族やモンスター、エルフをも根絶やしにしようとしているそうですよ」

「ふむ。それではそちらへ向かうのはやめたほうがいいだろうな」

「旅をしているんでしたね。それで今はレヴィアに向かっていると」

「本当は川沿いに海へと向かっていたのだが……その魔都というのは気になる。そちらへ向かいたいと思う」

「そうですか。ここからレヴィアへは走って三日。普通《ふつう》に歩いたら五日といったところでしょうかね……」

「ふむ。私はアンデッドだから睡眠《すいみん》などはとらなくてもいいんだ。今から向かおうと思う。情報、感謝する」

俺が立ち上がろうとすると、ビットが膝《ひざ》立ちになりそれを止めた。

「いやいや‼　もうすぐ陽《ひ》が落ちてしまうので一泊《ぱく》……いや、しばらく滞在《たいざい》してはいかがですか？」

「それは悪い、あくまでも部外者、ましてやスケルトンだ。すぐに発《た》とうと思う」

「いえいえ！　スケルトン！　素晴《すば》らしいじゃありませんか！」

「そうだぜ！　スケルトン！　最高だ！」

「スケルトン！　骨！　好き！」

ビット、ジット、ニーナが身を乗り出して激しく言い始める。その目は、初めて会った時と同じようにキラキラしている。先ほどかっこよく止めていたビットも、今にも飛びつかんばかりにこちらに身を乗り出している。見ているのは腕だ。

「その……こんなことを言うのもお恥《は》ずかしいのですが、我ら人狼は骨に目がなく……ムルトさんのその強靭《きょうじん》で美しい骨に、我らの一族は、その……なんといいますか……」

「飛びかかりたい？」

「お恥ずかしい……」

俺のことを食おうとしているわけではないし、道も教えてくれた。恩には報《むく》いるべきだろう。

「道を教えてくれたお礼に、しばらくこの集落へ滞在しようと思う……が、他の方々は大丈夫か？」

「それにつきましては嫌《いや》という人狼はいますまい。安心してください」

「そうか。ありがとう」

その後、集落の皆《みな》を集めた前で自己紹介《しょうかい》をさせられ、無事、人狼族の集落の皆に歓迎《かんげい》してもらえた。

（みんな俺を見る目が……おかしい）

みんな漏《も》れなく目がキラキラとしている。中には舌を垂らしてはぁはぁ言っているものもいる。嫌ではないのだが、こちらが恥ずかしい気持ちになってしまう。

さらに、ビットは先ほどもう遅いと言っていたが、陽はまだまだ落ちる様子がないようだ。

（ふふふ。退屈《たいくつ》は、しなそうだな……）

友好的な人狼族、初めての魔族、久しぶりの良い出会いを大切にしようと、人狼族の笑顔《えがお》を見て思った。

（ニーナ……みんなの前で腕をかじるのはやめてくれ……）

その晩、人狼族は集落総出で宴《うたげ》の準備をしてくれた。

「おぉ、今日は良い満月ですな」

ビットが空を見上げながらそう言った。空に浮かぶ月はいつものように青かった。だが今日は満月で、それはそれは見事な丸だった。

雲も浮かんでいない殺風景な空に、ひとつの彩《いろど》りを加えるように、それは鎮座《ちんざ》し輝いていた。

「ふむ……美しい」

「ムルトさんもわかりますか」

「ビット殿《どの》も」

二人して月を見上げていると、至る所から狼の遠吠《とおぼ》えが聞こえてくる。

「狼が近くまで来ているようだな」

俺がそう言いながら辺りを警戒《けいかい》していると、ビットが笑いながら俺に教えてくれた。

「はっはっは、ムルトさん、この遠吠えは私たち人狼族のものですよ。ほら」

ビットはそう言うと魔力を身体《からだ》から放出し、月を見上げる。すると耳と尻尾が生え、口元は尖《とが》り、その身体は青色の体毛に呑《の》み込《こ》まれていった。

「どうです?」

「見事なものだ」

「ははは、ありがとうございます」

「人狼族は皆そうなのか？」

「毛並みや色などで個人差はありますが、みな人狼ですので。これ」

ビットが腰《こし》につけていた丸くて青い懐中時計《かいちゅう》のようなものを出してくる。だがそれはチェーンに繋《つな》がれてはいるが、時計ではなく、角のないただの丸い何かだった。

「それは？」

「月、に見立てたものですね。我ら人狼族は月と深い関係にありまして、満月を見て魔力を放出すると、人から人狼へと変化するんです」

「コントロールできるものなのか？」

「幼い頃《ころ》は丸いものを見ると、なってしまうものもいますが、十歳《とおとし》をとる頃には大体コントロールできるようになっていますよ」

「ほう。その懐中時計のようなものは月の出ていない昼にも人狼になれるように、か？」

「はい。丸ければ大体大丈夫なのですが、私たちの原点は月なので。この遠吠えは喜びの遠吠えですよ。美しく、我らを照らしてくれる月と、この集落の客人、ムルトさんへのね」

「ふむ。私も月は大好きだ。それに、心優《やさ》しきそなたら人狼族もな」

「ふふふ、ありがとうございます。ムルトさんのそのネックレスは三日月ですよね。そのペンダントには不思議と安らぎを覚えます」

「これは月のカケラらしい。そのせいだろうな」

「ほぉ！　それはそれは、近くで見せていただいても？」

「構わない」

「ありがとうございます。それでは失礼して」

ビットはそう言い、人の姿に戻《もど》ると、優しくペンダントを下から掬《すく》い上げ、手のひらでまじまじと見た。

「これは、すごいですね……ものすごく、パワーを感じます……あっ、ありがとうございました」

ビットはそう言うと、ペンダントから手を離す。

「これは、ある尊敬する方からもらったものでな。この剣《けん》よりも大事なのだ」

「その剣からも相当なパワーを感じるのですが……立ち入ったことを伺《うかが》うのは迷惑《めいわく》でしょうから聞きません」

ビットは笑いながら優しい表情で言う。

「このペンダントと剣は命よりも大切なものなのだ。私が死にゆくとき、共にしたいとも思っている」

「そんなに大事にしてもらえるだなんて。ペンダントを託《たく》してくれた方は愛されていますね」

「愛……そうか、これが、愛。愛、か」

「え？　なんですって？」

「いや、なんでもない」

俺はペンダントを固く握《にぎ》りしめながら、このペンダントを託してくれたであろう女神《めがみ》を思い出す。

美しく気高い、敬愛する我が主を。

その後はジットとニーナも合流し、月見酒と洒落《しゃれ》込んでいた。俺は酒を飲めはしなかったが、勧められ頭からかぶっていた。

ちなみに、ジットは人狼族には珍《めずら》しい黒色、ニーナも珍しいピンクの体毛をしていた。ビットの青も、月と同じ色ということで、皆からは憧《あこが》れの的なのだとか。

見事な遠吠えを聞かせてもらったり、村の人々に骨を食まれながらも、その日は更《ふ》けていった。


翌日、村は昨晩の宴の余韻《よいん》を各所に残していた。

燃え尽《つ》きた木組みや、そのそばで腹を晒《さら》しながら眠《ねむ》るもの、酒瓶《さかびん》を抱《だ》きながら眠っているもの、未《いま》だ狼の姿のものなど、この村のいいところが垣間見《かいまみ》える。

「あら、ムルト様、お早いんですね」

村の中を散歩していると、一人の若い娘と会った。片手に体格のいい猪《いのしし》を握っていた。

「おはよう。お嬢《じょう》さんこそお早いですね。その猪は？」

「これはですね。今日の朝ごはんです。昨晩仕掛《しか》けた罠《わな》へ取りに行ってたんですよ」

「ほう。人狼族はやはり肉が好物なのか」

「そうですね。女である私ですらこの猪の半分の肉は食べますからね……で、でも、もっと好きなのは……」

娘は頬《ほお》をほんのり赤くし、もじもじしながら俺のことを見つめてくる。

（幾度《いくど》となく見てきた……これは歓喜の目。続く言葉は……）

「骨です」「骨ですか」

「は、はい。そうです……」

娘は顔を下に向けながら小さな声でそう言った。片手に持っている猪はともかく、こういった恥じらいや仕草は人間の娘、年相応に見えた。

「失礼でなければ、ほら」

俺はそう言いながら右腕を前に突《つ》き出す。するとその娘はよだれを垂らしながら俺の顔と腕を交《こう》互《ご》に見る。それはまるで、待てをされている犬……のような。

（この考えは失礼だな）

ゴクリ、と大きな音が娘から聞こえてくる。これまた小さな声で「本当にいいんですか？」と聞いてきた。俺は快く頷《うなず》くと、娘は勢いよく俺の骨をしゃぶり始める。仕草は可愛《かわい》く、まさに犬。昨日の晩の狼の姿であれば尻尾を千切れんばかりに振《ふ》り回していたことに違いない。

十分ほど経《た》った後、娘は我に返り、俺の腕から離れる。

「す、すいませ……ありがとうございましたぁ‼」

娘は俺に深々と頭を下げ礼を言った。これだけ喜んでくれると逆に嬉《うれ》しい。俺も軽く返事をし、村の散歩に戻る。

（ふむ。あれだけ喜んでくれるのであれば、しゃぶられ甲斐《がい》があるというものだ）

実は、先ほどから妙《みょう》な視線を感じていたのだが、敢《あ》えてその方を見ないようにしていた。……実は少しだけ見てしまったのだが……そこには、ドアを少し開け、骨をしゃぶられている俺をガン見していたニーナ……その眼差《まなざ》しは嫉妬《しっと》と喜びのようなものだった。

自分もしゃぶりたい。そんな目だったのだ……。

何はともあれ、俺は散歩を終え、ビットの家に戻り、朝ごはんを共にとっていた時のことだった。

「ムルトさん、見てたよ」

ニーナが唐突《とうとつ》にそう言った。

「見たってなんのことだ？」

ビットがニーナにそう問いかける。ニーナの目は朝見たのと同じ嫉妬のような目、ジトリ、という音がつきそうな目だ。

「ムルトさん、ハセっちゃんにしゃぶらせてあげてたの」

「なにぃ！　俺もまだしゃぶっていないのに！」

ジットは机を叩《たた》きながら悲痛のような叫《さけ》びをあげる。

「ジット！　食事中に失礼だぞ！　すいません、ムルトさん」

ジットを叱《しか》りながらビットは俺に謝罪をしてきたが、その目は物語っていた。自分もしゃぶりたい、と。

（人狼族は本当に骨に目がないな……それも俺の骨に……なぜ俺の骨？）

「よ、よければ皆さんもしゃぶりますか？」

「いいのですか⁉」

「いいのか⁉」

「いいの⁉」

三人の息のあった返事がハーモニーを生んだ。

（親子だな……）

「あ、あぁ。し、失礼でなければ」

「失礼などと！　早速《さっそく》歯を磨《みが》いてきます！」

三人は朝ごはんをさっさと口の中に放《ほう》り込み、村の井戸《いど》へ歯を磨きにいってしまった。井戸へ走りながら誰《だれ》が最初にしゃぶるか、という話をしているようだった。家長の私が、とビット。長男の俺が、長女の私が、とジットとニーナ。

（全身が骨なのだから、三人分しっかりあるのだがな）

俺はその光景を微笑《ほほえ》ましく見つめ、ビットの家でただ一人、三人の帰りを待っていた。

だが、この時の俺は、まだ知らなかった。この後に起こる大変な事態を。


「ムルトさん……本当に申し訳ありません……」

ビットが丁寧《ていねい》に腰を曲げ、俺に頭を下げる。

「は、ははは、別に気にしていない。楽にしてくれ」

今俺は、村の中央にて椅子《いす》を用意してもらい、そこに鎮座している。そして俺の目の前には村人達。この集落に住む全ての人狼族が列をなしている。

「それでは、次の方は前へ進んでください」

列を整理し、着々と村人達《たち》を前へ前へと進ませるニーナ。前へ進んだものは俺の前へ来て膝を折り、両手を前へ掲《かか》げる。

「ムルト様、よろしくお願いします」

「あ、あぁ」

俺は自分の肋骨《ろっこつ》を外し、目の前のものへ手渡《てわた》す。手渡されたものは嬉々《きき》としてそれをしゃぶったり頬ずりをしたりと、多種多様だ。

そう。今俺の目の前には、俺の骨をしゃぶりたいという人狼族が、長蛇《ちょうだ》の列を作っている。

（なぜこんなことに……）

それを説明するには、少し時間を遡《さかのぼ》ることになる……。


「父様！　私が一番にムルトのことを好きにする権利があると思うんだけど⁉」

「確かにムルトさんと最初に会ったのはお前だ。だが、ここへ迎《むか》え入れ、宴の準備も迅速《じんそく》に行うことができたのは誰のおかげかな？」

「だったら俺だって！」

「兄はもうムルトの骨しゃぶったでしょ！　もう兄は終わりよ！」

「そ、そんなぁ！　そ、そうだ！　ムルトさんに金を渡《わた》せば別にしゃぶってもいいだろ⁉」

「そんな賄賂《わいろ》のようなこと、失礼であろう！」

井戸に向かいながらそんな会話をするビット達、その会話を聞きつけ集まってくる村人。

「金を払《はら》えばムルトさんの骨を好きにしていいのか！」

「私もムルト様の骨は一度しゃぶってみたかったのぉ⁉」

「ムルトさんの骨……あれは極上《ごくじょう》……いや、天にも昇《のぼ》れるような輝きを放っていた！」

「かたさ、しなやかさ、そして何より美しさ……ムルト殿の骨は本当に素晴らしい」

あれよあれよと話が進み、ビット達三人だけではなく、村人全てがムルトの骨を自由にしたいという話で持ちきりだった。

頼めばしゃぶらせてもらえるだの、物物交換《ぶつぶつこうかん》すればいいだの、金を払えばいいだの、話があっちこっちへ。

ビット達が家に戻る頃には、行列がすでにできていた。

「ムルトさん、その、お話が……」

ムルトもその長蛇の列に驚《おどろ》きつつ、ビットに事の顛末《てんまつ》を教えられた。

ムルトはこの村に世話になったからと、喧嘩《けんか》したり奪《うば》いあったりせず、みな平和に並ぶなら無償《むしょう》でいい、と答え、すぐに列整理を開始して、順調に順番を回し、さきほどのようになった次第《しだい》である。


「ありがとうございました！　ムルトさん！」

「あぁ。喜んでもらえて何よりだ」

今の俺には肋骨が一本もない。左右合わせて二十四本。全てを切り離し、一列に一本を手渡している。骨を堪能《たんのう》した人は次の整理係になり、骨をどんどんと丁寧に手渡していく。

その数、二十四列。

（家事や狩りなどしなくて良いのだろうか……）

そんなことを心配しつつ、昼休憩《きゆうけい》は各々《おのおの》が取りつつ、朝から晩まで、この行列は続いた。

陽が傾《かたむ》き、あたりが夕陽に染まってきた頃に、ビットが大きな声で声をかける。

「もうすぐ陽が沈む！　各々家事や狩りなど、空いた時間でしたかもしれないが、ムルト様はずっとここに残り、丁寧に対応してくれ、快く骨を貸し出してくれた。自分の時間を割《さ》いてまで我らに尽くしてくれたのだ！　頃合いも良かろうと思う。誠に勝手だと思うが、これにて【骨、堪能会】を終了《しゆうりよう》したいと思う！」

（変な名前がついていたようだが、別に皆が楽しんでいるのならそれで良いのだろう……）

すると、骨はすぐに俺の元に集まり、肋骨を戻していく。急な終了にも、誰ひとり文句を言うものはいなかった。

「それでは最後に！　この会を快く承諾《しようだく》してくれたムルト様より終了のお言葉をもらいたいと思う！　ムルトさん、よろしくお願いします」

ビットが皆にそう説明し、俺に小声で頼んできた。皆の視線が俺に集まり、なんとも言えぬ恥ずかしい気持ちになったが、静かに立ち上がり人々を見渡《みわた》して言葉を紡《つむ》いだ。

「あー、この度は、私の骨の堪能会に参加してもらい、誠に感謝する。私はこの人狼族に感謝しています。そして、その皆様《みなさま》が私の骨で楽しんでくれている。そんな姿も見れて、私も大変満足しています。本日はこのような催《もよお》しに参加してくれ、重ねて、お礼を申し上げる」

溢《あふ》れんばかりの拍手《はくしゆ》がそこら中から湧《わ》き起こり、自然と表情が緩《ゆる》んでしまう。顎《あご》がカタカタと鳴っているだけなのだが……。

その後はビット達の指示で少しずつ解散していった。皆その場解散ではなく、列の先頭から少しずつ解散していく。大人数での解散で混乱や事故を招かぬように、というものだろう。見事に統率《とうそつ》がとれ、譲《ゆず》り合いができている。

「ムルトさん、お疲《つか》れでしょう。先に家で休んでてください」

「あぁ。感謝する」

特に疲労《ひろう》は感じていないのだが、ビットは俺のために頑張《がんば》ってくれている。

恐らく、俺がこの場にいつまでもいれば皆名残惜《なごりお》しく、解散しないものがいるかもしれないからだ。

(皆統率のとれた動きで解散していて、そんなことはないと思っているのだが)

とりあえず俺はそのままビット宅へ戻り、居間でゆっくりさせてもらっていた。

それから数時間後、ビット達三人が小袋を持って居間に帰ってきた。

「いやぁ。ムルトさん、皆ムルトさんには感謝しております。とりあえず今は私が代表してムルトさんに感謝を伝えさせていただきます。本当に、ありがとうございました」

「いやいや、皆が喜んでくれているのなら、私もとても嬉しい」

「そう仰《おつしや》っていただけ、我ら一同、感無量でございます。して、こちら」

ビットが小袋を俺の前に出し説明をする。

「ムルト様は無償、と言っておりましたが、今回の堪能会で頂いたお金です。細かいものはこちらで両替《りようがえ》させていただきました。銅貨三枚と銀貨五枚と金貨三枚です」

「なにっ、私は無償と言ったぞ、その金は持ち主に返してやってはくれないか?」

「いえいえ、そういうわけにはいかないのです。このお金はですね、村のみんなが自分から渡したい、と言ってきたのですよ。その圧に私たちも負け、いや、私たちも何かお礼をしたいと思っていたので。お布施《ふせ》のような形で値段を指定せずに集めさせていただきました。無償でも可能と言いましたが、払わなかった人はいませんでした。皆快くお金を払ってくれました」

「む、そうなのか。それならば嫌とは言えない……か？」

「はい。ムルトさんはレヴィアへ行かれるのですよね？」

「あぁ。そのつもりだ」

「それでしたらお金は必要でしょう。あって困ることはありませんからね。ということで、是非《ぜひ》お受け取りください」

ビットが小袋を俺の前に出し、頭を下げてくる。本当にここは良いところだと、改めて思った。

（これが、嬉しい誤算、というものか……？）

「ふむ、有り難《がた》く頂戴《ちょうだい》する。この恩は一生忘れない」

「私たちも一生忘れませんよ」

「ところで、ムルトはいつレヴィアに行くの？」

「考えてはいなかったが、早ければ早いほど、か？」

「そうですか。でしたら明日、レヴィアから仕入れの商人がこちらへ来るので、その帰りの馬車に乗せてもらったらどうでしょう？」

「明日か、急だな」

「善は急げといいますからね」

「ふむ。この村のこと、絶対に忘れない。さっそく明日この村を発つことにしよう」

「名残惜しいですが、それがムルトさんのためですからね。お見送りしますよ」

この村へいたのはたったの二日だけだったが、とても濃《こ》かった。優しく、雄々《おお》しく、それでいて繊細《せんさい》。また一つ、美しい物を知れた。

次へ向かう場所は、魔都レヴィア。

一体どんなものが見れるのだろうか。その晩、ビットと最後の月見酒をしながら夜は更けていった。

翌日、太陽が一番高い場所に昇った頃、人狼族の村へ商人がやってきた。月に一度、調度品や嗜《し》好品《こうひん》、食料などを買い付けているのだとか。

「初めまして、バレルと申します」

バレルと名乗った初老の男性は、頭から紫《むらさき》色の角を生やし、紫色の目をしていた。これが魔族のデフォルトであるらしい。

魔人族。人間の見た目に角が生えている。人間とは違い魔法《まほう》の扱《あつか》いや身体能力が上らしいが、根本的には同じらしい。

「初めまして、ムルトという。よろしく頼む」

「こちらこそ、よろしくお願いします」

軽い挨拶《あいさつ》を交《か》わす。スケルトンということはあまり気にならない様子だ。

「魔族にはたくさんの種類がいますからね。あなたは骨人族でしょう？」

「骨人族？」

「はい。スケルトンと同じ見た目の種族ですよ。違いは胸に魔核《まかく》があるかどうかです」

「ほう」

「あなたは骨人族では？」

「俺は……」

「ムルトさん、バレルさん、出発の準備は調《ととの》いましたか？」

「あ、あぁ」

「はい」

「ムルトさん、これをどうぞ」

「……これは？」

「私が昔使っていた外套です。ムルトさんが持っていたのは、失礼ですがボロボロで、粗悪品《そあくひん》でしょう？　それはワイバーンの皮で作られていましてね、伸《の》びますし何より丈夫《じょうぶ》です。もしよろしければお持ちください」

「いいのか？　高価なものだろう？」

「私にはもう不要なものですから。是非もらってください」

「……有り難く頂戴しておこう」

「あと、これも」

ビットは懐《ふところ》から綺麗な、鞘《さや》に収まっているナイフを俺に手渡した。

「これもか？」

「はい。受け取ってください。それは友好の証《あかし》です」

「ほぉ……人狼の牙《きば》か？」

バレルが馬の準備をしながらこちらを見て言った。

「はい。恥ずかしながら……」

「人狼の牙、とは？」

「人狼の牙というのはだな、人狼族が友好の証として人狼族以外に渡すものだ。人狼の姿の時牙が鋭利《えいり》になるだろう？　その中でも一番立派なものを引っこ抜《ぬ》き、それを相手に渡す。とても希少でほとんど、証をもらったという話は聞かない。それも、こんなナイフのように加工したものなど聞いたこともない」

バレルがわかりやすく補足をしてくれる。

「私の牙で作りました。ほら」

ビットは口を大きく開き歯を見せてくる。犬歯が一本なくなっていて、ぽっかりと穴が空いていた。

「生えてはこないのか？」

「十年ほどすれば生え変わりますよ。それを持っていれば人狼族から襲われることはないでしょう。もっとも、ムルトさんを襲う奴はいないでしょうがね。友好的に接せば骨を……じゅるり……」

「ビットよ。私にもその牙卸《おろ》してはもらえんか？」

「バレルさんにもお世話になっていますがダメですよ。これは本当に特別なものなので」

ビットとバレルが笑いながら話している。そんなことを言っているバレルの首からは、小さめの牙のようなものがネックレスとして下がっていた。

こう言っているものの、バレルも牙をもらっているようだ。その牙を商売に使うことはなく、大事に持っていることがわかる。

「ビットよ。短い間ではあったが本当に世話になった。是非、これを受け取ってほしい」

俺は自分の肋骨を二本取り、ビットへ手渡す。

「いいのですか？」

「構わない。予備の骨を馴染《なじ》ませればすぐになおる。これはせめてものお礼だ」

ビットは膝をつき肋骨を丁寧に受け取り、静かに嗚咽《おえつ》をもらしていた。

「本当に……本当にありがとうございます……！」

震《ふる》える声でそう言われると、こちらも思うところがある。

出発の前、村人総出で俺の見送りをしている。涙《なみだ》を流すもの、下を向くもの、たくさんの人がいた。


（俺のために、涙を……）

「それではムルトさん、行きましょうか」

バレルは既《すで》に馬を動かすために座っていた。

俺もビットからもらった外套を着て、ナイフを懐へ収め、静かに荷台に乗った。

荷台から眺《なが》めた景色は、とても美しかった。

緑色の森に囲まれた村の中で、昼にもかかわらず人狼がいた。一面が灰色の毛並みだが、ちらほらと赤や黒、ピンクなど、色とりどりだ。それは皆、こちらに手を振っていた。一頭の青い人狼が大きく息を吸い、天に向かって一際《ひときわ》大きな遠吠えをしていた。

その遠吠えはとても力強く、とても優しさに満ち、俺の旅路を案じているように感じた。

「ムルトさん、本当に愛されていますね」

バレルがそう言った。馬車は静かに走っていたが、俺の身体は微《かす》かに震えていた。


数日後。魔都レヴィアへ無事に辿《たど》り着いた。

道中は獰猛《どうもう》なモンスターと出くわしたが、バレルが思いの外《ほか》とても強く、二人で協力して楽に倒すことができた。

「いやぁ。楽に狩れました。これも街で売れるので荷台に乗せさせていただきますね」

駄賃《だちん》のようなものを稼《かせ》ぎながら三日後。

「見えました。あれが魔都レヴィアですよ」

目の前にはなんとも立派な城が見えていた。恐らく王城のようなものなのだろう。

「あと半刻ほどで着きます」

「あぁ」

そう言われ半刻後、何事もなくレヴィアへ着く。門で入市税を払い、中へと入っていく。バレルは仕入れや卸《おろし》があるとのことで、ここでお別れになった。

「ここまでありがとう。これは礼だ」

俺は懐から金貨を一枚バレルに差し出すが、バレルは首を横に振りそれを断った。

「もうチップはもらっていますよ」

バレルは懐から銀貨の入った袋を取り出して見せた。人狼族からもらっていたらしい。そして紙切れを俺に渡した。

「それでは。確かに渡しましたので」

バレルはそのまま行ってしまった。

俺は渡された紙切れを読み、ビット達を思い出す。

『親愛なるムルトへ
この手紙を読んでいるということは無事にレヴィアへ着けたことと思う。なぜ出発前に渡さなかったかというと、これを渡そうとしたら、私までレヴィアへ行きたくなってしまうからだ。とりあえず、レヴィアへ着いて、知っておくといいものをここへ記す。また何かあればいつでも村に寄ってくれ。

永遠の友ビット』

手紙にはレヴィアの街の宿や道具屋、ギルドのある場所が書かれていた。

(魔族にもギルドがあるのか……)

俺は心からビット達に感謝をし、ギルドへ向かって歩き始める。

ギルドには無事に着くことができた。

この国にも奴隷《どれい》制度があるらしく、道行く先々で首輪を着けたもの達を見た。身体に鱗《うろこ》のようなものが生えているものや、蛇頭《へびあたま》のもの、中には人間種もいるようだった。

働いているのは犯罪奴隷がほとんどのようであった。

「ふむ。悲しいものだな」

同じ生ける者を物という身分に落とし、こき使う。命ある者同士もっと手を取り合えないのだろうか。犯罪奴隷は仕方ないにしても、きっと中には人攫《ひとさら》いに捕《つか》まり売り飛ばされている者もいるのだろう。人族も魔族も嫌なところが似ている。

俺は、気を取り直してギルドの中へと入る。ボロガンのギルドと似た造りだ。まず外観も似ている。細かい違いはあるが、ほとんど一緒で、色や間取りが多少違う程度だった。

「冒険者《ぼうけんしゃ》登録をしたいのだが」

俺は受付へ行き声をかける。受付嬢《うけつけじょう》は犬の耳を生やした獣人族のようだった。

「はい！　新規登録ですか？　それとも登録変更《へんこう》ですか？」

「？　新規登録か？」

「？　冒険者カードはお持ちではありませんか？」

俺が首をかしげると、受付嬢も首をかしげた。首をかしげる時、揺《ゆ》れる犬耳が愛《いと》おしかった。

「人間の街で作った冒険者カードがあるが……」

「それでは変更手続きですか？」

「変更？」

「はい！　ご存じないようでしたらご説明致《いた》しますが？」

「あぁ。頼む」

人間の街で作った冒険者カードに魔族としての情報が記されるらしい。龍人族や獣人族、というような。また、この情報は人間のギルドとも共有され、どちらかが犯罪を犯《おか》せばその情報から魔族か人族かを知ることができるらしい。

変更しなくてもいいという説明も受けた。

「魔族は人族と不可侵と聞いたが？」

「それは戦争などを起こさない、という話ですよ。このギルドには人族の職員もいますし、街にも人族の冒険者がいます。魔人攫いや暴動、犯罪を犯さなければ罰《ばっ》せられません。これは人族も魔族も一緒です」

「ふむ。ならばまた人間の街へ行くと思うので変更はなしにしておこう」

「かしこまりました！」

「手間をかけさせた。依頼《いらい》を見てくる」

「はい！　ごゆっくり！」

俺は受付を後にし、とりあえず休憩所の椅子へと深く腰掛ける。見渡せばそこにはあらゆる種族がいる。角も何もない人間もいる。

魔都というのは俺が思ったよりオープンな感じらしい。人も拒まず迎え入れ、奴隷もそれほど辛《つら》いという顔をしていなかった。まぁまぁな待遇《たいぐう》を受けているのであろう。

金にも余裕《よゆう》がある俺は、とりあえずギルドを後にし、宿を取ることにした。

向かった場所は、【狼の尻尾】という宿。人狼族が経営しているらしく、ビット一推《いちお》し！　と手紙には書いてあった。

狼が口を開けている看板がかけられ、ドアには狼の背中の絵が描《か》いてあり、尻尾がドアノブになっていた。

「いらっしゃい」

受付のようなところには若い男が帳簿《ちょうぼ》をつけながら座っていた。

「とりあえず一泊したいのだが」

「一泊朝食夕食つき銀貨七枚、素泊《すど》まり銀貨一枚……てあんた。人狼族の何かを持っているな……？」

「む？」

こちらを見ずに説明していた男が、突然カウンターから身を乗り出すと、俺の胸《むな》ぐらを掴《つか》み引き寄せた。

「あんたから人狼族の匂いがする！　まさかあんた、人狼族を殺してはいないだろうな‼」

若い男はすぐさま手を離すと、引き出しの中から丸いものを取り出し、すぐさま人狼へと変わる。

「仇《かたき》を俺が討《う》つ！」

「こら！　シン！」

厨房《ちゆうぼう》から母親と思われる女性が出てきて、フライパンで思いっきりシンと呼ばれた男を殴《なぐ》った。

「昼間から何してるんだい！　すいません。お客さん、この子短気で。すぐ勘違《かんちが》いしたり食ってかかったりしちゃうんですよぉ……話は聞いていましたが、人狼族の何かをお持ちなのですか？」

「あ、あぁ。これを」

俺は懐から牙で作られたナイフを取り出し、女性に手渡した。女性は目を丸くしてそのナイフを受け取りマジマジと見ると、驚いた様子で謝《あやま》ってくる。

「誠《まこと》に申し訳ありません！　なんて立派な牙なんでしょう。これは友好の証ですよね。こんなもの持ってる方からお代はいただけません！　どうぞ自由にお泊まりください！」

思わぬ提案にびっくりしてしまう。

「いや、そういうわけにはいかない。泊まらせていただくのだ。金は支払《しはら》う」

「そ、それでは、このバカ息子の粗相《そそう》と合わせて一週間タダにさせていただきます！」

一週間タダというのも大いにおかしいのだが、これ以上は一歩も引かぬようだ。ここで俺が突っ張っていれば、永遠にここで泊まることができるのではないか、というほどだ。

「うぅむ。それではそうしてもらおう。すまん、世話になる」

「たっく、最初からそう言えってんだよ」

「シン！」

また頭を殴られるシン。相当痛そうだ。

その後、帳簿に記入をし、部屋を確認。少しボーッとしてから街へ散歩に行くことにした。

夕暮れの街はとても美しかった。人間の街と似ているが、歩く人は多種多様。

水球《ウォーターボール》に頭を突っ込みながら歩く魚面、オーガ、ゴブリンなどもいた。それぞれがモンスターと違って魔核を持ち、思考をするらしい。

大鬼族、小鬼族、そして骨人族《こつじんぞく》、モンスターと似たような見た目をしているが、人間のように生きる者。この街は差別をせず、共に手を取り合って生きていくようにしているらしい。

どこにでも例外はあるものなのだが……。

（そういえばまだ骨人族を見ていないな）

西はスラム街となっているようで、この国に住んでいるものはあまり近づかないようだ。

とりあえず俺は、宿から一番近い道具屋へ行ってみることにした。道具屋の中は薄暗《うすぐら》く、ランプのようなもの一つだけで店内を照らしていた。俺の他に客はおらず、カウンターにはフードを目深にかぶった人物がいるのみ。

「いらっしゃい」

声色《こわいろ》からして、老婆《ろうば》だろうか。魔族で老婆ならかなりの実力を有している気がする。

「あぁ」

俺は店内を見渡しながら、俺が使えるものがないかを探す。ポーションに解毒薬《げどく》など、冒険者が使えるようなものが多数ある。

店の隅《すみ》に、何に使うかわからないものがたくさん置いてあった。

「店主よ、これらは？」

「ん？　そこは種族別で使う道具じゃよ。それは魚面族が地上でエラ呼吸ができるようにする水槽《すいそう》みたいなものだよ」

金魚鉢《きんぎょばち》のような丸い容器。魔力を通すと首の周りを覆《おお》うことができ、水が漏れないのだとか。他《ほか》にも獣人族用の爪《つめ》とぎや櫛《くし》、龍人族の牙を磨くためのヤスリ、吸血鬼族のためのビンなど、様々なものがあった。

「この革のようなものは？」

「本当に何も知らないんだねぇ……それは骨人族用の胃袋だよ」

「胃袋？　どのようにして使うのだ？」

「そこにホックがあるだろう？　それを首と肋骨あたりの骨にかけるんだ。食べ物を食べても隙間《すきま》から溢れないし、フロントホックを外せばその中に入った食べ物とかも出せるんだよ」

「これを使えば食べてるように見えるのか？」

「食べてるんだろうけど、栄養の吸収率が違うんだよ。人族と食事をしても骨人族とバレる危険性が減るらしいよ」

これを使えば水を飲み、飯を食べることができる。後々また人間の国には行くつもりなので、ここで買っておくことにしよう。

「ふむ。これをもらおう」

「ほう。あんたは骨人族なのか。金貨一枚だよ」

「これで頼む」

「毎度」

俺は金貨を一枚手渡し、胃袋の代わりになる袋を受け取る。軽く付け方や外し方を教わり、さっそく宿に戻って付けてみる。

見た目は不恰好だが、外套の下なので見られることはないだろう。今後あるかもしれない、人間との食事を想像しながら、その日も月を見て時間を潰《つぶ》していた。

宿は無料、食事は不要、だが金は有限である。そこまでお金は減らしてはいないが、明日は依頼を受けて外へ行き、レベル上げと金稼《かねかせ》ぎをしようと思う。

久方ぶりに自分のステータスを見た。

名前：ムルト
種族：月下の青骸骨《アーク・ルナ・デスボーン》
ランク：C
レベル：29/50

HP：1320/1320
MP：650/650
固有スキル：【月読】【凶骨《きょうこつ》】【下位召喚《しょうかん》】【下位使役《しえき》】【魔力操作】【憤怒の罪】
スキル：【剣術《けんじゅつ》Lv3】【炎《ほのお》魔法Lv6】【風魔法Lv1】【暗黒魔法Lv3】【危険察知Lv6】【隠密《おんみつ》Lv10】
称号：月を見る魔物、月の女神の寵愛《ちょうあい》、月の女神の祝福、月の使者、忍《しの》び寄る恐怖、心優しいモンスター、挑戦者《ちょうせんしゃ》、嫌《きら》われ者、人狼族のアイドル

（道中のモンスターを倒して少しレベルが上がり、称号もなぜか増えている……）

そしてこの魔法欄《らん》。

（いつの間にか上級になっていた炎魔法。全く使っていない風魔法。そしてこれまた全く使っていないのにレベルが上がっている暗黒魔法……）

最近は魔力循環《じゅんかん》も怠《おこた》っていたため、ＭＰも伸びてはいなかった。とりあえず、明日は風と暗黒魔法を軽く試運転してみることにしよう。

俺は月を見上げ、今日も平和に月が昇ってきてくれたことに感謝を捧《ささ》げた。

俺は数日間、ギルドで依頼を受けては一日中森に籠《こも》り、陽が落ちる頃には宿に戻り、月を見ながら魔力循環をし、時間を潰す、ということをしていた。

この間にわかったことがいくつかあった。

まず、この魔都の周りには基本的に強いモンスターしかおらず、俺の冒険者ランクより下の依頼

はなかった。最低でもランクCしかなく、本来なら受けることのできない俺だったが、冒険者カードの討伐《とうばつ》モンスター履歴《りれき》にポイズンスコルピオンが残っていて、そのモンスターを倒せるならば、ということでCランク依頼を受けることができていた。

同時に依頼を受けられる上限数は三つまでであるが、俺は三つ討伐依頼を受け、そのまま森に籠った。

次に、俺の使える魔法についてだ。

炎魔法。これは火魔法をさらに強化し、魔法の幅《はば》が広がっていた。風魔法は出力的には火魔法と同じほどだが、使い方次第《しだい》で色々なことができる。

そして、何気なくやっていた魔力循環だが、これを身体の中ではなく、身体の表面で循環させ、それを定着させることで、身体強化ができることに気づいた。これは、冒険者ギルドに入る者たちが常に纏《まと》っていたものだった。あの場で身体強化を常にしているものは、隙《すき》のない手練《てだ》れだということもわかった。

そして一番の問題、暗黒魔法だ。

何もしていないのに既にLv3になっていた。簡単に表すのであれば、真っ黒な魔力を使って魔法を使う。ということだったが、これが恐ろしく強力だった。

ファイヤーボールを打つ要領でダークボールなるものを使ったのだが、目の前の木を軽々と破壊《はかい》した。

ファイヤーボールであれば、木の表面が焦《こ》げる程度の威力《いりょく》なのに対して、ダークボールはそれを塵《ちり》も残さず真ん中からぱっくりと消し去ったのだ。

戦略の幅は確かに広がったが、使い所や使い道を間違えれば、それはたくさんのものを消すことになる。要注意だ。

その日も大熊犬《グリズリードッグ》を討伐し、ギルドに戻っていた。

「はい。それでは、素材と依頼報酬《ほうしゅう》合わせて銀貨十五枚になります」

「あぁ。感謝する」

「いえいえ！　こちらこそ！　大熊犬は繁殖《はんしょく》力が高いのでこうして間引いてもらえるのは助かるんですよ！　素材も活用できますしね！」

俺はこの数日で大熊犬を十匹《ぴき》以上狩っていた。俺より格上のBランクモンスターだが、二匹《ひき》までは同時に相手どることができる。たまに三匹を相手にするのだが、その時は正直肝《きも》を冷やした。

（冷やす肝はないのだが……）

最近覚えつつあるスケルトンジョークを考えながら、俺は宿に戻る。タダで泊まれる期間を過ぎたので、追加で十日分の金を払った。

いつまでも無料と言われたが、さすがにそれは気がひけたのだ。部屋に入り、有り金の確認をしておいた。

中々稼いでいるので、しばらくは安泰《あんたい》だろう。食事は不要な身なので食費がかからないのが強みだろう。

剣も変えないし、ワイバーンの外套も丈夫で長持ち。買ったのは大熊犬を入れる為《ため》の袋ぐらいだろうか。

そしてステータス確認だ。

名前：ムルト
種族：月下の青骸骨《アーク・ルナ・デスボーン》
ランク：C
レベル：39/50
HP：1800/1800
MP：810/810
固有スキル：【月読】【凶骨】【下位召喚】【下位使役】【魔力操作】【憤怒の罪】
スキル：【剣術Lv3】【炎魔法Lv6】【風魔法Lv3】【暗黒魔法Lv3】【危険察知Lv6】【隠密Lv10】【身体強化Lv4】【不意打ちLv6】
称号：月を見る魔物、月の女神の寵愛、月の女神の祝福、月の使者、忍び寄る恐怖、心優しいモンスター、挑戦者、嫌われ者、人狼族のアイドル、暗殺者

Bランクのモンスターを常に狩っていたので、レベルの伸びは好調であった。

新たに身体強化と不意打ちというスキルが増え、称号にも暗殺者、というものがついている。補正はすごくいいのだが、名前的にこれは悪い、と思った。

翌日。

俺は陽が程《ほど》よく上がり、街に活気が満ちる頃、いつものように依頼を受けるためギルドに来ていた。

（ふむ。今日も大熊犬でいいな。オルトロスやバジリスクというのは見たことも聞いたこともないな。今日は早めに戻り書庫にでも行くか）

ギルドには書庫という場所があり、そこにはたくさんの書物やモンスター図鑑《ずかん》、歴史書などが貯蔵してある。図書室、とも呼ばれているらしい。

「今日もこれを頼む」

「はい。大熊犬の討伐ですね。冒険者カードをお預かりいたします。……今日は一頭なんですね」

顔馴染《かおなじ》みになりつつある職員が、依頼の紙を受け取りつつ、そう言った。

「あぁ。早めに終わらして書庫にでも行こうかとな」

「書庫と呼ぶには小さいですが……勉学は良いことです。それでは気をつけていってらっしゃいませ！」

俺は手続きを終わらせ、森へ向かう。いつものように隠密で気配を消しつつ、大熊犬を探す。

大熊犬を見つけると、背後に回って剣を抜き、ゆっくりと後ろから近づいていく……。大熊犬の真横まで近づき、剣を喉元《のどもと》へ突き刺《さ》し、左手を首の後ろに回し、剣を貫通《かんつう》させ、腕の骨の間にいれ、ギロチンの要領で喉を切り裂《さ》く。大熊犬の頭は首の皮で繋がっている状態にし、そのまま息の根を止める。

不意打ちというスキルの補正で、忍び寄り攻撃を仕掛ける時、どこへ攻撃をすれば効果的なのかが直感的にわかるようになったのだ。

「ふぅ、今日はこれで終わりだな」

俺は軽く血抜《ちぬ》きをするために、地面に穴を掘《ほ》り、大熊犬を持ち上げ、首元から血を流す。

あまり長いことやっていると、血の匂いを嗅ぎつけたモンスターがやってくるかもしれないので、すぐに袋に詰《つ》め帰路につく。

街に帰る時も隠密を使い、危険察知を極限に高め、迅速に帰る。

特に問題もなくギルドに着き、報酬をもらい、そのまま図書室へといった。様々な本があるが、やはり今一番大事なのはモンスター図鑑だろう。

モンスター図鑑を手に席へ向かい、パラパラと捲《めく》る。パワフルボアやグリズリードッグ、ポイズンスコルピオンなど、俺が今まで戦ったモンスターの情報を見る。

（スコルピオンの弱点は関節じゃなくて腹だったか……腹の下に回り込むことができれば楽に勝てたのかもな……）

俺は頭の中で次に出くわしたらどうすればよいかを、想像しながら見続け、ある項目《こうもく》を見つける。

スケルトンの項目が目に留まった。

（自分を知ることは大事だな）

スケルトン：不死族
ランク：G

動く白骨死体。生息域は世界全土に広がる。

白骨化したものが、周辺の魔力などによってモンスター化したもの。戦闘力《せんとう》はほぼ皆無《かいむ》で、一対一の戦闘なら苦戦することはない。基本的に群れで行動しており、ダンジョン内でポップしたスケルトンはダンジョン内を徘徊《はいかい》している。

上位種にスケルトンナイトやスケルトンライダーが存在する。

派生：スケルトンドラゴン、エルダーリッチ
特筆事項《じこう》：漆黒の悪夢《ブラックナイトメア》

八四六年に突如《とつじょ》、王都マルタに現れ、破壊の限りを尽くし、一つの国を消し去った。

被害者《ひがいしゃ》数は国民三〇万～、冒険者、推定二〇〇〇～。

多数のSランク冒険者やAランク冒険者を犠牲《ぎせい》にして討伐することに成功。

漆黒の悪夢は当初、エルダーリッチと思われていたが、当時の冒険者達はスケルトンメイジと呼んでいたことがわかった。漆黒の悪夢は黒色のスケルトンの姿をしたユニークモンスター、あるいはネームドモンスターと推測される。

今まで発見されたユニークモンスターのスケルトンは、黄、紫《むらさき》、緑、黒など様々なものがある。そのどれもが強力な力を持っていたが、脅威《きょうい》になる前に討伐することに成功。

漆黒の悪夢を再び誕生させぬよう、異色のスケルトンは優先的に討伐される。

関連：骨人族

（異色のスケルトン……か）

ボロガンの街で受付嬢が俺を見てそう言っていた気がする。

「おい」

俺は異色のスケルトンということなのだろうか。だが、この関連の骨人族、多種多様の色をしているようだが……。

「おい、聞いているのか」

読めば、この多種多様の色は、染料で骨を染めたものらしい。オシャレの一環《いっかん》ということだろうか。

「話を聞け！」

「あの張り紙を見てみろ、図書室では静かに、だそうだ」

俺の後ろにはフードを被《かぶ》った男が立っていた。フードの上からでもわかる。身体は痩《や》せ細り、なんとも弱々しく見える。俺も全身骨でできているから、痩せているというかなんというか……。

「……悪かったな。それよりお前、同族か？」

「同族？　とは？」

「お前は俺と同じ匂いがする。少し違うようだが、これでわかるか？」

その男はフードを少し外し、その暗闇《くらやみ》の中の顔を見せてくる。そこには、恐ろしい髑髏《どくろ》があった。

俺と同じ、骸骨《がいこつ》なのだ。

「む、驚かないのか」

「あ、あぁ。慣れている」

「慣れている？　お前、やはり同族か？」

「あぁ」

俺は手袋を少し脱ぎ、手首を見せた。

「やはりか、同族は久しぶりに見たぞ。俺の名はコットン。よろしく頼む」

（柔《やわ》らかそうな名前だ……）

コットンが手袋に包まれた手を出してきた。俺もそれに応《こた》え、手を差し出して握手《あくしゅ》を交わす。

「私はムルト、こちらこそよろしく頼む」

「ふむ、ここで話すのもなんだ、休憩所で話をしようじゃないか」

「いいだろう」

俺とコットンはギルドの休憩所に行き、席につく。コットンは開口一番、俺にこう言った。

「なぜスケルトンについて調べていた？」

唐突だった。自分がスケルトンだから、とは言いだせはしなかった。

「うむ、自分と容姿が一緒のモンスターだからな、興味が湧《わ》いたのだ」

「ふむ。俺にもそういう時期があったな。何か知ることができたか？」

「魔核のことや漆黒の悪夢のこととかを新たに知った」

「魔核は俺たち骨人族が持っているものだからな。って、お前は漆黒の悪夢のことを知らなかったのか？」

「あ、あぁ」

「ガキの頃に怖《こわ》い話として語り継《つ》がれていると思ったが」

（ガキの頃？　骨にも子供の頃があるのか……？　まさか俺もポップした頃は小さかった……？）

いや、洞窟《どうくつ》でそんなおかしなスケルトンはいなかったし、これも骨人族特有のものだろう……生《せい》殖《しょく》はどうしているのだろうか……。

「き、聞かされたことはないな、一体どんな話なのだ？」

「お前は相当温室育ちだったのだろうな。簡単に言えば、俺たちの迫害《はくがい》の元だ」

「迫害？　骨人族は迫害されているのか？」

「？　本当に何も知らない奴だな。漆黒の悪夢のせいで俺たちは嫌われているんだ」

「なぜ？　種族が同じってだけだろ？」

「いや、漆黒の悪夢は骨人族ではなく、知能を持ったスケルトンらしい」

「それなら、なおさら関係ないのではないのか？」

「俺たち骨人族はスケルトンから襲われないだろ？　だから漆黒の悪夢は骨人族と繋がっていたのではないか？　と考えられてな」

　ということは、俺と漆黒の悪夢は、物を考え知能を持っているスケルトン。という共通点がある。まさか俺と同じで月が好きなのではないのだろうか。

「漆黒の悪夢は全身が黒い骸骨ってことでな。俺たちはもともと白いが、オシャレとして骨を染めているんだ。漆黒の悪夢のせいで嫌われはしたが、俺たちは漆黒の悪夢を仲間だと思っている。現に、漆黒の悪夢はスケルトンや骨人族は傷つけなかったらしい」

「なぜ骨を染める必要があるのだ？」

「俺たちは次の漆黒の悪夢かもしれないぞ。色の違う骨人族を殺せばそれは、無抵抗《むていこう》な者を蹂躙《じゅうりん》することになる。だから色の違う骸骨でも無闇《むやみ》に襲ってはいけない。もしかしたらいるかもしれない次の漆黒の悪夢が襲われないようにする知恵《ちえ》だな。色の違うスケルトンがいても、喋《しゃべ》ったら骨人族かもしれないだろ？」

そうか、骨人族は漆黒の悪夢を嫌っているわけではない。むしろ、手助けをしようということだ。ならば、俺のことも助けてくれるのかもしれない。

「ちなみにだが……」

コットンは口を近づけ小さな声で囁《ささや》いた。

「お前、骨人族に無知なようだが、本当は……スケルトンか？」

俺は、ないはずの心臓が脈打つのを感じた。

（ここで話してしまうべきなのか……）

味方かもしれないが、先ほど出会ったばかりの者に正直に言うべきか葛藤《かっとう》する。

俺はあたりを確認し、人がいないことを確かめると、静かに口を開き、こう言った。

「私は……スケルトンだ」

着ている外套を少しはだけさせ、骨人族に本来あるはずの場所に魔核がないことを見せる。

「ほぉ。大丈夫だ。敵対する気はない」

コットンもそう言って、自分の外套をはだけさせ、骨人族の証明とも言える怪しく光る魔核を見せた。

「さっき言ったことは全て本当だ。骨人族はスケルトンを仲間だと思っている。間違ってもお前を売ろうとするやつは誰もいない」

コットンが真面目《まじめ》な口調でそう言った。

「他に仲間はいるのか？」

「スラムのほうに細々と生活しているやつがいたはずだ。あとは魔都から遠い場所に集落がいくつかあるぞ」

「そうなのか……では、一番聞きたいことがあるのだが」

「なんだ？　なんでも聞いていいぞ」

「骨人族は……どうやって生殖するのだ？」

先の漆黒の悪夢の話とは全く脈絡《みゃくらく》のない質問に、コットンがしばし固まった。

骸骨の月

Skeleton, the moon gazer

その後、コットンは苦笑いしながら生殖《せいしょく》の方法を教えてくれた。意外な方法で興味深く、面白《おもしろ》かった。

俺《おれ》たちは休憩所《きゅうけいじょ》を後にし、コットンが魔都《まと》の案内をしてくれた。モンスターの俺が知らない魔族の暮らしや歴史、政治など、コットンはとても物知りで、説明もうまかった。

驚《おどろ》いたのはコットンの冒険者《ぼうけんしゃ》ランク。なんとランクBだという。

「大熊犬《グリズリードッグ》を狩《か》れるなら、お前もすぐBに上がれるだろう」

と言われたが、正直上げる気はあまりない。ランクが上がれば強制依頼《いらい》や緊急《きんきゅう》依頼を受けなければいけなくなるからだ。

ポイズンスコルピオンのように苦戦し、ローブが脱《ぬ》げてしまったら、すぐに討伐《とうばつ》対象になってしまうだろう。

「魔核《まかく》がなければモンスター認定《にんてい》されてしまうからな。骨人族とスケルトンの違《ちが》いは魔核だけだ」

笑いながら言っていたが、その声はとても心配しているようだった。本当に優《やさ》しい。

「む、あれはなんだ?」

すごい人だかりができていて、皆《みな》石を購入《こうにゅう》し投げているようだった。的当ての催《もよお》しでもあるのだろうか。

「あれは……奴隷《どれい》への投石だな。奴隷印で自由を奪われ、逃げられないようにされているんだろう。

見ていて気持ちのいいものではないが……」

　人だかりに近づき、それを見た。

　少女が壁《かべ》にもたれかかるように背中を預け、虚《うつ》ろな目でぼんやりとしている。手足を鎖《くさり》で繋《つな》がれ、人々は、引かれた線の後ろから少女めがけて石を投げていた。

　少女は全身を鮮血《せんけつ》に染め、身体《からだ》のいたるところが窪《くぼ》んでいるようだった。

「なぜ、あんなことをするのだ……」

「あの娘《むすめ》は黒髪《くろかみ》黒目だろう？　あれは召喚《しょうかん》された勇者と同じ容姿らしくてな。それでだろう」

「なぜ見た目が同じなだけでこんな酷《ひど》いことをされねばならぬのだ」

「かつての勇者は、魔族をモンスターの一部とみなしていてな。かつての魔王から国民まで、そのほとんどを殺戮《さつりく》したんだ。忌子《いみこ》ってやつだ。人間にもいるだろう？　紫《むらさき》の髪《かみ》に紫の目をしていると、魔族とみなされ迫害《はくがい》される」

　コットンは別に忌子を嫌《きら》っていないらしい。なぜならば、自分たちも忌子として生まれる異色のスケルトンを、仲間として受け入れているからだという。

　同じような目に遭《あ》っている娘を何度か見たことがあるが、それに投石したことも、それに投石している骨人族も見たことはないという。

「ならば、同じ忌子の俺が助ける」

　群衆の中に入ろうとする俺は、コットンに肩《かた》を掴《つか》まれ止められた。

「あの奴隷には買い上げられぬような破格の値段がつけられてる。諦《あきら》めろ。関《かか》われば正体がバレるかもしれないぞ」

「それでも構わん！　同じ命を持つ者同士、なぜ理不尽《りふじん》に傷つけられねばならぬ！」

俺はコットンの手を振《ふ》りほどき、人の波を掻《か》き分け白線を越《こ》え、少女の壁になるように立った。

「なぜこの少女をいたぶる！　同じ命を持ち、同じように生きているだけではないか！　見た目がかつての怨敵《おんてき》と似ているだけで、この子は本人ではないだろう！　この子に罪はない！」

観衆から多くの罵声《ばせい》を浴びせられる。

「そいつは不幸を呼ぶ」「痛めつけるべきだ」「生きていてはいけない」

心ない言葉がたくさん聞こえる。

少女はぐったり身体を横にし、荒《あら》い呼吸をしている。

「お客さん、商売の邪魔《じゃま》は困ります」

「少女を痛めつけることが商売だというのか！　それでもお前には心があるのか！」

「よく見てくださいよ。これの髪と目を。勇者のものと同じなんです」

「それがどうした。この少女はその勇者ではないだろう？　全くの別人だ。罪のない少女を痛めつけているだけなのだぞ？」

「あなたも魔族ならわかるでしょう？　かつての勇者が何をしたか」

「ならばこの少女ではなく、今の勇者にそれをぶつければいいだろう？　ここにいる者たちは動けぬ者をいたぶることしかできない腰抜《こしぬ》けなのか！」

「不可侵条約《ふかしんじようやく》がありまして」

「かつての怨敵を討つチャンスがあるのにルールに縛《しば》られ、そのチャンスを掴まないのか！　やはりただの腰抜けではないか！」

また観衆からの罵声を一身に浴びることになる。コットンは遠くから俺を見守り、静かに首を振っていた。

「ふぅ……立派な営業妨害《ぼうがい》ですよ？　つまみ出してください」

店主らしき男がそう言うと、後ろから大きなオーガが出てくる。手には棍棒《こんぼう》を持ち、目は完全に俺を殺そうとしている目だった。

「私は絶対に引かぬ」

俺も腰から剣《けん》を抜《ぬ》き放ち、オーガと向き合う。

そこへ、静かな風とともに、一人の人物が降り立ってくる。

「これは、何の騒《さわ》ぎ？」

大きな白い翼《つばさ》を持った少女が、空から現れたのだ。手足は微《かす》かに鱗《うろこ》に覆《おお》われ、銀色の髪に紫色の瞳《ひとみ》、少女に見えるが内包する力は計り知れないものがあった。

「こ、これはこれはレヴィア様！　な、なぜこのような場所へ？」

観衆や店主が片膝《かたひざ》をつき礼をとった。

レヴィアと呼ばれたこの少女、この国と同じ名前だ。この国の王、魔王だろうか。

「仕事に疲《つか》れちゃってね。散歩してたところよ。ところで何があったの？」

「は、はい。その忌子を皆で痛めつけていたのですが、そこの旅人のような人物がこの子は関係ない、やめろ、と邪魔をし始めましてな。今、つまみ出そうとしていました」

「ふーん」

彼女《かのじょ》はゆっくりと歩き、全身を鮮血に染められている少女のもとへと歩み寄り、首に長い爪《つめ》をかけた。

「こんなの、さっさと殺せばいいじゃない」

少女の首にあてられた爪がゆっくり動き、鮮血が舞《ま》った。

「……なんのつもり？」

俺は咄嗟《とっさ》にレヴィアの腕《うで》に剣を突《つ》き刺《さ》し、少女が殺されるのを阻止《そし》したのだ。ダメージは負っていないようだが。

「私をこの国の王だと知ってのこと？」

「王でも、なんでも、命は皆平等だ」

「……そう」

レヴィアがいつの間にか目の前に接近していた。俺はその長く鋭《するど》い爪で首を切り落とされた。

☾

「では、なぜ諸君をここへ呼び出したか説明しようではないか」

大きな円卓《えんたく》に座《すわ》る人物は六名。それぞれが特異な装備をしており、誰《だれ》が見てもその者達《たち》が相当の手練《てだ》れであることがわかる。

「話を始めるのはいいけどよ？　空席がまだあるようだぜ？」

そう発言したのは、煌《きら》びやかな緑色の鱗で覆われた装備を全身に纏《まと》っている男。

その装備は、エメラルドドラゴンというランクＳに属する超《ちょう》希少なドラゴンである。発見難易度もさることながら、その戦闘力《せんとう》も凄《すさ》まじい。その超希少素材を自分で発見し、討伐。そしてその素材で装備を整えている。

S1ランク冒険者『刺突《しとつ》戦車セルシアン』。

ただ一人、行儀《ぎょうぎ》悪く机に足をのせ、頭の後ろで手を組み、椅子《いす》を揺《ゆ》らしていた。

「残り三名はここへ来ない」

「グランドマスターに呼び出されてもか？」

そう問いかけるのは、黒い革のようなコートを羽織り、鼻から下をマスクで隠《かく》した男。

そのコートの下には無数の刃物《はもの》や暗器が仕《し》込《こ》まれており、この男が討伐したモンスターには無数の切り傷があり、素材としては使い物にならなくなる。だがその強さは圧倒《あっとう》的だ。

S1ランク冒険者『千刃《せんば》烏《がらす》ジル』。

「彼《かれ》らは召喚された勇者だからな。この世界のために働いているのだ。無理もない」

グランドマスターの代わりに発言をしたのは、真紅《しんく》の鎧《よろい》に真紅の大剣、顔の丁度中央に切り傷のある男。その巨躯《きょく》から繰《く》り出される大剣は、相対したものを圧倒し、確殺する。巨大な体で強大なパワーを誇《ほこ》る姿は、まさに鬼《おに》そのものである。彼の強さは勇者に匹敵《ひってき》するほどだと言われている。

S2ランク冒険者『紅鬼《あかおに》ジュウベエ』。

「あらあら、私、勇者のお嬢《じょう》ちゃんのことが大好きなのよねぇ……食べちゃいたいぐらいに」

頰《ほお》を両手で押《お》さえ、体をくねらせているのは、黒いボンテージに白い毛皮を羽織っている女。鞭《むち》の使い方に長《た》けており、その鞭は堅《かた》くしなやかで、鋭い。特殊《とくしゅ》な素材で作られており、扱《あつか》いが難しいと言われている鞭を彼女は自分の手足のように使っている。

S1ランク冒険者『黒蝶《こくちょう》ラマ』。

そしてもう一人、腕を組み目を閉じ、皆の会話を静聴《せいちょう》している黒の衣服に身を包んでいるだけの得体の知れない男。魔族の中でも最強と名高い吸血鬼《きゅうけつき》の一人である。

S2ランク冒険者『吸血鬼ロンド』。

「とりあえず、話を元に戻《もど》そう。勇者達一行には別で連絡《れんらく》をとる。君たちに依頼することは大して難しいことではない。捜索《そうさく》と討伐だ」

そして、この場全員を仕切るこの男、ジュウベエに負けず劣《おと》らずの巨躯をしており、身体に無数の傷を蓄《たくわ》えている。拳《こぶし》だけで全《すべ》てを砕《くだ》くと言われている男。闘拳《とうけん》に限ってはジュウベエのみならず、勇者達をも凌駕《りょうが》するとまで言われている。

冒険者ギルド、グランドマスター。

S2ランク冒険者『拳神《けんじん》バリオ』。

「して、その依頼というのは？」

「俺たちを呼んで、しかも勇者にまで声をかけるんだろ？　邪神《じゃしん》の討伐とかか？」

セルシアンがからかうようにバリオにそう言う。

「邪神か。間違っていないかもしれないな。漆黒の悪夢《ブラックナイトメア》を知っているだろう？」

「ランク未確定の昔のモンスターよね？　まさか復活でもするの？」

「昔のSランク以上の冒険者が幾人《いくにん》も死したというモンスターか」

「そうだ。だが、復活、というよりは、次代、というべきだろう」

「それは、ユニークモンスターのスケルトンが出た、ということか？」

「そうだ」

「と言っても、異色のスケルトンは発見次第《しだい》狩っているんだろう？　そのどれもが知能を宿していないという。未然に防げているのではないのか？」

「実は、バルバルとボロガンで、異色のスケルトンを発見したという報告が届いている。その二つの街で見かけたスケルトンの色はどちらも青、しかもバルバルではそのスケルトンと接触《せっしょく》し、交流したという報告もある」

「それならば特に危険とは思えないが？」

ずっと静聴していたロンドが口を開いた。

「なんだ？　同じモンスターとして同情しているのか？」

「セルシアン、差別のように聞こえる発言はよせ」

「魔族とモンスターは別物よ。それにロンドちゃんはイケメンだし……食べちゃいたぃわぁ……」

「……魔族には骨人族という種族がいる。服の一環《いっかん》として自分の骨を多色に染めるという。その報告のスケルトンは骨人族ではないのか？」

ロンドは二人の発言を無視し、バリオだけを見て発言をした。

「それはありえない。骨人族にあるはずの魔核がなかったからな。だが妙《みょう》なのはボロガンでの報告だ。ボロガンでは、そのスケルトンを発見した時、近くにポイズンスコルピオンの死体があったという。そしてそのボロガンの冒険者がその現場へ駆《か》けつけた時、そのスケルトンはすぐに武器をしまい、どこかへ行ってしまったらしい」

「人を襲《おそ》わなかった、ということだろう？　ならばなおさら危険ではないと言えるのではないか？

それでも討伐か？」

「何がどう転ぶかは誰にもわからない。能ある鷹《たか》は爪を隠す、というだろう？　今はまだ力を隠し、爪を磨《みが》いているかもしれない。被害《ひがい》がこちらへ及《およ》ぶ前に手を打っておく」

「そのために俺たちが呼ばれたってことかぁ？　まだ脅《きょう》威《い》じゃないんだろ？　こんなにいるか？」

「そのスケルトンの所在は判明していなくてな。諸君には今まで通り生活してもらい、この話は頭の片隅《かたすみ》に入れておいてもらう。そのスケルトンと接触したら対話を試みてほしい」

「討伐ではないのか？」

「それは各々《おのおの》の判断に任せることとする」

「ふむ、会議はこれで終わりかの？」

「いや、実はこれからが本題だ……」

　異色のスケルトン、ムルトについての話はすぐに終わった。時間にして数十分といったところだろうか。バリオは異色のスケルトンの脅威を知っているが、報告はまだ二件。そのどちらもがロンドの言う通り、危険度の高いものだとは思えなかった。だからこそ対話をするようにと呼びかけたのだ。

　バリオは話を終わらせ一息つくと、神妙《しんみょう》な顔をして次の議題を話し始める。

「もう勇者召喚がされてから三ヶ月が経《た》つが……実は、セルシアンが言った通り、邪神が復活しようとしている」

俺は膝《ひざ》から崩《くず》れ落ち、頭部を傍《そば》へ転がした。

「他愛《たわい》もないわね」

レヴィアが呆《あき》れた顔で俺を見下ろしているが、当然俺は死んではいない。頭が離《はな》れただけである。頭蓋骨《ずがいこつ》を粉砕《ふんさい》されぬ限り死ぬことはないのだ。

「まだ死んではいないぞ」

俺は崩れ落ちるふりをしながら剣で下から上へと斬《き》りつけた。が、その奇襲《きしゅう》はあえなく失敗に終わった。

「肉の感触《かんしょく》がしないと思ったら、骨人族だったのね」

「面食らったか？」

「いいえ？　おもしろいわ」

静観していた人混《ひとご》みの中から、一人の人物が俺たちの前へ走り込み、頭蓋骨を拾い、首に俺の頭をはめ、上から押し付けてくる。

「申し訳ありません！　この者はまだこの国へ来たばかりの田舎者《いなかもの》で、レヴィア様の顔もわからぬよう。仲間として一緒《いっしょ》に伏《ふ》して謝罪致《いた》す。どうか許してくれないか」

コットンは早口にそう言い、灰色に染めた自分の頭蓋骨も俺とともに下げている。

「そう。あなた、仲間なの」

瞬間《しゅんかん》、レヴィアから嫌《いや》な空気が漂《ただよ》う。目を見ればわかる。それは、遊びの邪魔をされた子供のような、その邪魔してきたものを排除《はいじょ》しようとするような、嫌な目だ。

「誰だ貴様は！　俺は今日この街へ着いたばかり！　知り合いなど誰もいない！　俺の邪魔をするなら今ここで殺す！」

俺はコットンの腕を振り払《はら》い、剣をコットンへ向けた。

（コットンは、恩知らずの俺を許してくれるだろうか）

コットンは口を開けたまま俺を見る。

それは覚悟《かくご》、慈愛《じあい》、そんな目を俺に向けていた。コットンはわかっているようだ。俺がコットンを巻き込《こ》まぬよう遠ざけたことを。コットンは、巻き込まれても構わないと、俺を助けてくれたのに。

（ありがとう）

俺は心の中でコットンに礼を言う。

「ふん！　同じ骨人族として助けてやろうと思ったが、余程《よほど》の死にたがりと見える。さっさとレヴィア様に殺されればいい！」

嘘《うそ》ばかりの言葉。心配していることは痛いほどわかった。コットンと会えてよかった。本当に。

「茶番は終わった？　続きをしましょう？」

「あぁ。やってやる」

「でも、どうせ遊ぶなら景品が欲《ほ》しいわよね？」

「景品？」

「そうよ。あなたが欲しいのはこの子でしょ？」

「……そうだ」

「なら、この子を賭《か》けて戦いましょう」

パン、とレヴィアは手を叩《たた》き、そう提案した。

「あなたが私に勝てば、この子はあなたのものよ。私が勝てば、この子はこの場で殺す」

今度は指を鳴らすと、黒いボロ布を幾重《いくえ》にも着ている者が少女の横に立つ。

「でもこの勝負に条件を設けるわ。制限時間は十分。一分経つごとにこの子の身体にナイフを一本ずつ突き刺すわ」

ボロ布は懐《ふところ》からナイフを両手に五本ずつ取り出し、見せつける。

「十分以内に貴様を倒せばいいんだな？」

「まぁ、そうね。私が認めたら、でいいわよ。ちなみに、ハンデとして私はあなたに反撃《はんげき》しないわ。思う存分かかってきなさい？」

レヴィアは笑いながらそう言った。攻撃《こうげき》に当たらない自信があるのか、はたまた俺の攻撃を避《よ》けることすらしないのだろうか。

「それじゃあ、試合開始の合図と時間を測るのは……そこの骨にしてもらいましょう」

骨……それはコットンのことだ。レヴィアはコットンを指差し、ボロ布がさっと横に行き、懐中《かいちゅう》時計を手渡《てわた》す。

「……承《うけたまわ》りました」

コットンは懐中時計を固く握《にぎ》り締《し》め、俺とレヴィアを交互《こうご》に見る。

「双方《そうほう》、準備はよろしいか」

「いいわよ」

「あぁ」

俺は剣を下段に構え、足を少し広げ、いつでも懐に入り込めるように身を低くする。対するレヴィアは仁王立《におうだ》ち。負けるなど微塵《みじん》も思っていないような、勝ち誇った笑《え》みを浮《う》かべている。

「それでは……始め！」

最初に駆けたのは当然俺。レヴィアの懐に潜《もぐ》り込み、剣を突き刺す。刃物が肉に突き刺さる音がした。

だが、レヴィアは俺の剣を人差し指と中指の爪のみで受け止めていた。先ほどの音は、俺が出した音ではなかった。

「あら、ごめんなさい。クロムの手が滑《すべ》ってしまったみたい。そこの骨、時間経過を知らせるのは二分目からでいいわよ」

少女の太ももにナイフが深々と突き刺さっている。奴隷印での命令のせいで、声を出すことは叶《かな》わず、悲鳴も聞こえない。

「声が聞けないのはつまらないわね。そこのデブ、声を出せるようにしなさい」

「か、畏《かしこ》まりました。『声を出すことを許す』」

「あぁぁあぁぁあぁぁぁぁ!!!」

少女の悲鳴がそこら中に響《ひび》く。投石とナイフで傷つけられた自分を慰《なぐさ》めるように。声を上げなければ、気が触《ふ》れてしまいそうになるとでも言うかのように。

「なぜ！　こんな酷いことを！」

「そんなの、楽しいからに決まってるじゃない」

「貴様も命ある生き物だろう！」

「だとしても、これは生き物じゃなく命ある物よ」

俺の攻撃を平然と止め、一歩も動いていない。いや、動かせなかった。圧倒的な力の差があるとしても、俺はこの少女のために戦う。同じ命ある生き物同士、幸せに生きて欲しい。見た目が違うとか、そんな理由で自由を奪《うば》われてはいけないのだ。

（月読《つくよみ》……！）

名前：レヴィア
種族：白銀龍《プラチナドラゴン》
レベル：82/100
HP：46200/46200
MP：7950/8000
固有スキル：【人化】【龍鱗《りゅうりん》】【龍の吐息《といき》】【魔王】【魔力操作】【狂戦士《きょうせんし》】【嫉妬《しっと》の大罪】
スキル：【拳闘術《けんとう》Lv10】【灼熱魔法《しゃくねつ》Lv5】【暴風魔法Lv5】【雷魔法《かみなり》Lv7】【暗黒魔法Lv5】【危険察知Lv10】【身体強化Lv10】
称号：龍王の娘、魔王、暴君、大罪人、殺戮者、慈悲《じひ》なき者、悲しき姫《ひめ》

圧倒的なステータス。筋力なども全く歯が立たないだろう。だが俺は負けるわけにはいかない。

俺は月読を使って、レヴィアがどう動くかを見極《みきわ》め、フェイントを交えながら攻撃を繰り返す。

だが、レヴィアはその攻撃を見てから避けているようだ。

「……二分、経過！」

「二本目ね。骸骨《がいこつ》さん？」

「んんんんぁぁぁああああ‼」

少女の悲鳴が辺りに響く。

なおも俺は攻撃されず、少女だけが傷ついている。俺にレヴィアを倒《たお》す術《すべ》はなかった……。

…………ドクン。

俺の胸が、鼓動《こどう》を確かに打ち鳴らした。

「助……けて、もう、やだぁ……」

少女の悲痛な声が、俺の耳に届く。当然レヴィアにもそれは届いていた。

「助かるはずがないのにね。あと七分ほどであなたもこれも死ぬことになるわ」

「そんな理不尽、許されるか……！」

俺の胸が、また大きく一つ鳴る。

「力を持たない者は、力を持つ者には勝てないのよ。あなたも変な正義感を抱《いだ》かなければ死ぬことはなかったのにね」

俺は歯を食いしばりながら、レヴィアを凝視《ぎょうし》する。

「あら、怖《こわ》い怖い。斬りかかってこないの？　……やりなさい」

「あぁぁ‼　いっ！　ううう……」

ナイフが少女の身体に突き刺さった。

「貴様！　またしても条件を破ったな！」

「力があればルールも捻《ね》じ曲げられるのよ？　さぁ、かかってきなさい」

俺はがむしゃらにレヴィアへ突っ込んでいく。が、攻撃を当てることはできなかった。炎《ほのお》魔法を使ってみるが、レヴィアは暴風魔法を使い、発動するまえに火を消されてしまう。

「驚いた。骨のくせに魔法を使えるのね」

「ふんっ！」

俺は他愛のない言葉に耳を貸す余裕《よゆう》はなかった。時間は刻一刻と迫《せま》っているのである。

「くっそぉ‼」

「……六分経過！」

耳障《みみざわ》りな音が聞こえ、俺は心配して少女を見てしまう。歯を食いしばり痛みに耐《た》えている。俺は
……俺は怒《おこ》っていた。

……何に怒っている？

(目の前の理不尽に)

……なぜ怒る？

(何もできない自分、そして平等に与《あた》えられた命を踏《ふ》み躙《にじ》ろうとする奴《やつ》に)

……力が、欲しいか。

(欲しい)

……お前の怒《いか》りを、そのまま力に変えることができる。

(ならば、願ってもいない。今の俺の怒りなら、何者にも負けることはないだろう)

……これは素晴《すば》らしい力なり。そのことを忘れるな。

何者かの声が聞こえ、それと確かに対話をしていた。

俺の胸が大きく音を鳴らすと、身体中に力が溢《あふ》れてくる。

（これは……）

「まだ奥《おく》の手があったの？　出し惜《お》しみは墓穴を掘《ほ》ることになるわよ？」

俺の身体からは赤い蒸気のようなものが溢れていた。だが、俺はわかっていた。これは自分自身の魔力だと。そして、ふと頭の中に魔法名が浮かび上がる。

「暗黒固有魔法、夜怒月《よるとつき》」

「夜怒月？……！」

瞬間、俺の身体は著しい変化を遂《と》げた。青い身体は、赤色と混ざったのか、紫色に変化していた。月光剣も俺と同じく、青色から紫へ色を変化させる。

「っ！……クロム！」

「ハッ！」

ボロ布を纏った男がナイフを手放し、地面に手を置き魔法を発動させる。

コットン、俺、少女、そしてレヴィア、クロムと呼ばれたボロ布を纏った男のみが土壁で覆われた。

観衆からこちらの姿は見えず、こちらからも観衆の姿は見えない。だが、今、そんなことは関係ない。

俺は瞬時にレヴィアの背後をとる。

（身体が軽イ……）

レヴィアの顔は鱗で覆われ、爬虫類《はちゆうるい》の目のようになっていた。

「その力は……私でも本気を出さないと危ないわね」

そう言って、レヴィアは攻撃を俺へ放つ。

（また、自分デッけたルールを破っタナ！）

俺はその怒りをレヴィアへぶつける。

俺の剣を両爪で防いだレヴィアは、その力を受けきれず、壁へと吹《ふ》き飛ばされる。

「なんとイウ力だ……コレが、俺なのか」

身体に力が溢れてから、とめどなく湧《わ》き出る怒りは、湧き出れば出るほど、俺の身体を強化していく。

「ふんっ！」

一回地面を蹴《け》るごとに、地面を抉《えぐ》り、その剣はレヴィアの首めがけて飛んで行く。

「くっ！」

レヴィアはそれに反応し避けるが、どこへ避けるかを月読で先読みした俺は、レヴィアが移動してくる箇所《かしよ》へ魔法を放つ。

「獄炎《インフェルノ》！」

レヴィアは驚き、翼を大きく羽ばたかせ体勢を崩すが、黒い炎はレヴィアを包み込んだ。

「ううぅ！　くっ‼」

炎に呑《の》まれ、苦しむレヴィアだったが、翼を大きく広げ、回転する。すると、黒い炎はあたりに散らされ、黒焦《くろこ》げになったレヴィアが顔を出す。

それは、小さく圧縮した人型の龍だった。漏《も》れ出る力も、先ほどの比ではない。

「紫骨……いや、紫煙《しえん》のスケルトン。……お前が第二の……」

何かを言っているが、俺は構わずレヴィアへ襲いかかる。先ほどのダメージが残っているのだろう。動きは明らかに鈍《にぶ》く、俺の攻撃をいなしきれないようだった。

それからは一方的だった。月読でレヴィアの全ての動きを予測し、そこへ攻撃を叩き込む。斬れ味の上がったであろう月光剣だが、レヴィアの翼を傷つけるのみで、両断することはできなかった。

最終的に、レヴィアは翼で自分自身を包み込み、ひたすら俺の暴力に耐えることしかできなくなっていた。

「フンッ‼　コレで、ドウダっ‼」

俺は渾身《こんしん》の蹴りをレヴィアへ叩き込む。レヴィアはそれに耐えきれず吹っ飛ばされ、俺はそれを見逃《みのが》さずのしかかり、首をはねるため剣を首元へ差し込んだ……。

「ふ……どうしたの。お前の勝ちよ。殺さないの？」

「殺ス……殺シテヤル……」

口から怨嗟《えんさ》のようなものが漏れる。が、俺は首へ刃を添《そ》えるだけで、首を斬り落とすことはしなかった。

殺そうとレヴィアへのしかかった瞬間、アルテミス様からもらった青い月のペンダントが目に飛び込んできたのだ。

『殺してはダメ』そう言われた気がした。

「……サァ。お前ヲ倒したぞ。俺の勝ちでいいんだろう?」

いつのまにか、俺の心を蝕《むしば》んでいた怒りのエネルギーは消え去っていた。きっと俺のパワーなども消え去っているだろう。またレヴィアに条件を違《たが》えられたら確実に負ける。

「そうね。あなたの勝ちよ。自力で抑《おさ》え込むとは……大したものね。クロム」

「はっ」

男がそう短く返事をすると、少女に何らかの魔法をかけ、刺さっているナイフを抜く。

少し怒りを感じたが、それはすぐに消え去った。ナイフを抜かれた少女は痛みを感じていないようで、クロムという男は、回復魔法を使っているようだった。少女の傷が次々と消えていく。

「早く退《ど》いてくれないかしら」

レヴィアにそう言われ、はっ、とする。俺はすぐにレヴィアから距離《きょり》を取り、剣を構える。

「あなたの勝ちと言ったでしょう？　もう攻撃を加えたりはしないわ。クロム、もう解《と》いていいわよ」

土の壁が消え去り、困惑《こんわく》を露《あら》わにしている観衆達が目に入る。レヴィアは既《すで》に変身を解いているようで、元の美貌《びぼう》に大きな翼となっている。先ほどまで黒焦《くろこ》げていた箇所も治っている。

「審判《しんぱん》、ゲームの勝者を告げてちょうだい」

コットンはいきなりのことに戸惑《とまど》っていたが、静かに手を上げ大勢に聞こえる声で言った。

「しょ、勝者！　骨人族ムルト!!!」

当然、歓声《かんせい》は上がらなかった。

俺を含《ふく》めた皆が混乱している中、レヴィアは静かに喋《しゃべ》り始めた。

「さ、あなたも剣をしまいなさい。店主、この男とその娘の奴隷契約《けいやく》を済ませなさい。いくら？」

「えっ、あっ、そ、その……大白金貨一〇〇枚です……」

「へぇ……。後で私の部下に持って来させるわ」

「いえいえ！　レヴィア様から御代《おだい》をいただくなど！　無料で！　無料でお譲《ゆず》りいたします！」

「あらそう？　悪いわね。さ、あなた、契約しちゃいなさい」

俺はレヴィアに手招きされ、剣を収めてそこへ向かう。いつのまにか手足の鎖を外された少女が居て、指に針を刺し、血を出していた。

「指と指を重ね契約をする。血を出し首輪をしているほうが奴隷として隷属《れいぞく》される」

コットンが俺の隣《となり》に立ち、そう助言してくれる。俺はその少女と指を重ね契約をすると、少女の身体が白く光り、すぐに収束する。どうやらこれで契約は成立したようだ。

「これでこの娘はこの男の奴隷として登録された！　私の目の届かないところでこの男とこの娘を襲った者には罰《ばつ》を与える！　間違えぬよう、ここにいない者達にも言っておけ！」

レヴィアが皆に向かって大きな声でそう告げる。これで俺とこの少女の無事が確約されたことになるのだろうか。

「それで、まだあなたの名前を聞いていなかったわね」

レヴィアは俺へ向き直り、そう言って手を差し出した。俺は躊躇《ちゅうちょ》した。手を握り返さずに名前を告げた。

「我が名はムルト。ただのムルトだ」

「そう。よろしく。それじゃ、また」

レヴィアは翼を大きく広げ、飛んで行ってしまった。従者のクロムもいつの間にか消えていた。

レヴィアが立ち去ってから、すぐにこの場は解散させられた。

俺は、奴隷商に奴隷の簡単な服を着替《きが》えにと渡《わた》され、そのまま宿へと戻った。

「助けてやれずすまなかったな……。色々と手伝ってやりたいが、俺はギルドに用事がある。落ち着いたら、また」

「あぁ。ありがとうコットン。是非《ぜひ》また会おう」

コットンはそう言って行ってしまった。

少女は契約が終わるとすぐに気を失ってしまう。俺はお姫様抱《ひめさまだ》っこをして宿へ行ったのだが、ボロボロな俺が、ボロボロの少女を持って帰ってきたので、女将《おかみ》はびっくり仰天《ぎょうてん》してしまった。部屋のベッドに少女を寝《ね》かせると、湯と手ぬぐいをもらいに行き、また部屋に戻る。俺は少女が目覚めるまでの間、自分のステータスを見ている。

名前：ムルト
種族：月下の青骸骨《アーク・ルナ・デスボーン》
ランク：C
レベル：39/50
HP：15/1800
MP：98/810
固有スキル：【月読】【凶骨《きょうこつ》】【下位召喚】【下位使役《しえき》】【魔力操作】【憤怒《ふんぬ》の大罪】

スキル：【剣術Lv5】【灼熱魔法Lv1】【風魔法Lv3】【暗黒魔法Lv5】【危険察知Lv6】【隠密《おんみつ》Lv10】【身体強化Lv4】【不意打ちLv6】
称号：月を見る魔物、月の女神《めがみ》の寵愛《ちょうあい》、月の女神の祝福、月の使者、忍《しの》び寄る恐怖《きょうふ》、心優しいモンスター、挑戦者《ちょうせんしゃ》、嫌われ者、人狼《じんろう》族のアイドル、暗殺者、大罪人

言わずもがな、倒すことはできなかったのでレベルは上がっていない。ただ、あれだけの戦闘《せんとう》をしたので、剣術、炎魔法、暗黒魔法が上がっている。

（憤怒の大罪と……大罪人か……）

憤怒の罪は大罪に、そして称号に大罪人というものが浮き上がっていた。

憤怒の大罪

悲しみ、憎《にく》しみ、全ての感情が大きな怒りへ変わる。憤怒の大罪を犯《おか》したものは大きな力を手にする代わりに、その他全てを失うこととなる。

大罪人

大罪スキルを持つものへ現れる称号。それは悲しきも、なるべくしてなったであろう定め。

（全てを失う……か）

なかなか恐《おそ》ろしいことが書いてある。このスキルはもう使うことはない、と思いたいが、俺はレヴィアとの戦いの最中で聞こえた声を思い出す。あれは紛《まぎ》れもない自分の声だった。

俺はその自分に身体を呑み込まれたのだろう。だが、そのおかげで目の前の少女を助けることもできた。

（これで、良かったのだろう）

「んん……」

少女はうなされているようだ。そろそろ眼《め》を覚ます頃《ころ》だろう。

「おい、起きろ」

その声に少女はビクッと体を揺らし、静かに起き、こちらを見る。

「夢じゃ、なかった……」

少女は俺を見て眼を大きく開くと、ベッドから降り、床《ゆか》に膝をつき、頭を床へ擦《こす》り付ける。土下座、というものだろうか。

「こ、このたびは、私《わたくし》めを購入いただきありがとうございます」

「ぬ……楽にしていい。ほら、これを使って体を拭《ふ》くといい」

少女は虚ろな眼をしながら手ぬぐいと湯で体を拭き始める。背中は届かないようで、背中の真ん中のところが薄汚《うすよご》れたままだった。

「背中は私が拭いてやろう」

俺は少女から手ぬぐいを受け取ると、優しく背中をこする。体を綺麗《きれい》にしたところで話を始める。

「よし、これを着ろ」

俺は奴隷商からもらった服を手渡す。前と後ろのみを隠せ、横で留める形の病衣のようなものだ。

（ふむ。これほど綺麗な少女が着るにはいささか不恰好《ぶかっこう》だな）

投石されている時には気づけなかったが、身体中の傷を治された少女はとても美しかった。綺麗な黒髪に、透《す》き通るような黒い眼、肌《はだ》は白くきめ細やかで、唇《くちびる》は淡《あわ》いピンク色をしていた。胸はあまり主張せず、細いくびれに大きな尻《しり》……。

（情欲がない俺でもここまで見とれてしまうとは）

「こ、これは？」

「服だ。とりあえずそれを着ているといい。今着ていたのは汚《きたな》いからな。奴隷商からもらったものだ」

「は、はい」

少女は渡された服を着ると、また床へ腰を下ろす。

「よし。とりあえず飯にするぞ。ついてこい」

「は、はい」

少女はまたしても虚ろな眼で俺の後ろをついてくる。階段を下りて食堂の方へ向かうと、既に小さな賑《にぎ》わいを見せていた。そこに、料理を運ぶシンが俺を見つける。

「お、来たか。母ちゃん！　骨の人下りて来たぞー！」

「あいよー！　頼《たの》まれてたもの丁度できてるから座って待っててもらいなー！」

「おうよー！　聞こえただろ？　適当なとこに座っててくれ。水をすぐに持っていくからよ」

そう言ってシンは持っていた料理を運び、俺が座った席へと水を二つ持ってきた。

「もうちょっと待っててくれ」

シンは配膳《はいぜん》へと戻っていく。少女はというと、俺の席の隣の床に正座している。

「む、何をしている？」

「餌《えさ》を……待っています」

眼がずっと虚ろだ。それは虚無《きょむ》や絶望しか感じない悲しい眼だ。

「そこへ座るといい。今、食事を作ってもらっているからな。少し待つのだ」

☾

少女は買われた。地獄《じごく》のようなところから抜け出せるのならば、誰でもよかった。だが、新しい主人は少女を慰み者にもしなければ、服も与えてくれた。今は少女へ席につくよう促《うなが》している。

「で、ですが、奴隷と主人が同じテーブルにつくというのは……」

「お前は俺の奴隷だとしても、俺はお前を奴隷として扱わない。一人の人間として扱う」

表情の読めない骸骨の顔。何を考えているか全くわからない。

（鑑定《かんてい》……）

名前：ムルト
種族：月下の青骸骨《アーク・ルナ・デスボーン》
ランク：C

レベル：39/50
HP：230/1800
MP：402/810

少女は、鑑定眼というスキルを使って主人のステータスを盗《ぬす》み見る。レベルに開きがあるので、一部分しか見られなかった。

（ランク？　骨人族でも、ない？）

少女は新しい主人の正体がわからず、さらに心を閉《と》ざす。


「さぁ、話がしたい。席へ座りなさい」

「はい……」

少女の眼に少しばかり光が戻ったようだった。奴隷として共にいるとしても、俺は奴隷として彼女を扱うことはない。命は等しく、また、行動も自由なのだ。

俺は彼女が席につくのを見守り、席につくと水を勧《すす》めたが、水には手をつけなかった。

「ふむ。とりあえず、いつまでもお前、というのも悪い。名前を聞かせてはくれないか？」

「奴隷の名前は、ご主人様がつけるものです」

きっぱりとした顔でそう言われた。奴隷の扱いについては知識程度しかないので、どう接していいかもわからない。だが、主人だから上とか、奴隷だから下ではなく、俺は対等に話をしたかった。

「俺が名前をつける、ということでいいのか？　名は大切な人につけてもらったものや、この人につけてほしい、というものがあるのではないか？」

「ですが、ご主人様が奴隷の名前をつけるのは普通《ふつう》のことですので……」

「俺とお前に上も下もない。大切な名はないのか？　どうしてもと言うなら私がつけるが」

「……ハルカ、と」

少女は少し寂《さび》しそうな、思い出すようにその名前を口にした。

「ハルカ……ハルカか。良い名だ。改めて、私の名はムルトという。気軽にムルト、と呼んでくれ」

「そんなことはできません。ご主人様はご主人様ですから」

「ふむ。そう呼ばれるのはむず痒《がゆ》い……と、料理がきたな」

シンが料理を一つ運んでくる。それを手でハルカのもとへ置くように指示し、ハルカの目の前にその料理は置かれた。お粥《かゆ》と温かいスープ。サラダと少しの肉が盛られた、素朴《そぼく》なものだ。

「さぁ、食べるといい。お腹が減っているとは思うが、あまり刺激《しげき》的ではないものを注文したぞ」

「えっ……」

ハルカは困惑して料理と俺を見る。体は微かにだが震《ふる》えている。悲しい目だ。

「これを……私が？」

「あぁ。私は見ての通り骨だからな。食事は不要なのだ。魔族は違うのだろう？　食べるといい」

「食べても……いいのですか？」

「あぁ。もちろんだ。ハルカのために作ってもらったのだから」

俺は厨房《ちゆうぼう》からチラリと顔を出す女将に親指をグッと立てる。それを見たシンが変な顔をしていたが、悪意を感じるような顔ではなかった。からかっているような……。

「さぁ、どうした。是非食べてくれ。私とハルカの出会いの記念だ」

ハルカは体をさらに大きく揺らし、目には涙《なみだ》が溜《た》まっていた。

「ど、どうしたっ⁉」

俺は思わず席から立ち上がり心配してしまう。傷がまだ治っていないのだろうか。とても辛《つら》そうだ。

「傷が痛むか？」

「い、いいえ……で、でも。私、生まれてからこんなに優しくされたこと……なくてっ……」

「泣いては飯が不味《まず》くなってしまうだろう？　飯というのは笑いながら食べるものだろう？」

「私……私……」

俺はどうすれば良いかわからずその場で呆然《ぼうぜん》としてしまう。

（ど、どうすればいいのだっ）

女将に助けを求めようとするが、彼女はすでに厨房へ戻っていた。配膳しているシンをチラリと見ると、笑うのを我慢《がまん》しているようだった。

（ど、どうすれば……）

それからハルカはひとしきり泣いた後、静かに飯を食べ、深々と俺に頭を下げ、お礼を言った。

「落ち着いたか？」

「はい。ご迷惑《めいわく》をおかけして申し訳ありません」

「いや、いいんだ。それと、その敬語もやめよう」

「ですがご主人」

「ご主人様もやめてくれ。すまない」

食事を終え部屋に戻り、俺は椅子に、ハルカにはベッドの上に座るよう促したが、そのまま床に座ってしまった。

「そ、それでは……ムルト……様と」

「ふむ。仕方がない。それでいいだろう」

「も、申し訳ありません。ムルト様」

「あぁ。大丈夫《だいじょうぶ》だ。とりあえず、ベッドにでも座ってくれ」

「それは出来ません！　ここには私とムルト様以外居られないのですから、私は奴隷としてムルト様と同じ高さに腰を下ろすことはありません！」

普通、人がいないところでは自由にするんじゃないか？　とも思ったが、これが普通なのだろうか……奴隷事情についてては全くわからない。

「ハルカがそれでいいなら……よし。それでは改めて話を始めよう」

「はい」

ハルカは短く返事をし、俺へ向き直る。

食事を終え、部屋に戻るころには既に陽《ひ》が沈《しず》み始めていた。ハルカの服や小物でも買おうと思ったのだが、外にいるときに月が出始めては、ゆったりとそれを見ることが叶わぬと思い、今日はとりあえずゆっくりと互《たが》いの話をしようと思った。

「それでは、聞きたいことがあるのだが……転生者、という称号はなんだ？　鑑定眼を持っているなら自分のステータスも見れるだろう？」

俺が転生者、という言葉を出したとき、ハルカの身体が大きく跳《は》ね上がった。明らかに動揺《どうよう》している。ちなみにハルカのステータスだが。

名前：ハルカ
種族：魔人族（奴隷）
レベル：1/100
HP：360/360
MP：600/600
固有スキル：【鑑定眼】【氷獄の姫《アイス・プリンセス》】【魔力操作】【アイテムボックス】
スキル：【経験値UPLv10】【火魔法Lv1】【光魔法Lv1】【氷雪魔法Lv1】【闇《やみ》魔法Lv1】
称号：転生者、転生神の加護、忌子

おかしなものが多すぎる。レベル１にしてはＭＰが高いし、魔法も四属性、経験値ＵＰというスキルも初めて見る。

「そ、それは、その……」

暗い顔をしている。そして困っている。別に転生者が何だろうが気にはしないが、ここまで動揺されると逆に不安だ。

「言えないのか？」

「ち、違います‼」

　突然《とつぜん》大きな声をあげる。我ながらびっくりしてしまった。だが、ハルカの顔はすごく悲しそうで、今にも捨てられるのではないか、という顔をしている。

「別に転生者というのが何だろうが気にしない。言いたくないのであればそれはそれで構わない」

「は、はい。……信じられないかもしれませんが……」

　ハルカは小さな声で話し始めた。

　転生者、というのは、この世界ではない別世界で死んだ者が、特殊な技能を持って、こちらへ記《き》憶《おく》を引き継《つ》いだ状態で新たな生命として産み落とされるらしい。今の勇者は転生ではなく、転移、というもので、別世界から生きたまま特殊な技能を持ちこちらへ召喚されるらしい。氷獄の姫というのがハルカの特殊な技能なのだろう。

　経験値ＵＰというのも勇者や自分、異世界から来た者が持つものだという。

「ほう。別の世界から……それはとても面白い話だな」

「信じてくれるのですか？」

「あぁ。当然だ。その別世界にはどんなものがあるのだ？」

　ハルカの話はとても面白かった。ハルカがいた世界には、空を飛ぶ鉄の塊《かたまり》や、そこら中に鉄で出来た塔《とう》が立っているのだという。

　外国、と呼ばれる場所では、オーロラという、色々な色が美しい波のように浮かび上がったり、一面が塩でできた湖があり空が全て湖に反射する場所などもあるという。

ハルカが住んでいた場所では、年中山のてっぺんに雪が積もっており、下は緑、上は白という山があったそうだ。それが周りの湖に映り込み、それを逆さ富士と呼んでいたらしい。

(俺が前に見た月は逆さ月、ということか？)

自分の世界の話をする時のハルカはとても良い顔をしていた。会って一日目だが、これほどの笑顔を見せる少女が、過酷《かこく》なこの世界へ来てしまったのはなぜなのか……。

ハルカという名も、その世界の母がつけてくれたものだとか。

「ほぉ。なんとも美しいのだろうな……見てみたいものだ」

「天の川でしたらこの世界でも見られると思います」

「天の川というのは？」

「あちらでは七月に見られるのですが、こちらもそろそろ七月に入ると思うので、もしかしたら見られます」

「是非見て見たいな。お、ハルカ、月が見えるぞ」

気づけば既に月が高々と空に浮かんでいた。深夜二時ごろだろうか。

「そういえば、私と違いハルカは睡眠《すいみん》を必要とするのであったな。寝るといい」

「はい。ありがとうございます。それでは、し、失礼して……」

ハルカはそう言うと、その場で横になる。

「ベッドを使っていいぞ」

「いえ、ムルト様がお使いになるのですから、私はここで」

「いや、私はベッドを使わない。というか睡眠をとらない。是非ベッドで寝てくれ」

「いえ、私は」

また、押し問答になったが、俺が頼みこむと、ハルカは渋々《しぶしぶ》ベッドへ潜っていった。

疲れていたのだろう。ハルカが横になるとすぐに寝息が聞こえてきた。

とても安らかな、幸せそうな顔で安心した。

（この顔だけで、戦った価値があったというものだ）

俺は、優しく俺を見つめる月を見上げ、心の中で小さく感謝する。


翌日、陽が昇《のぼ》り、俺はハルカが起きるまで魔力循環《じゅんかん》をしてリラックスをしていた。一日でＨＰとＭＰも全快し、完全復活、ということになる。

（今日も依頼をこなそう……いや、服を買いに行かねば）

今日はハルカの服や着替え、必要ならば装備を整えようと思っていた。

人間の国と違って様々な魔道具や剣などがある。周辺の魔物も強いからこそ、少々値は張るが良質なものが多い。

（それでもドワーフはいないようだが……）

「待ってください‼」

一人、今日のスケジュールを考えていると、ハルカが大きな声を上げ、ガバッと勢いよく起きた。

「ど、どうした」

「え、あ、ムルト様……おはようございます」

安心した顔をして、俺に微笑《ほほえ》みかける。

「昨日のことが、その、本当は夢だったのかなって……思いまして」

「ははは。夢じゃないさ。さぁ、顔を洗って飯にしよう」

「は、はい！」

満面の笑みだ。元々の顔だちが美しいから、さらに輝《かがや》いて見える。太陽が後光のように差していた。

「飯を食べたらハルカの服を買いに行こう」

「え……い、いいんですか？」

「ハルカはまだ若いだろう？　オシャレをするといい。それに、そんなに美しいのだから、着飾《きかざ》ればさらに輝くぞ」

「え、う、美しい?!　は、初めて言われました……」

「誰にでも初めてはあるさ。さぁ、飯だ」

「はい！」

俺たちは部屋を軽く整理し、とりあえず今日は金だけ持っていればいいだろうと思い、荷物は部屋に置いて出ていく。

食堂は相変わらず静かな賑わいを見せていた。シンがまた席へと案内し、水を出してくれる。

「好きなものを注文してもいいが、昨日の今日、しかも朝だから、お腹に優しいものがいいだろう」

「そ、そうですね……本当に好きなものを？」

「あぁ。とりあえず、席に座るといい」

ハルカはまた床へ座っていた。俺がそう言うと顔を赤くし、席につく。

「ほ、本当に対等でいいのでしょうか……」

「当然だ。なんなら奴隷から解放してやってもいい」

「それはダメです！」

ハルカが身を乗り出して強く言う。

「ぬっ、な、なぜ？」

「そ、それは……奴隷から解放されたら、ムルト様の物じゃなくなるってことですよね」

「元々ハルカは私の物ではない。ハルカはハルカ自身の物だ」

「え……えへへ。ありがとうございます……」

「あぁ。食べたいものは決まったか？」

「はい！　それでは、お言葉に甘《あま》えて、これにします！」

ハルカはそう言ってメニューを指差す。

俺は手を振ってシンを呼び、その料理を注文する。今の俺は、とりあえず胃袋《いぶくろ》を着用しているので、水を飲んでみる。水漏《みずも》れはしなかった。

「ムルト様は……その、がいこ……ものすごく痩《や》せているのに水を飲めるのですか？」

恐る恐るといった風にハルカが聞いてくる。

「ははは。骸骨でいいぞ。見ての通り、胃袋を装着してな、人間の国でものを食べても怪《あや》しまれない。というものだ」

俺はローブを少し開け、胃袋を見せる。

使い方や廃棄《はいき》方法などを説明すると、ハルカは興味を持って聞いてくれた。久しぶりに人とゆったり喋ることができて、俺も満足だ。

話に夢中になっていると、シンが料理を運んできた。

「あんたがそんなに楽しそうに話してるの初めて見たぜ……まぁ表情はわからねぇが……はい。お待ちどう。野菜炒《いた》めにオークのハム巻き玉子、野菜スープとパンだ」

シンが持ってきた料理はとても綺麗に盛られていた。

野菜炒めに、オークのハムで巻かれた玉子焼き、野菜スープは大きな野菜がゴロゴロと入っており、パンもなぜか二つあった。

「パンが二つあるようだが？」

「母ちゃんがサービスに、だってよ。そこのお嬢ちゃんが痩せてるから、ゆっくり肉つけろってさ。んじゃ、仕事があるから、またな」

そう言ってシンは行ってしまった。

「あの……ありがとう、ございます」

「ふむ。感謝をすることはいいことだ。だが、俺に関しては気にするな。ハルカは皆から大切にされている、ということさ」

「は、はい！　あ、ありがとう……ございます」

「ははは、さぁ、よく噛《か》んで食べるのだ」

「はい！　いただきます！」

ハルカが料理を前にし、両手のひらを合わせ、いただきます、と呪文《じゅもん》を唱えた。

「それはどのような魔法なんだ？　魔力の動きがないが」

「へ？　あ？　いただきます、というのはですね……」

ハルカが丁寧《ていねい》に説明をしてくれた。ハルカの世界のおまじないのようなものらしい。命をいただかせてもらいます。ということでいただきます、らしい。そして食べ終わった後には命をいただかせていただき、ごちそうさま、と言うらしい。命に感謝をするとは、とてもいい世界だな。是非一度行ってみたいものだ。方法は知らないが……。

「美味《おい》しいです……」

ハルカが一言、ポツリと言葉を漏らす。

「美味しいか」

「はい。生まれて初めて、こんなに美味しいものを食べました」

「これからもたくさん食べられるぞ。俺が食わせてやる」

「え？」

「俺の旅の目的はな、美しいものを見ることだ。それが形有るものも、そうでないものも。この国では君を見ることができた。ハルカが俺の旅についてきてくれるのであれば、その美しいものを一緒に見ることになる。ハルカはそれに加えて美味しいものを食べることを目的にすればいい」

「いいのでしょうか……私がそんな……」

「ハルカがしたいかどうかだ。まぁ、道中の調理は自分でやってもらうことになるが、金と安全は俺が保証しよう」

「ムルト様……」

俺はまたハルカの泣き顔を見てしまうこととなった。食事をとるとき、いつも泣いている気がするな。

「さて、食事も終えたことだし、買い出しに行くか」

「はい！」

俺たちが席から立つと、シンが手ぶらでこちらへ駆け寄ってきた。

「ムルト、あんたにお客さんだってよ。あそこ」

そう言ってシンが入り口のほうを指差す。

ハルカはそれを見て、俺の後ろに隠れる。俺はハルカを安心させるために抱《だ》き寄せ、剣に手をかける。

「何の用だ」

「レヴィア様がお二人を屋敷《やしき》へ招待致しました。私は屋敷へのご案内役として参上致しました」

それは、昨日怒りを覚えさせた相手だ。ボロ布を幾重にも纏った男。ナイフをハルカへ刺した張本人、クロムだった。

「今、何と？」

思わず俺は聞き返してしまった。

「レヴィア様が屋敷へお二方を招待しています、と」

同じことを繰り返してくるが、意味がわからなかった。報復してくる理由はあれど、招待などと……それも城ではなく屋敷へ。

「おい、ムルト、レヴィアっていったら女王じゃねぇか。何したんだ？」

「戦った」

「戦った⁉　お前それで生きてんのかよ⁉」

「ムルト様、来ていただけますか？」

「行って……何をする」

「レヴィア様はお話がしたいと」

屋敷に招待しておいて、俺たちを襲う算段かもしれない。警戒《けいかい》するに越したことはないが、昨日の件《けん》は昨日で丸く収まっているはずだ。俺は震えるハルカへ囁《ささや》く。

「ハルカ、どうする」

「怖い……ですが、ムルト様についていきます」

ハルカは俺についてきてくれるらしい。昨日の今日だが、話があるのならば聞いてみてもいいかもしれない。危険がありそうならばハルカだけを逃《に》がし、また戦おうと思った。

「そうか……クロムとやら、その招待。受けよう」

「ありがとうございます。それでは夜の七時頃《ごろ》、また顔を出しますので、是非」

「何か準備するものはあるか？」

「着の身着のままで構わないとのことです」

「わかった」

「それでは」

クロムはそのまま出て行った。

「ムルト、一体何したんだ？」

「大したことではない」

「大したことでなくて、なんで女王に……いてててて！」

シンは女将さんに耳を引っ張られ仕事へ戻される。

「シン！　ムルトさんにはムルトさんの事情があるんだ！　首を突っ込まないの！　すみませんねぇ」

「いや、大丈夫だ」

ハルカはまだ震えていた。きっと、屋敷へ着いてからのことが心配なのだろう。

「ムルト様……」

「ハルカ、心配するな。私が必ず守る」

ハルカは優しく俺に抱きついてくる。俺はそれにそっと応《こた》え、しばしの間そうしていた。ハルカが落ち着くまで待ち、今日の目的である買い出しへと出かける。まずは服屋だ。

「女性の衣服はよくわからない。男性のものもわからぬのだが……好きに選ぶといい」

「好きに？　とは？」

「ハルカが着たいものを買うんだ」

「で、でも」

「それが保護者の責任、ではないか？」

「保護者……ですか」

俺たちは今、服屋に来ている。この通りには、道具屋や武具屋なども近くにあり、服を買った後、必要があれば寄ろうと思っている。

「ムルト様も一緒に選んでくれませんか？」

「私でよければ。センスは保証できないがな」

「うふふ。大丈夫です」

ハルカに連れられ、婦人コーナーへと行く。新品のものから中古のものまである。ハルカは中古の服を三着ほど選んだ。

黄色い花柄《はながら》のワンピースと、上が赤で肩部分が開いているオフショルダーというもの。下は白のふんわりとしたロングスカートだ。

「それだけでは足りないだろう？」

「い、いえ、これだけで十分です」

三着合わせて、銅貨三枚と銀貨一枚。手持ちはまだまだ余裕があるのでもっと買ってもいい。俺は服を必要としないので、その分をハルカに回してもいいのだ。

「ふむ。それでは私が選んでやろう」

「えっ、そ、その、はい……」

ハルカは顔を赤くし、俯《うつむ》いてしまった。傷つくようなことを言ってしまったのだろうか。それとも、女性は衣服を自分で選びたいものなのだろうか……。

「私が選んだ服は嫌か？」

「い、いえ‼　嫌じゃないです！　むしろ嬉《うれ》しいです！」

「そうかそうか。嬉しいか。ははは。人を喜ばせるのは好きなのだ。ハルカも少しばかりアドバイスをくれ」

俺は笑いながらどのような服が似合うか考える。黒い髪に黒い目、綺麗な白い肌をしている。その二つの色を生かせる服はあるだろうか……。

俺は真っ白な長めのチュニックのようなものを一着、部屋着用としてピンクのブラウスと通気性の良いデニムのハーフパンツを選ぶ。

これで六着……二人合わせて六着……センスがないのだろうか……全て中古で銀貨七枚ほど。安いほうなのだろう。

先ほどから、ハルカがチラチラある方を見ていたことに気づいた俺は、その方を見てみる。

(何か欲しい服があるのだろうか)

そこには、木の人形に着せられているなんとも美しい服が飾《かざ》ってあった。

黒地のワンピースなのだが、そのワンピースの首元から胸の下の方が青から黒へと少しずつ変わっているグラデーション模様をしていた。

(夜空に浮かぶ月……)

「ハルカ、あの服はいいな」

「え⁉　いや、違うんです。欲しいとかじゃなくて……」

「いや、私もあの服が気に入った。買おう」

「で、でも、金貨三枚ですよ……新品ですし、絹でできてるんです……」

「構わない。買おう」

俺はそのまま押し通した。その後も何枚か買い、合計九着で金貨四枚。途中《とちゅう》で俺は、下着類を買うことを思い出し、ハルカに声をかけた。

ハルカはまたもや顔を真っ赤にし、小さな声で。

「下着は一人で選んでもいいですか……」

と言われたので、五日分を買うようにいい、待っていた。

下着類は上下セット五日分で銀貨十五枚だったが、店主がたくさん買ってくれたお礼ということでまけてくれ、服九着、下着五組を金貨五枚で売ってくれた。

俺たちは店主に礼を言い、露店《ろてん》を見て回っていた。

「ハルカは、戦いたいか？」

「戦い……ですか」

「嫌であれば無理強《むりじ》いはしない」

「い、いえ、戦ってみたいです……異世界に来て、しかも私にはすごい力があるらしいので……」

「氷獄の姫のことか？　あれを使えば奴隷商から逃げることも可能だったのでは？」

「それが、ＭＰが足りないらしく使えないんですよ……他の魔法もそうみたいで……でも、戦うのは怖くて……」

「ハルカがちゃんと戦えるようになるまでしっかり見ているから安心してくれ」

「私が戦えるようになったら、私のこと……捨ててしまいますか……？」

「なぜ捨てる？　一緒に戦ってもらうことになるぞ」

「是非‼　私、ムルト様のお役に立ちたいです！」

「ははは。楽しみにしている。お、あれはなんだ？」

俺が指を差した露店は、オリジナルアクセサリーを作ってくれるお店のようだ。色のついた石を削《けず》り、それにチェーンを通す。簡単なネックレス、といった感じだろうか。

（あの黒いワンピースに似合うかもしれないな……）

俺は先ほど購入した夜空のようなワンピースを思い出し、自分の首にかけている月のネックレスをみる。きっと、これをつければさらに美しくなるだろう。一つ銀貨一枚と、安い。

「主人、これと似たようなものは作れるか？」

「はいよー。銀貨一枚だ」

店主に銀貨を渡し、しばらく待つ。五分もかからずネックレスは出来上がり、それを受け取る。

「ムルト様、二つも同じものをつけるんですか？」

「あぁ、いや、これはハルカへのプレゼントだ」

「えっ」

「先ほど買った黒いワンピースに似合うと思ってな。俺と同じではないが、似たようなものを身につけると仲間みたいでいいだろう？」

俺は密《ひそ》かに仲間、というものに憧《あこが》れていた。

バルバルで出会ったダンとシシリー。ハナ達、エルフの集落の皆。ビット達人狼族の皆。

俺はそれを見て、心のどこかで憧れていたのかもしれない。スケルトンという種族であっても、月下の青骸骨《アーク・ルナ・デスボーン》という種は俺一人。せっかく旅をする仲間になるのだ。何か同じものを身につけたかった。

「もらってくれるか？」

「はい！　もちろんです‼」

ハルカは笑顔でネックレスを受け取り、すぐに首にかける。とても喜んでくれたみたいで、俺も思わず嬉しくなる。小さな声で「お揃《そろ》い……」と言いながらネックレスを撫《な》でている。

俺も、お揃いということで嬉しくなる。

「して、主人、ここらでオススメの武器店などはあるか？」

「そうだなぁ……骨人族の兄ちゃんが使うとなると……」

「いや、この娘が使うのだが」

「戦闘奴隷かい？　戦士……じゃないな。魔法を使うのであれば、ここを真《ま》っ直《す》ぐ行ったところに魔道具店がある。そこに行くといいだろう。緑の看板に杖《つえ》と本が描《えが》かれてるところだ」

「ほう。感謝する」

店主は指を差し、道を教えてくれる。店主に教えてもらった通りの看板を見つけ、中に入る。

店の中にはランタンのようなものや、松明《たいまつ》、魔道具というには貧相に見えるものもあった。

「いらっしゃい」

「杖が欲しいのだが、何かオススメはあるか？」

俺は、店主と思われるとんがり帽子《ぼうし》にローブを着込んでいる老婆《ろうば》へ話しかける。

「そうさねぇ……杖を使うのはそこの嬢ちゃんかい？」

「そうだ」

「使える属性はいくつだい？」

「え、ええと……」

ハルカが口ごもる。確かハルカの使える属性は四属性、うち一つは最上級魔法なのだ。

「正直に言えばいいんじゃないか？」

俺は小声でハルカへ語りかけた。

「レベル１で四属性使えるのはおかしいんですよ……」

ハルカも小声でそう返してくる。確かに、生まれた頃より四属性を持っていることは稀《まれ》なのだろう。レベルも１のままなのだから。

「ヒッヒッヒ。聞こえてるよ。レベル１で四属性とは、恐れ入るね……そうさねぇ……この杖なんてどうか」

そう言って老婆が持ってきたのは、銀の杖に、花のような装飾《そうしょく》がとりつけてある、いわゆる、ロッド、と呼ばれるものだ。

「ロッドか。魔法だけじゃなく打撃《だげき》もできる。いいのではないか？」

「これはねぇ、少々値は張るが、五属性までなら負荷《ふか》に耐えられるよ」

「蓮《はす》の花……ですね……」

「買っておいて損はないと思うが、レベル１じゃＭＰも限られているだろうからね……今はこの木の杖でいいだろう」

持ってきたのは木の杖、だがかすかに魔力を感じる。これも同じくロッドだ。

「これはトレントから作ったものでね。丈夫でとても使いやすい。そこのお嬢ちゃんに期待を込めて、これは差し上げよう。ローブも何か見繕《みつくろ》ってやろう」

そう言うと、老婆は黒いローブを取り出し、それを杖と共に渡してくる。

「お代はいらないよ。魔法使いなら、杖も天魔族が作ったものをどこかで買うといい。見たところ旅をしているのだろう？　天魔族に会うこともあると思う」

「このおばあさん、なんでもお見通しですね……」

ハルカが小声で囁いてくる。確かにこの老婆はズバズバと俺たちのことを見抜《みぬ》いてくる。が、それは耳がいいとかではないことに俺は気づいていた。

「魔眼だろう？」

「ほぅ……気づいたか」

「俺も魔眼持ちだからな」

「ほっほっほ。スケルトンが魔眼持ちとは、面白い」

老婆は高笑いをし、顔を上げると、

「まぁ、あたしゃ、そんな便利なものじゃないけどねぇ。あたしゃその人の保有魔法の属性が色で見えるってもんさ。そこのお嬢ちゃんは四色だが、微かに違う色も見える。あんたは赤と緑と黒、そしてそれとは別に、なんとも言えない真紅《しんく》の魔力がもう一つ見える」

老婆はそんなことを言い、品物をさっさと渡すと、俺たちは店を追い出されてしまった。時刻は四時ぐらいだろうか、買った品物は全てハルカのアイテムボックスというスキルの中に入れさせてもらっている。

これは、半径二m以内であれば、俺でも出し入れ可能だという。これは許可した人物にしかできないらしい。

俺はその後も露店を見て回ったり、ハルカが食べ歩きをしたりして宿へ戻る。

衣類や装備などを出し、足りないものはないか確認をしていく。ハルカに服やローブを改めて着てもらい、それを眺《なが》める。「アイドルみたい」と言っていた。アイドルというものは俺の称号にもあるが、意味はわからない。だが、ハルカはとても可憐《かれん》だった。

その後、約束の時間になるまで待機している間、魔力循環の方法をハルカに伝え、一緒にやっていた。

(杖術《じようじゆつ》を教えなければな……)

俺は触れたことのない武器をどうハルカに教えるかについて考える。

そして、約束の時間になった。

「お迎《むか》えに参りました」

下の階に行くと、すでにクロムが待っていた。

「あぁ。待たせた」

俺は軽く挨拶《あいさつ》をし、クロムに連れられて宿を出る。宿の前には黒塗《くろぬ》りに、金の装飾が施《ほどこ》された豪《ごう》華《か》な馬車があった。

「さぁ、どうぞお入りください」

クロムが馬車のドアを開け、俺たちは中に入る。クロムは御者《ぎよしや》らしく、この馬車に乗っているのは俺とハルカの二人だけだった。

恐らく家紋《かもん》か何かなのだろうが、馬車の側面には、龍に鎖が巻きついているようなものが彫《ほ》ってある。街の人々はそれを見るとそれぞれが道を開ける。

クロムがすごいのか、馬車がすごいのかわからないが、走行中の揺れすらも感じない。

「到着《とうちやく》致しました」

少しの間待っていると、すぐに目的地に着いたようだ。目の前には大きな門が、音を立てながら開いていくところが見える。もう少し先にはなんとも大きな豪邸《ごうてい》がある。ここに着くまで、俺とハルカは何ひとつ言葉を交《か》わしていなかった。

ハルカは俺についてくると言ってくれたが、どうやら覚悟はまだできていないらしく、身体を小さく震わせ、俯いている。

「安心しろ。私がいる」

俺は優しくハルカの肩を抱き寄せ、頭を撫でた。

「それでは、ご案内いたします」

クロムがドアを開き、馬車から降り、クロムに連れられ屋敷へと入る。

「それでは、私はレヴィア様のお手伝いがありますので、これで。何かあればこのメイドへ言ってください」

クロムはそう言うと頭を下げ、奥へと引っ込んでいった。クロムの残していったメイドは俺たちに軽く礼をし、部屋へ案内する。

「それでは、こちらのお部屋にてお召《め》し物を着替えてください」

俺たちが通された部屋は、宿の部屋を六つほど繋げた広さだった。その広い部屋には、暖炉《だんろ》や本、ソファーに絵画、これまた豪華で高価そうなものがたくさんあった。中でも目を引くのは、その部屋の半分ほどを占領《せんりょう》している衣服の類《たぐい》だ。ドレスとタキシードが、何百種類はあると言えた。

「この服を？」

「はい。レヴィア様より言伝《ことづて》を預かっています。『私に会うのだから、それ相応《そうおう》の格好をしなさい。

服は用意した』以上です」

「ふむ。そうか」

俺の今着ている服は、ローブのみだ。下に着る必要もないしな。強いて言うなら、胃袋を装着している。ハルカはまだ上等なほうで、先ほど購入した黄色い花柄のワンピースを着ている。

俺はハルカに、レヴィアの言伝を伝え、服を選ぶよう言った。ハルカは複雑な気持ちでドレスを見ているようだ。

俺は俺でタキシードを見ているが、やはり青色のものに目をひかれてしまう。

水色に、薄《うす》い青の縦の線が入ったタキシード……良いな……。

(着方が……わからない)

そうなのだ。俺は生まれてこの方、衣服を身につけたことがないのだ。タキシードに袖《そで》を通すことはできるだろう。だがこのズボンというもの、足を入れるところまではわかる。が、この長い紐《ひも》のようなものをどうするかわからない。

試《ため》しに足を入れてみるが、すぐにずり落ちてしまう。

(ズボンは肉がないと着れないのでは……?)

俺は自分の腰回りを見る。骨盤《こつばん》しかない……驚異《きょうい》のウエストと言えるだろう。

「ムルト様は骨ですものね。どういたしましょう……」

「あぁ。どうやら俺に合う服はなさそうだ。……ハルカはその服にするのか?」

ハルカが着ているのは、先ほど買った青と黒のグラデーションが美しいワンピースだった。絹という上等な素材でできているから、ドレスのようにも見える。そしてアクセントとして胸元《むなもと》には月のペンダント。しかも、さらにすごいのは化粧《けしょう》だ。頬が微かにピンク色に染められ、唇が真っ赤だった。目も黒く大きく、吸い込まれるようだ。

「美しい……」

「へっ」

「ハルカ……なんという美貌だ。触れても……いいか？」

俺は無意識に手を伸《の》ばし、ハルカの頬に触れそうになっていた。俺は改めてハルカに許可をもらい、その身体に触れる。今の俺は全身に身につけていたものを脱いでいるので、手は骨が剥《む》き出しだ。

「んっ……」

ハルカは色っぽい声を微かに出す。骨が冷たかったのだろう。ピンク色に染められた頬はさらに赤くなっていた。

「あぁ、すまないな。見惚《みと》れてしまった」

「い、いいえ、ムルト様が満足してくださるなら……」

俺は気を取りなおし、ハルカと共にタキシードを選び、服の着方を教えてもらった。白いシャツはそのまま着て、ズボンは手持ちの荷物やハルカのアイテムボックスに入れてもらっていた袋《ふくろ》などを出し、骨盤に巻いた。そして太くした骨盤にズボンを穿《は》き、ベルトという紐を巻くと、ずり落ちず、綺麗に着ることができた。

「おぉ。ありがとう。ハルカ」

「いえ。ムルト様、とてもお似合いです」

俺は備え付けられている姿鏡を見る。青い骸骨が青いタキシードを着ている。白いシャツには青い月のペンダントが輝いていた。

「お二人とも、とてもお似合いです。それでは、レヴィア様のもとへ案内致しますね」

「あぁ。頼む」

俺はそう言って、側《そば》に置いていた月光剣を携《たずさ》えようとすると。

「申し訳ありませんが、武器類はこちらのお部屋へ置いておいてください」

「ふむ……すまないが、この剣は私と一心同体だ。遠くへ放置はできない」

俺は食い下がった。風呂《ふろ》に入る時も、手放しはするが必ず手の届く範囲《はんい》に置いていた。この剣は、俺が強くなるきっかけをくれたし、なによりアルテミス様が授《さず》けてくれたものだ。

「剣を抜き、いきなりレヴィアを襲わないと固く約束しよう。月に誓《ちか》う」

「で、ですが……」

俺も彼女も引くことができず、少々言い争う感じになってしまったが、突然部屋のドアが開き、知らない人物が入ってくる。

白いタキシードに浅黒い肌が似合っている。美形の男が部屋にいる俺たちを見渡《みわた》してくる。

「いかがなさいましたか？」

「く、クロム様」

「何か問題が？」

白タキシードの男はクロムだった。

今はいつものボロ布ではなく、美しいタキシードを着て、佇《たたず》まいもしっかりしたものだ。

「そ、それが、お客様が断固帯剣するとおっしゃって……」

「レヴィア様はお客様に如何《いかが》するよう伝えられた？」

「……お客様の自由に、と」

「屋敷で暴れても？」

「気にしない」

「レヴィア様に飛びかかったら？」

「屋敷を捨て、逃げる」

「わかっているじゃないか。ムルト様、メイドが大変失礼をいたしました。剣はお持ちになっても構いません。それとレヴィア様から伝言です。『今日お前らが選んだその服はそのままやる』だそうです。見たところ、そちらのお嬢さんはこの部屋にあったものではないようですが？」

「あぁ。ハルカは自前の服だが、ダメか？」

「いえ。美しさの中にも品があり、大変よろしいかと。よろしければ、好きなドレスを一着選んで、それをもらっていただいて構いません」

「は、はい」

「ハルカ。選ぶといい」

　俺は知っている。ハルカがワンピースを着る前に散々見ていたドレスを。それは真っ黄色のドレスだ。後で聞いたことなのだが、ハルカが住んでいた世界の物語に出てくる姫が着ている物に似ていると。

　その姫は野獣《やじゅう》のような男を好きになり、一緒に幸せになるという。なんとも面白そうな話だった。

俺たちはその部屋を後にし、ちょうどクロムが来たということでメイドに代わり、クロムが俺たちをレヴィアが待っている場所へ案内してくれた。

「この中でレヴィア様がお待ちしております。本日は招待で、友好を深めることが目的です。先日あったことは持ち出さぬようお願いします」

クロムが部屋に入る前に俺たちにそう言ってくる。俺もあの戦いはもう終わったものだとは思っているが、俺の中の怒りは収まったわけではない。なによりレヴィアはまだ本気を出していなかったと思う。勝ちを譲られたのだ。

俺たちはドアを開き、その部屋の中へ入る。

目の前にはテーブルの上に豪華な料理がいっぱい置かれていた。イスが三脚《きゃく》置いてあり、その一つには、すでに一人座っていた。

銀髪《ぎんぱつ》の髪に紫の瞳をした龍の少女、レヴィアだ。

「ようこそ、私の家へ。さぁ、そこへ座って」

そのまま俺たちは食事の並ぶテーブルにつく。

「この度《たび》は屋敷に招待していただき、感謝する」

「驚いた。そんな丁寧な言葉も使えるのね」

「知識だけはあるのでな」

「知識ね。その知識があなたの強さに繋がるかもしれないのね」

レヴィアは並べられた食事を自分の皿へとよそいはじめる。

「さぁ、あなた達も食べて。まぁ、そこのムルトはたべられないとして、あなたは食べられるわよね？　ところで、名前は？」

「……ハルカ、といいます」

「そう。ハルカね。さぁ食べてちょうだい。毒は入ってないから安心しなさい。なんなら、私が全て一口ずつ食べてもいいわよ」

「だ、大丈夫です。いただきます」

ハルカも同じように皿へと料理を盛る。

俺は今後、人間と会食する時に同じ動きができるように二人の姿を眺める。

「ムルト、観察は趣味《しゅみ》なのかしら？」

「趣味、というわけではないが、今後に役立つと思ってな」

「そう。勉強するのはけっこうだけれど、人の食事をジーッと見るのはマナー違反《いはん》よ。料理をよそう練習でもしたら？」

「だが、私は食べるわけでもないからな。食材に申し訳ない」

「そんなのハルカに食べさせればいいじゃない。なんならうちのクロムに食べさせてもいいわよ。クロム、席を」

「はっ」

クロムはどこからかイスを引っ張り出してきて、俺とレヴィアのちょうど真ん中らへんに座った。

俺はレヴィアに言われた通り、料理を皿に盛る。別に何を考えることもなくよそうだけなので、苦労はしなかった。

「クロム殿《どの》、すまないが食べてくれ」

「かしこまりました」

「あっはっは！　ムルト！　あんた、盛りすぎよ！」

クロムの皿にある料理は、溢れることはないが、山のように高く料理が積まれている。これだけの料理を無駄《むだ》にしてはいけないと思い、なみなみと盛ってしまった結果だ。

「だがレヴィアもこれくらい盛っているではないか」

「私はこの会食の主だし、種族柄《がら》ね。ハルカぐらいの量が人間や魔族の適量よ」

俺は少し恥《は》ずかしくなったが、その照れをなくすかのように話を切り出した。

「ふん。とりあえずだ、なぜ俺たちをここへ招待した？　食事だけが目的ではないだろう？」

「ふふ、いきなりそんな喧嘩腰《けんかごし》になっちゃって。別に。話をしたいだけよ」

「話、とは？」

「あなた、漆黒の悪夢って知ってる？」

「国を消したというスケルトンか」

「消した、というよりは壊滅《かいめつ》させた、だけどね。そのスケルトンは、あなたと同じ異色のスケルトンなの」

「俺はそいつと違って破壊《はかい》願望もなければ、人族を別に恨《うら》み……もしていない」

「そう。でもね、異色のスケルトンは別にあなたと漆黒の悪夢だけじゃないわよ。ただ、あなたと漆黒の悪夢には共通点があるの」

「共通点？」

「そう。あなたと漆黒の悪夢は……大罪というスキルを持っているわ。あなたのあの赤いオーラ、そのスキルのせいでしょう？」

俺は思い出す。レヴィアと戦った時のことを。身体から赤いオーラが溢れ、身体と剣が紫色に変色していた。あの時の力は怒り……憤怒の罪というスキルのせいだったのだろう。

「あぁ。恐らくな」

「あなたがなんの罪を持っているか知らないけれど、漆黒の悪夢はね、強欲の罪、というスキルを持っていたわ」

「……俺は、憤怒の罪だ」

「あら、教えてくれるのね。なら、あと四人ね」

「四人？」

「あなたも知っているでしょう？　七つの大罪。傲慢《ごうまん》、憤怒、嫉妬、怠惰《たいだ》、強欲、暴食、色欲。生物の罪、と言っても過言ではないでしょうね。あなたは憤怒、漆黒の悪夢は強欲。そして、私が嫉妬よ」

レヴィアはそう言って自分のスキルを俺に教える。あの時の戦いでは嫉妬の罪のスキルを使わなかったが、あれよりさらに強いということだ。

「いい。ムルト、このスキルはとても強力だけれど、それだけリスクも高いわ。諸刃《もろは》の剣《つるぎ》なの。恐らくあなたのスキルは大罪になっているはずよ。力に呑み込まれれば、それは亀裂《きれつ》を生み、いつしか全てを破壊するわ」

「レヴィア、お前も大罪に？」

「ええ。私も嫉妬の大罪よ」

「そう、か」

「とても危険な力なの、これからも平和に生きていこうと思うなら、あまり使わないことをオススメするわ」

「あぁ。感謝する」

「話を戻すわね。大罪が暴走した結果、国を壊滅させたのが漆黒の悪夢なの。でもね、大罪のスキルを持っている者はあと四人出現するはずよ。巻き込まれないように気をつけなさい」

「あぁ」

レヴィアはそう言い、話を終わらせた。

まだ話していないことがあるかもしれないが、レヴィアがそれを話したくないのであれば、無理矢理聞く必要もないと思った。俺の旅とはきっと無縁《むえん》だろう。

レヴィアは俺がモンスターということはとっくに見抜いており、なぜ俺がここまでの知恵《ちえ》を持っているかを聞いてきた。

俺はここへ来るまでの旅の話をした。アルテミス様に会ったことは言わなかったが、月をずっと見ていたら、自我を持つようになったことを話した。

「また嫌な話になっちゃうけど、漆黒の悪夢もモンスターだったのよね。正直、大罪の発動条件はよくわからない。でも、大罪を背負いし者は世界を破滅《はめつ》へ導くと言われているの」

「私は、ムルト様が世界を破滅させるのであれば、止めはしません！」

「いや、そこは止めなさいよ」

「私は破滅させる気はないがな」

その後も会食は続いた。最初の出会いは最悪ではあったが、今回の会食ではよい情報交換《こうかん》ができたと思う。ハルカの恐怖心も少しは緩和《かんわ》し、レヴィアもあの時のことを謝《あやま》った。

「私は……構いません。そのおかげでムルト様と出会うことができました」

「ムルトは？」

「許す許さないの話ならば、私は決して許さない。が、ハルカが良いというのであればこれ以上恨むこともない」

「……そう」

俺たちはレヴィアに門まで見送ってもらい、会食に来たお礼に大金貨を一枚もらってしまった。

「ハルカ、本当にごめんなさいね」

レヴィアは反省しているようで、ハルカにまた謝っていた。宿へはクロムがまた送ってくれるそうだ。

俺とハルカは馬車の中で楽しく話し、今後どこに向かうかを話し合っていた。

そして目標が決まる。

次の目標は、天の川を見ることだ。

骸骨と一歩

Skeleton, the moon gazer

俺《おれ》たちはクロムに送られた後、レヴィアから餞別《せんべつ》として家紋《かもん》の入った短剣《たんけん》をもらった。魔都《まと》の周りを旅するのであれば、ということでもらったのだ。これを見せればある程度の国民であれば黙《だま》るだろう、とのことだ。

俺はそれをありがたく頂戴《ちょうだい》し、宿でハルカと共に明日の日程を立てた。

翌日、ハルカと共に冒険者《ぼうけんしゃ》ギルドへ来ていた。ここを出るにしても、ハルカのレベルは低いし、ハルカはまだ戦う術《すべ》を持っていないのだ。だからもう少しだけ滞在《たいざい》して、ハルカをある程度戦えるようにしてからここを発《た》とうと思った。

「ところで、ハルカはなぜ魔族なのに角がないのだ？」

ハルカは確かに魔族なのだが、それを象徴《しょうちょう》するような紫《むらさき》色の角が生えていなかった。

「まだ奴隷《どれい》として売られる前、生えてきたんですけど、村のみんなに削《けず》りとられちゃって……私、忌子なので……」

魔族の角は体の一部だと言われており、痛覚も触覚《しょっかく》もあるらしい。幼い頃《ころ》にそれを削りとられたのだという。想像を絶するほど痛かっただろう。

「そうか……辛《つら》いことを思い出させてしまってすまない」

「いえ！　大丈夫《だいじょうぶ》ですよ！　気にしないでください！」

俺はハルカに何度か謝《あやま》った。ハルカは気にしないでと言っていたが、やはり思うところがある。

その後、ハルカには冒険者登録をさせた。奴隷を戦闘《せんとう》に参加させることはよくあることらしく、別段特別な手続きというものはなかった。

「ムルト様は命に代えてもお守りします！」

「それはこちらのセリフだ」

Gランクスタートだということで、Fかそこらのモンスターで練習したいとも思ったが、ここら一帯にはCランク以上のモンスターしかいないことを掲示板《けいじばん》を見て思い出した。

「ふむ。どうするか」

「私が倒《たお》せそうなものはありませんね……」

ゴブリンやスライムといったモンスターの討伐《とうばつ》依頼《いらい》は当然ない。あったとしてもそれはマッドゴブリンやマッドスライムといった上位種になってしまう。それらはなかなかに手強《てごわ》く、ランクも高い。

「ふむ」

俺は掲示板の前で腕《うで》を組み、悩《なや》んでいた。

「ムルトか？」

聞き覚えのある声に振《ふ》り返ると、そこにはフードを目深《まぶか》に被《かぶ》った男がいた。

「その声、コットンか？」

「あぁ。無事でなによりだ」

コットンはフードを外し、その骸骨《がいこつ》を見せた。体は青色になっていた。

「その子がこのあいだの娘《むすめ》か？」

「そうだ」

「ほう。見違《みちが》えたな」

「初めまして、ムルト様の奴隷をしています。ハルカと申します」

ハルカはコットンのことを覚えているようだ。

「こちらこそ、ムルトの友のコットンという。よろしく頼《たの》む」

軽い挨拶《あいさつ》を交《か》わすと、コットンが俺に向き直る。

「こんなところでどうしたんだ？」

「実はな、ハルカを鍛《きた》えようと思うのだが、ここらはCランク以上のモンスターしかいないだろう？　ハルカには危険だと思ってな」

「ほう。そういうことか。ならば、いいところがあるぞ。西門を出て三十分ほど歩くと岩場があるのだが、その近くに洞窟《どうくつ》型のダンジョンがあるんだ」

「そうなのか？」

「あぁ。GとFのモンスターしか出ないからこの国の皆《みな》は興味がないのだ。ギルド職員に聞かなければ知ることはないほどだ」

あまりにも弱く、素材もしょっぱいため、掲示板にも張り出されないらしい。氾濫《はんらん》などしないのか、と聞いたところ、氾濫してもこの国に着く前に周りのモンスターに殺される、とのことだった。

だから今までずっと放置されていたのだろう。徒歩三十分というのも魅力《みりょく》的だ。

「そうか。情報をありがとう。よかったらコットンも来ないか？」

「すまないが俺は別件の依頼を済ませなきゃならないのだ。同行するのはまた今度、ということで

「頼む」

「いやいや、こちらこそ突然誘《とつぜんさそ》ってすまなかった。依頼、頑張《がんば》ってくれ」

「そちらも、特訓がんばってくれ」

俺たちはコットンに礼を言い、西門へ向かった。スケルトンの俺には必要なかったのだが、もしもハルカが怪我《けが》でもしたら大変なので、途中《とちゅう》道具屋でポーションを五本買った。おまけとしてポーションポーチももらえたので、ハルカにそれを装着してもらっている。

ポーションを買うときに大変な感謝と謝罪を受けたが、俺はハルカの命を優先しているので、当然の結果だ。岩場に向かう途中に、Cランクモンスターが出てくるかもしれないので、準備はしておくに越《こ》したことはない。

「ギルドカードを」

「あぁ」

西門を警備している兵士に俺とハルカのギルドカードを渡《わた》す。

「EランクとGランクですか……大熊犬《グリズリードッグ》を倒しているのなら大丈夫だとは思いますが……骨人族にこの先の岩場は相性《あいしょう》が合わないと思いますよ」

「多少、剣《けん》の腕には覚えがある」

俺はローブを少し開け、剣を見せる。

「そ、それはレヴィア様の短剣ですか?!」

兵士が驚《おどろ》いたのは剣ではなく短剣だった。俺はクロムに渡された短剣を人狼族《じんろう》の短剣と共に腰《こし》に下げていた。といっても、肋骨《ろっこつ》の中に内蔵している状態なのだが。

「あぁ。先日もらってな」

「ならば、実力を疑う余地はありませんね。ですが、この先のモンスターは外皮が岩や鉄でできていて、ゴーレムなどもいます。打撃攻撃《だげきこうげき》にはご注意を」

「あぁ。ありがとう」

「それと、最近クリスタルゴーレムを見たとの報告を受けました。報告はその一件のみなので虚偽《きょぎ》の報告だとは思いますが、くれぐれもご注意を！　少なくともAランク以上なので！　すぐに逃《に》げてください！」

俺は手を上げ返事をする。そのままハルカと共に例のダンジョンへと向かった。ギルドの話によると、わずか五層のとても浅いダンジョンらしい。

確かに、戦闘をしたことのない人にはうってつけの場所なのだが、その道中のモンスターを狩《か》った方が強くなれるし、素材がいいと言っていた。

ダンジョンに出てくるモンスターはゴブリンとスライムだ。

（俺がいたところと、似たような場所だな……）

昔住んでいた洞窟を思い出し、少し懐《なつ》かしむ。道中は特にモンスターに襲《おそ》われることはなかった。

俺は、ハルカと共に歩きながら魔力循環《じゅんかん》をしていた。魔力循環を使って身体強化できることを教えると、ハルカはそれをすぐにマスターした。ハルカは確かめるように杖《つえ》をブンブン振っていた。

「ムルト様のお役に立てるよう頑張りますよ！」

「ふふ、頼もしいな。お、見えてきたぞ」

しばらく歩くと、洞窟が見えてきた。恐《おそ》らくここがコットンの言っていたダンジョンだろう。

「ん？　あれは……」

ダンジョンの前には大きな岩が、それも人型の。三ｍはあるだろうか、目、鼻、口があることから、ゴーレムであることがわかった。

「ハルカ、落ち着いてついてこい。相手は一体。厳しくはないだろう。俺一人で相手をする」

「は、はい」

俺は静かに剣を抜《ぬ》き、魔力を纏《まと》わせる。

「魔力循環はこうやって武器に力を付与《ふよ》することもできる」

「おぉ……」

ハルカは目をキラキラとさせていた。さっそく自分でも木の杖に魔力を纏わせ、すぐに散らした。

「よし、それでは俺の戦いを見ていてくれ」

俺はそう言って、ゴーレムへ駆《か》けていく。

（岩のように硬《かた》い皮膚《ひふ》、といったところか。斬《き》るのではなく、力を入れれば砕《くだ》けるのではないか……？）

ゴーレムは俺に気づき、巨木《きょぼく》のように太い腕で横から大きく薙《な》ぎ払《はら》う。俺はそれに合わせるように思い切り身体を捻《ひね》り剣をぶつけようとした。

（砕けろぉぉぉぉお‼）

ゴーレムの腕は俺にダメージを負わせることなく、力なくその場へ落ちた。

（よし。予想通……り？）

ゴーレムの腕は砕けたと思ったが、どうやら違《ちが》うらしい。落ちていた腕には見事な断面があった。

そう、斬り落とせたのだ。

（ま、まさか……）

ゴーレムは一瞬《いつしゅん》動きを止めたが、諦《あきら》めることなく俺へと向かってきた。俺はその動きを危険察知と月読《つくよみ》で避《よ》け、身体を切り刻んでいく。

月光剣はスパスパとゴーレムを切り裂《さ》いていき、ゴーレムの弱点である核《かく》を見つけ、それを砕いた。

「ムルト様！　すごいです！」

木陰《こかげ》からハルカが飛び出し、抱《だ》きついてくる。俺はそれを受け止める。

「あ、す、すいません!!!」

「ははは。いいんだ。ハルカが嬉《うれ》しいならば、私も嬉しい」

抱きついてきたハルカだったが、謝りながらすぐに離《はな》れた。俺は気にすることはない、という風に言った。

（本当に素晴《すば》らしい剣だ）

俺は月光剣―月夜《つくよ》―を見て感嘆《かんたん》する。

「さぁ、ハルカ、ダンジョンに挑戦《ちようせん》だ」

「はい！　頑張ります！」

ハルカの元気な返事を聞き、俺たちは気を引き締《し》めてダンジョン内へと入っていった。

（弱いといっても、油断は死に繋《つな》がる。いくら俺でも、な。よし）

名前：ムルト
種族：月下の青骸骨《アーク・ルナ・デスボーン》
ランク：C
レベル：40/50
HP：2000/2000
MP：900/900
固有スキル：【月読】【凶骨《きょうこつ》】【下位召喚《しょうかん》】【下位使役《しえき》】【魔力操作】【憤怒《ふんぬ》の大罪】
スキル：【剣術《けんじゅつ》Lv5】【灼熱《しゃくねつ》魔法Lv1】【風魔法Lv3】【暗黒魔法Lv5】【危険察知Lv6】【隠密《おんみつ》Lv10】
【身体強化Lv4】【不意打ちLv6】
称号：月を見る魔物、月の女神《めがみ》の寵愛《ちょうあい》、月の女神の祝福、月の使者、忍《しの》び寄る恐怖《きょうふ》、心優《やさ》しいモンスター、挑戦者《ちょうせんしゃ》、嫌《きら》われ者、人狼族のアイドル、暗殺者、大罪人、救済者

名前：ハルカ
種族：魔人族（奴隷）
レベル：1/100
HP：360/360
MP：800/800
固有スキル：【鑑定眼《かんてい》】【氷獄の姫《アイス・プリンセス》】【魔力操作】【アイテムボックス】
スキル：【杖術《じょうじゅつ》Lv1】【経験値UP Lv10】【火魔法Lv1】【光魔法Lv1】【氷雪魔法Lv1】【闇《やみ》魔法Lv1】

称号：転生者、転生神の加護、忌子

「これを頼む」

「はい！　ギルドカードをお預かりします！　……どうぞ、いってらっしゃいませ！　コットン様」

「あぁ」

その男はギルドカードを受け取り、大きな山へと向かった。その山は、この国の冒険者でもあまり近寄らない。人間より、魔法も身体能力も長《た》けている魔族の彼《かれ》らが近寄らない理由は実に簡単なことだ。

彼らでも歯が立たないモンスターばかりなのである。コットンは、一人その山に向かって歩いていく。

（レッドドラゴンの活発化か……嫌《いや》な予感がするな）

レッドドラゴン。龍《りゅう》種の中で炎《ほのお》の魔法を得意とするドラゴンである。永く生きていると言葉を喋《しゃべ》るようだが、そういった者はこちらから手を出さなければ敵対することはない。

コットンが討伐しようとしているのは、縄張《なわば》りから離れ、商人たちを襲っているらしいレッドドラゴンだ。まだまだ若いことがわかる。

（若いといってもSランクのモンスターだ。油断せず行こう）

コットンは、懐《ふところ》から小さなハンマーを取り出した。銀色で統一されているその小さなハンマーに、コットンは魔力を通し、巨大化させる。その大きさは、ダンジョンの前でムルトが戦ったゴーレムより少し大きいくらいだった。全身が骨でできている細身の彼が、そのあまりにも巨大なハンマーを持って戦う姿から、皆からはこう呼ばれている。

Sランク冒険者『粉砕骨《ふんさい》コットン』。

☾

「ふう、大罪を持つ者が三人……か」

「レヴィア様、全《すべ》てお伝えしなくてよろしかったのですか？」

「ムルトに？」

「はい」

「そう、ね。でも、あいつは世界を旅するのが目的なんでしょ？　だったら世界を巡《めぐ》っていればいつか会う日もあるでしょうし、あいつは少なくとも世界を壊《こわ》したりしないと思うわ」

王城の執務室《しつむしつ》でレヴィアとクロムが会話をしている。その声色《こわいろ》からは、不安が感じられる。

「ま、どう転がっても、戦いに巻き込《こ》まれることにはなるわよ。『破滅《はめつ》の七人、罪を背負わされし者達《たち》』……か」

「伝承の言葉ですか？」

「そうよ。どうせ全世界を敵に回すことになる。それまでは楽しく生きていてもいいんじゃないかしら？」

「……レヴィア様も楽しまれてはいかがですか？」

「私は、いいのよ」

レヴィアは悲しそうに顔を隠《かく》す。そしてペンを握《にぎ》りしめ、精一杯《せいいっぱい》の笑顔《えがお》をクロムに向けた。

「私はもういいの！　来たるその日が来るまで、この呪《のろ》いを私で止めておく。クロムには最期《さいご》までついてきてもらうからね！」

「御心《みこころ》のままに」

クロムはそう言うと、顔を下げ、部屋の中が静かになるまで顔を伏《ふ》せていた。

自分の主《あるじ》の泣き顔を見ないように。

☾

王国イカロスの中にある、港町カリプソ。そこに、三人でパーティを組んでいる一行がいた。

金髪《きんぱつ》に金色の目をしていて、その装備までも金、というよりは黄色よりなのだが、豪華《ごうか》なものを着込《きこ》み、短剣を四本腰に下げている男。

ジャック・ヤマモト。

ピンクの髪《かみ》に、困り眉《まゆ》が印象的な、胸の大きな女性。二匹《ひき》の龍が絡《から》みついたようなロッドを手に持ち、魔法を使っている。

サキ・ハナミチ。

そして、黒髪に黒目、キリッとした目元からは冷たさを感じるが、その実、内面はとても熱く、優しい。腰には愛刀を下げている、お茶目な女性。

ミナミ・フジヤマ。

それぞれがS2ランクの冒険者だ。そして、この世界に召喚された勇者だ。

「よしっ！　これで終わりだ！」

ジャックがそう言って短剣に雷《かみなり》を纏わせ、モンスターへと攻撃を加える。

「えいっ！」

サキはロッドを振り、魔法を発動させる。無詠唱《むえいしょう》の魔法だ。海には渦潮《うずしお》が生まれていたのだが、その渦潮を凍《こお》らせ、魔物の動きを止めた。

「止《とど》めは私が刺《さ》すわ。吼《ほ》えろ。秋雨《あきさめ》！」

ミナミは居合斬りのような構えをとり、精神を集中させ、一瞬にして刀を抜き、鞘《さや》へ戻《もど》す。この一連の動作を一秒足らずでやっている。

モンスターは真っ二つに斬られ、ジャックの電撃によって身体を消滅《しょうめつ》させられる。

「素材はいらないよなぁ？」

「うん。装備もお金も困ってないし、いいんじゃない？」

「あわわ……黒焦《くろこ》げはかわいそうですぅ」

「何言ってるのサキ、大勢の人を苦しめてきたんだから、当然の報《むく》いよ」

「そうかもしれないですけどぉ……」

「いやぁ。でも久しぶりに食いたかったなぁ……イカのお寿司《すし》……」

「だったらヤマトの国までまた行く？」

「おぉ！　いいねぇ！　サキも行くだろ？」

「そ、そうですね。わ、私も行きたいですぅ……」

「じゃあ次の行き先は決まったわね！　ヤマトの国へ行きましょう！」

「あわわ、ミナミちゃん、お仕事はどうするんですか？」

「モンスターの捜索《そうさく》でしょ？　だったらヤマトの国にいるかもしれないし！　そう！　それを調べに行くの！」

「ひゅー！　ミナミ！　わかってるねー！」

「じゃ、明日出発しよっか！」

「おう！」「は、はい！」

勇者一行は目の前のモンスターを放置し街へと戻る。モンスターの死体は、匂《にお》いにつられた他のモンスターが食べにくるので大丈夫だろう。

海の中で既《すで》に命を散らしているモンスターは、クラーケン。Sランク指定のモンスターだが、このクラーケンは普通《ふつう》のクラーケンよりもふた回り大きかった。さらに、このクラーケンは勇者達に発見されてから、十分も持たずにやられてしまったのだ。

……ドクン。

ミナミの胸の中で、何かが目を覚ましていた。

俺は洞窟の入り口に、肋骨を一本置いておく。

「何をしているんですか？」

「全身の骨は俺と感覚が繋がっていてな。戦闘《せんとう》力はないが、俺の持っているスキルが適用されるんだ。ここに骨を置いて、何かが入ってきて、危険察知のスキルが発動すれば、それにいち早く気づける」

「そうなんですか……」

実は、大熊犬と戦っていた時に気づいたことだった。

大熊犬と殴《なぐ》り合いをしていたときに、肋骨を折られ、後方に飛ばされてしまったことがある。俺は後で拾えばいいと思い骨は放置していたのだが、危険察知の能力が後方から感じ取れたのだ。そのとき後ろを振り向くと、もう一頭の大熊犬が迫《せま》ってきていた。

俺はその後何度かその骨を使って確認《かくにん》をしてみると、案の定、ソナーのように使えた。これを知ることができてよかったと思う。戦略の幅《はば》が広がったのだから。

「よし。二本置いておけば十分だろう」

「一本でも十分じゃないのですか？」

「念には念を。というやつだ」

「そうなのですか……」

「よし、それでは奥《おく》へ行こう。気を引き締めるのだ」

「はい！」

ハルカは木の杖を固く握りしめ、魔力を纏わせる。魔力を操作することは、造作もないことらしい。魔力操作のスキルがあるのだから当たり前なのだろうが……。

俺たちは少しダンジョンの奥へ入ると、一匹のスライムを発見した。

楕円《だえん》の形をした青色の液体がぷるぷると動いていた。液体の中には、丸い核が存在している。そこがスライムの弱点だ。

「スライム、だな。動きも遅《おそ》いし、青色は攻撃性も酸性も低い。余裕《よゆう》で勝てると思うが、油断はするなよ」

「あ、あれが生スライム……‼」

ハルカは嬉々《きき》とした目、感動したような目をしている。月を見上げる俺はこんな顔をしているのだろうか……？　皮膚も目玉もないが、表情はわかるものだろうか。

「ハルカ、聞いているか？」

「は、はい！　油断せずに！　ですよね！」

「あぁ、そうだ。弱点はわかるか？」

「あの液体の中に入ってる丸い石みたいなものですかね？　大丈夫です。頑張ります」

「あぁ。俺は周りを警戒《けいかい》している。初めての戦闘相手だ。よく考えて、命に感謝をしながら仕留めるのだ」

「感謝……ですか、はい」

「ハルカの自由への第一歩だ。慌《あわ》てなくていい。落ち着いて対処しろ」

「はい！」

ハルカはスライムに近づき、ロッドの端《はし》を持ち、高く構える。スライムはハルカに気づいているようだが、攻撃をしようとはしていなかった。今も苔《こけ》を一生懸命《いっしょうけんめい》食べているところだ。

「は、初めての……い、いただきます！」

ハルカは目を瞑《つぶ》りながら、思い切り振りかぶった。その一撃《いちげき》は見事に核を捉《とら》え、その核を地面へと叩《たた》き潰《つぶ》し、壊した。核を失ったスライムはただの液体となり、地面に広がっている。

「ム、ムルト様！　やりました！」

「あぁ。見事な一撃だったぞ。だが、攻撃の瞬間《しゅんかん》に目を瞑ってはいけない。次にどう動くか見えなくなってしまうし、他に敵がいるかもしれない」

「あ、ありがとうございます！　気をつけます！」

ハルカは言われたことをしっかりと理解し、次は同じことを繰《く》り返さないようにします、と言った。ステータスを確認するように言ったのだが。

「ステータスを確認する時間がもったいないです！　宿に帰ったら一緒《いっしょ》に見ましょう！」

と言われた。俺はそれを了承《りょうしょう》し、他のモンスターを探す。どうやら一階層にはスライムしかいならしく、ひたすらにスライムを倒していた。八匹を倒したころに下へ繋がる階段を見つけ、ダンジョンを下りていく。ここにはスライム以外にもラットがいたが、小さく、ちょこまかと逃げることから、獲物《えもの》にはしなかった。

そして、三階層へと俺たちは足を踏《ふ》み入れた。そこで、本日二十三匹目となるスライムを倒したとき、新しいモンスターを見つけた。

「見ろ。ゴブリンだ」

通路の目の前には、小さい緑の身体に醜悪《しゅうあく》な顔、なんとも状態の悪い剣や棍棒《こんぼう》を持っているゴブリンが三匹《びき》いた。こちらにはまだ気づいていないようだ。

「スライムと違って人型で、いろいろな動きをしてくる。いけそうか？」

「はい！　任せてください！」

「初めてゴブリンと戦うのだ。二匹は俺が倒そう。一匹はハルカが倒してくれ」

「わかりました」

どのゴブリンを相手にするか決めてから、俺は走りだす。そのままの勢いでゴブリン二匹の間に入り、屠《ほふ》っていく。そして、残ったゴブリンの後ろに移動し、退路を断《た》つ。

「ギギッ」

どうやらゴブリンは驚いているようだ。手に持ったボロボロの棍棒を俺へと向けてくる。

「お前の相手は後ろだ」

「ギ？」

ゴブリンは振り返り、杖を構えるハルカを見つける。俺を倒すよりかは容易に見えたのだろう、ハルカへと襲い掛《か》かった。ハルカはゴブリンの動きをしっかりと見て、攻撃を避けている。戦いの訓練としてゴブリンを使っているようだった。

「はぁっ！」

ハルカは杖でゴブリンの横っ腹を殴りつけ、ゴブリンを転倒《てんとう》させた。

「よし、これで終わりだ！」

ハルカは杖を大きく頭の上に構え、振り下ろそうとする。

「グギッ！」

「ハルカ！　油断するな！」

「へ？」

ハルカは杖を思い切りゴブリンの頭へと振りかぶったのだが、その大振《おおぶ》りの隙《すき》にゴブリンは身体を転がして攻撃を避け、ハルカの腕へと棍棒を振り下ろした。

「うっ」

ハルカはその攻撃で腕を痛め、杖を落としてしまう。ゴブリンはその隙をつき、ハルカの頭めがけ、棍棒を振りかぶった。

（まずいな）

俺はハルカとゴブリンの間に割って入り、ゴブリンの攻撃を腕で防ぎ、顔面に蹴《け》りを入れて破裂《はれつ》させる。

「ハルカ、油断するなと言っただろ」

「申し訳、ありません……」

「ポーションで回復するのだ」

「はい」

ハルカはポーチからポーションを取り出し、殴られた箇所《かしょ》に振りかける。腕は少し腫《は》れていたが、キラキラと光ると、その腫れがゆっくりと引いていく。

「ふむ。丁度いい。訓練はここまでにして帰るか。明日はギルドの修練場で軽く組手をしよう」

「はい」

傷は癒《い》えたはずだが、ハルカの表情は暗い。

「失敗は誰《だれ》にでもあることだ。その失敗を次どうすれば回避《かいひ》できるかを、考えるのだ」

「はい」

俺とハルカはその場を引き上げ、街に帰ることにした。入り口で肋骨を回収し、元の場所へはめ込む。帰り道も特に危険はなく、無事に帰ることができた。

街に帰る頃には陽《ひ》が落ち始めたので、そのまま晩飯をとり、明日の予定を共に組み、今日の成果のステータスを確認した。

名前：ハルカ
種族：魔人族（奴隷）
レベル：32/100
HP：2650/2650
MP：2600/2600
固有スキル：【鑑定眼】【氷獄の姫《アイス・プリンセス》】【魔力操作】【アイテムボックス】
スキル：【杖術Lv3】【経験値UP Lv10】【火魔法Lv1】【光魔法Lv1】【氷雪魔法Lv1】【闇魔法Lv1】
【打撃耐性《たいせい》Lv1】
称号：転生者、転生神の加護、忌子

次の日、俺たちはギルドが持っている修練場で、組手をしながらハルカに杖術を教えることになった。

「準備はいいか？」

「はい！」

俺たちが持っているのは、修練場で貸し出されている木剣《ぼっけん》と木のメイスだ。

魔法使いが使うような杖は修練場にはなかった。

「どこからでもいい。かかってこい」

「はいっ！」

ハルカは俺に攻撃を浴びせてくる。が、俺は月読でそれを読み、次々と木剣でそれを防ぐ。

「体幹は悪くない。足を使え」

「はいっ！」

ハルカは踏み込みが良くなり、殴る威力《いりょく》が上がった。

（ふむ。飲み込みがよいな）

俺はハルカの攻撃を木剣で防ぎ続ける。繰り返すこと一時間ほどだろうか、ハルカの動きが鈍《にぶ》くなっていく。

「そろそろ体力の限界だろう。が、力尽《つ》きるまで打ち込んでこい‼」

「はぃっ‼」

さらに一時間。合計二時間と少し、ハルカは最後の力を振り絞《しぼ》り、俺に攻撃した勢いのまま地面に倒れ伏した。

「よし。午前はこんなものでいいだろう。クールダウンした後、昼食に行こう」

「はぃぃぃ」

相当疲《つか》れている。当然だろうな。全力で二時間ずっと攻撃を繰り返していたのだ。ハルカは打ち込めば打ち込むほど動きがどんどんよくなっていた。

ハルカはポーチから出すふりをして、アイテムボックスの中から水筒《すいとう》を出し、それを飲んでいる。

「ぷはぁ。ムルト様は休憩《きゅうけい》しなくてもよろしいのですか？」

「あぁ。アンデッドだからな。疲れ知らずなのだ」

「それでは、ムルト様はずっと戦ってられるんですね」

「そういうわけでもないさ。命をかけた戦いは、この修練よりもずっとずっと辛いぞ。俺もそういう戦いをしたことがある」

「レヴィア様との戦い……ですか？」

「あぁ。レヴィアの他《ほか》にもう一つ。モンスターと戦い、負けそうになった」

素振《すぶ》りをしながらハルカと話をして、ボロガンで戦った奴《やつ》のことを思い出す。ポイズンスコルピオンだったか、非常に強かった。

俺がスケルトンでなければ、もしも俺が生身の人間であれば、俺は確実に負けていた。そう思うほど、圧倒《あっとう》的な差があった。レヴィアも同様だ。俺では到底《とうてい》足元にも及《およ》ばなかった。レヴィアが俺で遊んでいたからこそ、最後のチャンスがあっただけなのだ。

「俺は、まだまだ弱いさ」

「そんなことないです！　ムルト様はレヴィア様に勝ちましたから！」

「あれは勝ちを譲《ゆず》られたのだ。俺は最強ではない。杖術だって、どう教えればいいかわからない。もっと教えるのが上手《うま》い奴がいるだろう」

「それでも、私はムルト様に教えていただきたいんです！」

「ふはは。善処させてもらう」

ハルカが十分に休んだところで、俺たちは修練場を後にして、ギルドに併設《へいせつ》されている食事処《どころ》へ行く。ハルカは食事をとり、食休みをする。午前の反省を二人でしながら、午後の特訓について説明する。午前の攻《せ》めとは逆に、今度はただただ防いでもらう。防御《ぼうぎょ》の練習だ。

「よし。それではいこうか」

「はい！」

俺は食事代を払い、修練場に向かおうとすると、そこへ声がかかった。

「おぉ。ムルト、また会ったな」

「おお、コットン」

コットンがいた。フードをかぶってはいるが、声でわかる。俺はというと、フードをレヴィアに切られたのだが、それを屋敷《やしき》に行った日に直してもらっていた。だが、魔都にいる間は顔を晒《さら》して生活をしている。

「これから依頼でも受けるのか？」

「いいや、修練場でな、特訓をする」

「ほう。真面目《まじめ》なのは良いことだな」

「あぁ。コットンは依頼でも受けるのか？」

「そうだな。今日はフリーの日だが、身体が落ち着かなくてな」

「そうなのか……コットンは、杖術を扱《あつか》えるか？」

「杖術……ハンマーを使ってはいるが、似たようなものだろうか……？」

コットンはそう言って、懐から俺の腕の長さほどあるハンマーを取り出した。銀色で統一されたとても綺麗《きれい》なハンマーだ。頭部は変な形をしているが。

「よければ、ハルカに杖での戦い方を教えてはくれないか？　金は払う」

「ははは。金なんていらないぞ。ハルカちゃんは杖術使いなのか？」

「い、いえ、魔法使いの杖なのですが……」

そう言ってハルカは腰からロッドを取り出す。

「ほう、ロッドか、メイスと同じような扱いをする武器だな。教えることはできるぞ」

「そうかっ。なら是非《ぜひ》とも教えてほしい」

「任された」

コットンは快く指南役を受けてくれた。三人で修練場に向かい、各々《おのおの》が木でできた武器を借りる。

「よし、じゃあまずハルカちゃん。私に五回ほど打ち込んでくれ」

「はいっ！」

ハルカはそう言って、コットンへ攻撃を打ち込んでいく。コットンはその攻撃をメイスで全て防ぐ。ハルカの動きは午前最後に見た動きと変わらず、いいところを凝縮《ぎょうしゅく》したようなものだった。

「ほう。なかなかいい打ち込みだ。これを日々磨《みが》けばさらに強くなれるぞ」

「ありがとうございます。朝にムルト様と打ち込みをしていたので……」

「ムルトもいいところに目をつけたな。攻撃は最大の防御とも言える。防御は攻撃の延長のようなものだしな。よし。それでは防御の練習をしよう」

そう言ってコットンは俺を呼び、打ち込んでこい、と言ってきた。三人もいるのだし、まずは見せる、ということらしい。

「殺す気で打ち込んでこい」

「いいのか？」

「ははは。お前には負けんよ」

相当な自信があるようだ。俺は言われた通り、全力で打ち込む。月読で動きを読んで、な。

五分ほど打ち込んだ。俺の攻撃は全て防がれてしまった。

「……驚いたな」

コットンは笑いながら俺の肩《かた》を叩いた。

「ははは。実力はあると自負している。さて、ハルカちゃん、今のはちゃんと見ていたか？」

「はい！」

「よし。それでは私が打ち込むからハルカちゃんはそれを防いでくれ。ムルトはこれに攻撃をしてこい」

「何を言っているんだ？」

「お前にも修練を積ませる。と言っているんだ。お前の剣は決定打に欠けている。力はあるが、技《わざ》がない。剣にも多少の心得はある」

「ふむ。死ぬなよ？」

「ははは。いらぬ心配だ」

俺はコットンのその言動に少しムッとしたが、すぐに木剣を構える。ハルカも俺への言葉にムッとしたのか、木のメイスに魔力を纏わせている。隙あらば反撃を狙《ねら》っているのだろう。

俺もそれを見て、木剣へと魔力を纏わせていく。

「おぉ。魔力を纏わせることもできるのか。よし。始めよう」

コットンも同様に武器に魔力を纏わせた。

ハルカへの攻撃を始まりの合図とし、俺は動き出す。コットンはハルカにのみ攻撃をし、俺の攻撃は防ぐことしかできない。正直、コットンの動きはあまり速くなかった。しかしハルカはその攻撃を受けるのがギリギリ、といったところだろう。だが、コットンは俺が攻撃をすると、ハルカへの攻撃より遥《はる》かに速い動きで俺の攻撃を防ぐ。

「ムルト、初動が遅い。攻撃が終わったら次の攻撃の準備をすぐにしろ」

「ふんっ！　ありがたいっ！」

コットンはハルカに攻撃をし、俺の攻撃をかわし、身体を仰《の》け反《ぞ》った状態で俺にアドバイスをしてきた。

俺は避けられた攻撃の勢いを使い、身体を捻り、突《つ》きの構えをとり、すぐに繰り出す。

「そういうことだ」

コットンは避けるでも防ぐでもなく、突きを下から蹴り上げ、突きの軌道《きどう》をずらした。

「ハルカちゃん、他のことを考えているな。目の前の敵だけを見るんだ」

コットンは、ハルカが攻撃を防いだあと、すぐにメイスを戻し、それをハルカのお腹《なか》に優しく当てる。

「これから二人にもちゃんとした攻撃をする。しっかり受けろ。怪我をしないよう魔力は解く」

コットンは俺たちから距離《きょり》を取りそう言った。コットンの持っていた木のメイスの魔力は霧散《むさん》していった。俺たちも、それを見て武器に纏わせていた魔力を解く。

「ははは。いやいや、魔力を解くのは俺だけでいい。怪我なんてしないからな」

コットンはまたもやカチンとくるようなことを言った。それからさらに二時間ほど、打ち合いは続いた。改めて開始した攻防《こうぼう》は先ほどまでとは全く違い、苦労した。強すぎるのだ。

俺はコットンからの攻撃を一〇〇回以上もらっていた。一〇〇を超《こ》えたあたりで数えるのをやめたのだが、もしかしたら二〇〇回はいっているかもしれない。

ハルカのほうは数えていないが、ハルカは後半になるにつれて、どんどん動きがよくなり、コットンの攻撃をどんどん防げるようになっていた。まだまだ十回に一回防げる程度なのだが……。

結局俺たちは、コットンに一撃も当てることができず、逆にコットンにボコボコにされてしまった。コットンは余裕なのか、俺たちに攻撃するときはソフトタッチをしてきた。バカにされていたのだろう。

（コットンがこんなに強かったとは……）

俺は、密《ひそ》かにコットンのステータスを盗《ぬす》み見る。

名前：コットン

種族：骨人族《こつじんぞく》
レベル：53/100
HP：8260/8260
MP：530/530
固有スキル：【夜目】【堅骨《けんこつ》】【魔力操作】【骨ブーメラン】
スキル：【棍棒術Lv10】【火魔法Lv3】【危険察知Lv10】【気配察知Lv10】【隠密Lv10】【身体強化Lv10】
称号：Sランク冒険者

「なっ⁉」

俺は、コットンのステータスを見て驚愕《きょうがく》した。数値が高すぎる。

「どうした、ムルト」

「いや、なんというか、コットンは強いのだな」

「あぁ。当然だ。まだまだムルトには負けないぞ」

俺はコットンにステータスを盗み見たことを正直に言った。コットンは怒《おこ》らず、俺が魔眼持ちなことに驚いていた。

「いやぁ。俺にも夜目があるからなぁ。眼球がなくてもやはりつくものなのだな」

「私も驚いているよ。コットンはどうやってステータスを確認しているのだ？」

「あぁ。知らないのか。ギルドに頼んで金を払えば見せてもらうことができるぞ」

「それはこちらのステータスをいつでも見放題ということでは？」

「そういったプライバシーに配慮《はいりょ》していているらしくてな。ギルドカードの裏面にギルドが判子を押し、その上に血を垂らすと浮《う》かび上がるらしい。俺たちは骨粉になるがな」

「そうなのか」

「まぁ、俺はこれからムルトに教えて貰《もら》えば無料だな。はっはっは！」

「そのことなのだが、実はな、近々この国を出ることにしたんだ」

「ふむ。急だな」

コットンは笑うのをやめ、短くそう言った。

「……どこへ行くかは、決まっているのか？」

「いや。決まってはいないが、目的はある」

「聞いても？」

「天の川へ行く」

「そんな川聞いたことがないな」

「空の星々が川のように見えるんです！」

ハルカが話に入り、天の川の解説をしていく。彦星《ひこぼし》と織姫《おりひめ》なるものを引き裂くものだという。

「ほう。どこで見るのだ？」

「そうだな、あちらの方で見える山のてっぺんなんて良いと思っている。反対の方へ下山すれば、次の旅にも向かうことができるしな」

「ほう。あの山には龍が住んでいるぞ」

「そうなのか。龍はAランク以上の強さだったか」

「あぁ……よければ、次の街まで俺も旅についていってもいいか？」

コットンが気まずそうにそう言ってくるが、こちらとしては大歓迎《かんげい》だった。ハルカに対して差別もしなければ、レヴィアに挑《いど》む会ったばかりの俺を止めてくれる優しさもある。

「あぁ。是非ともそうしてもらいたいほどだ。こちらから頼むよ。ハルカもいいだろう？」

「はい！　私も大歓迎です！　コットンさんは優しいですし！　その……次の街に着くまで、稽古《けいこ》をつけてもらっても……？」

「あぁ。構わない。ムルトのことも鍛えてやろう」

「是非頼む」

「よし。決まりだな。出発は明日か？」

「早ければ早いほどいいだろう。コットンは準備などは大丈夫なのか？」

「あぁ。冒険者たるもの、いつでも発つ準備はできているよ。そういえば、ムルトは仮面を持っていないのか？」

「あぁ……持っていたのだが、壊されてしまってな」

「レヴィア様にか？」

「いや、もっと前にだ」

「そうか。なら、この後出発の準備と共に仮面でも買うか。オススメの店がある」

「おぉ。頼む」

「あぁ。わかった」

俺たちは修練場を後にし、露店《ろてん》が広がっている通りに来ていた。途中で、薄暗《うすぐら》い路地裏へ入り、奥へと進んでいく。

「ここだ」

古ぼけた建物のドアに、仮面が一つかけられている。率直《そっちょく》に言って、とても不気味だ。

「やっているかー？」

コットンはさっさと中に入っていった。それに続くように俺たちも店内へ入っていく。

店の中には、様々な種類の仮面があった。目から下が出ているもの、頭全体を覆《おお》い隠すもの、顔の半分など、多種多様のようだ。

「おぉ！　コットンの旦那《だんな》！　また仮面の新調ですかい？」

カウンターで仮面を作っている店主が、コットンに声をかける。俺たちと同じ骸骨頭だった。

「いや。今日は俺じゃない。紹介《しょうかい》しよう。我が友ムルトだ。こちらは我が同胞《どうほう》。キートンだ」

俺とキートンは握手《あくしゅ》をした。

「さぁムルト、選ぶといい。骨人族がつける仮面は、こういった耳まで隠れるタイプの仮面だ。骨人族でも、骸骨頭は人間に不審《ふしん》を抱《いだ》かせてしまうからな。人間の住む場所では基本的に仮面をしている。フードをかぶっていればバレることはないがな」

コットンはそう言って、自分の仮面を見せてくれた。顔の中心に、縦の波線が入っており、右は赤、左は黒と、目の穴のところ以外が塗りつぶされていた。

かっこいいと思い、似たようなものがないかと見たが、これといってしっくりくるようなものはなかった。

「コットンの持っているものと同じようなものはないか？」

「ムルト、これはキートンへのオーダーメイドでな。レッドドラゴンの鱗《うろこ》で作ってもらったものなのだ。同じようなものはないぞ」

「ほう。オーダーメイドが可能なのか？」

「はい。できやすよ。素材を持ち込んでいただければお安くできます」

キートンは揉《も》み手をしている。

「そうだ。ムルト、ここは私が奢《おご》ろう。我らの出会いと、ムルトの未来に期待してな」

「ふふふ。ありがたくもらっておこうか？」

「よし、決まりだな。それでは、素材をとりに一度宿に戻る。まだ売っていない素材があるはずだ。ムルトとハルカはどんなデザインにするかキートンと話していてくれ」

「えっ、私もですか？」

「あぁ。ハルカにも贈《おく》ろう。それでは、あとで」

コットンはそう言って店を出て行ってしまった。

「それでは、こちらにどんなデザインがよいか描《か》いてください。下手くそでも大丈夫ですよ。こちらで直しますから」

キートンは紙とペンを二つ、俺とハルカに渡してくる。ハルカはしばらく悩んでいたが、デザインを描き始めたようだ。俺はこれといって思い浮かばず、固まってしまっていた。

「ムルトの旦那が好きなものとか、かっこいいと思うものを描けばいいんですぜ」

「そう、だなぁ……」

俺は顎《あご》をさすりながら考える。

「……ところで、ムルトの旦那」

「ん？　なんだ？」

「ムルトの旦那の目……俺たち骨人族では見ない目ですが……まさか……スケルトンですかい？」

キートンは俺の目を見て、俺がスケルトンだとあたりをつけていた。

「何故《なぜ》そう思う？」

「俺の直感ですよ。俺たちとは違うなっていう……腐《くさ》っても商人なんで、人を見る目はあると思ってやす。腐る肉も、人を見る眼球もないいんですがね」

キートンは俺におどけてみせる。俺はそんなキートンを見て、ローブを少し開け、魔核があるはずの胸部を見せた。

キートンは少しだけ驚いていたが、すぐに喋り始めた。

「本当にスケルトンなんですね……ですが、俺たちの親戚《しんせき》みたいなものなんで、どうとも思わないんですが。やっぱり漆黒の悪夢になっちまうんですかね？」

「街を壊そうとは思わない。ただ、旅がしたいだけだ」

「そうでやすか……」

キートンはどんな顔をしているだろうか。わからなかったが、嫌なものではないだろう。

「そうだ」

俺は仮面のデザインを思いついた。やはり俺と言ったらこれだろう。

目の穴にかぶるように、右斜《なな》め半分に三日月を描いた。正直、これほど俺に似合うものもないだろう。

「ムルトの旦那は月がお好きなんですかい？」

「あぁ。ほら」

俺は首から下げているペンダントを見せる。

「ほほう。月の色は青で？」

「黄色で頼む」

「わかりやした」

黄色い月というのは、ハルカの世界での月の色らしい。ブルームーンというものもあるらしいのだが、黄色が標準とのことだ。そんなやりとりをしていると、どうやらハルカのデザインも完成したようだ。

ハルカは、口と鼻を隠し、目とおでこだけが見えているものにしたようだ。デザインには髭《ひげ》のような模様があり、口の部分は前に少し突き出て、鼻にも模様がついている。異世界でお気に入りだった、狐《きつね》という動物の仮面に似せたらしい。

俺たちの仮面のデザインが決まり、細かい箇所の要望を伝えていると、コットンが帰ってきた。コットンは何も持っておらず、代わりに、二人の人物を連れてきていた。

「レヴィアとクロムか」

ハルカは少し緊張《きんちょう》していたが、前のように俺の後ろに隠れることはしなかった。

「ムルト、聞いたわよ。明日この国を発つんですって？」

「あぁ。それが何か？」

「別に。それで、仮面をオーダーメイドするらしいわね。その素材はこの骸骨が提供し、お金も払う、と」

「その通りだ。何か不都合があるのか？」

「いいえ。その話、私にも一枚嚙《か》ませなさい！」

レヴィアは俺を指差し、そう言ってきた。

「ムルト。宿に向かう途中、散歩をしているレヴィア様に会ってな……ムルトの匂いがする、と言われ、何をしているか聞かれ、説明したんだ。そしたら」

「素材は私が提供するわ！　そしてお金はこの骸骨が払う！」

「という、ことだ」

理解はできた。が、レヴィアがなぜそんなことをするかわからない。短剣ももらっているし、これ以上なにかしてもらうのはもらいすぎな気がする。

「いいのいいの！　気にしないで！　短剣も仮面もプレゼントよ！」

「……そういうことであれば、もらっておこう。だが、素材はどこに？」

「ふふふ……ここにいるでしょ？」

レヴィアはそう言って、ない胸を張った。

一瞬の沈黙《ちんもく》が流れ、レヴィアが不機嫌《ふきげん》な顔になった。

「あんた、今失礼なこと考えなかった？」

「あぁ」

「なっ！　全く……」

「で、素材は？」

「これよ」

レヴィアがそう言って右腕《うで》を出す。するとその腕がみるみるうちに大きくなり、形を変えて、大きな龍の右脚《あし》となった。

店にギリギリ入っている状態のその右腕に、キートンは慌てていた。

「私は龍よ。しかも種族は白銀龍。とても硬いのよ‼」

レヴィアの腕は白銀の鱗に包まれ、キラキラと光り輝《かがや》いていた。

「ひゃー！　プラチナドラゴン‼　その美しさもさることながら、かなりの強度も誇《ほこ》ると言われている！　幻《まぼろし》の一品‼」

店が壊れるのではないかと慌てていたキートンだが、レヴィアの腕を見て、商人としてのスイッチが入ったみたいだ。

「ふふふ。どう？」

「あぁ……とても美しい」

正直に言って、見事だった。その美しい鱗は、光り輝くほどの美しさを持っているが、鏡のように反射することはない。俺は見惚《みと》れてしまい。鱗をついつい撫《な》でてしまう。

「ちょ、ちょっと！　や、やめてよねっ！」

「あ、あぁ！　すまない、あまりにも美しかったもので……」

「う、美しいだなんて……心にもないこと言わないの！」

「本気でそう思っているぞ」

「……私、ふざけた冗談《じょうだん》は嫌いなの」

レヴィアはそう言って、全身にも鱗を纏った。大きく綺麗な瞳《ひとみ》も、瞳孔《どうこう》が爬虫類《はちゅうるい》のように縦に長細くなっている目も美しく感じるが、顔だけは鱗が少ししか出ておらず、褐色《かっしょく》の肌《はだ》がまだ見えている。

「これでも美しいと言えるかしら？」

俺はその姿を見て感嘆する。

（美しいな……）

白銀の綺麗な髪に、浅黒い肌が見事に合わさっていた。

「うむ。美しいな……戦っていた時には気にも留めなかったが、改めてみると……ふむ。とても良い」

「ムルト様……私もそう思います」

ハルカも俺に同意する。胸の前で指を組み、レヴィアを見つめている。

「な、な、な……わ、私を美しいだなんて、そ、そんなこと、一言も言われたことないのに……」

レヴィアは顔を真っ赤にし、俯《うつむ》いてしまった。怒らせてしまったのだろうか。こんな狭《せま》いところでは正直言って勝率は皆無《かいむ》だろう。

「……なさいよ」

「ん？」

「……なさい」

「何？　聞こえん」

「さっさと鱗とりなさい‼　って言ってるの‼」

レヴィアが顔を上げたと思ったら、顔を真っ赤にして泣きながらそう言ってきた。

「な、なぜ泣いているのだ‼」

俺はレヴィアに近づき、涙《なみだ》に濡《ぬ》れた頬《ほお》を骨の指で拭《ぬぐ》う。

「お、俺は何か悪いことをしてしまったか？」

「し、してないわよ！」

「なら、なぜ泣く？」

「……私が気持ち悪くないの？」

「気持ち悪いものか」

「……この顔は醜《みにく》いでしょう？」

「醜くなどない。レヴィアが醜いのであれば、俺はなんだというのだ。骸骨だ。骨だけだぞ。だが俺は自分の姿を醜いとも気持ち悪いとも思ったことはない。種族としての姿だろう？　誇りを持て」

「……クロム」

「はっ」

レヴィアに声をかけられたクロムは即座《そくざ》に動き、レヴィアの腕にナイフを滑《すべ》り込ませ、大きな鱗を一枚剥《は》ぎとった。レヴィアは少しだけ痛そうにしている。

「クロム、爪《つめ》もよ」

「！……よろしいのですか？」

「私が言ってるの！　いいに決まってるでしょ！」

「は、はい！」

「ハルカ！」

「はい‼」

「……この間は、本当に悪かったわね……私の爪、あげるわ」

クロムはすぐに爪も剥ぎ、レヴィアはその龍の腕と、全身の鱗を戻した。

「もう、帰るわ」

「レヴィア、腕から血が出ているぞ！」

レヴィアの腕、正確には指先だけだが、爪が一枚剥がれており、そこから血が滴《したた》っていた。

「一日経《た》てば治るわ。それじゃ。あんた、余った素材はあんたにあげるわ。その代わり、二人に最高の仮面を作ってあげなさい」

「は、はい‼」

嵐《あらし》のように現れたレヴィアは、すぐにこの場から離れてしまった。残されたのは巨大な爪と鱗。鱗は仮面が四つほど作れる大きさをしていた。

「そ、そいじゃあ……明日の朝には完成させておくからまた来てくだせえ」

「あぁ。世話になる」

「いやいや」

俺たちは仮面屋を後にし、旅支度《じたく》を整えていた。基本的にはハルカが使う必需品《ひつじゅひん》だ。食事を不要とする俺とコットンではあるが、ハルカは旅をしている途中でも、料理をして自分で食べなければいけないのだ。

あまり料理は得意ではないと言っていたが、簡単なものであればできるという。包丁やまな板、瓶《びん》などを購入《こうにゅう》する。それら全てはハルカのアイテムボックスに入っている。

必要なものを購入した後、俺たちは晩飯を食べた。食べたのはハルカだけだが、俺たちも気分は大事、ということでエールを注文した。

「これからの旅に、平和と絶景を期待して」

「乾杯《かんぱい》」

「か、乾杯」

ハルカはジュースである。

そして翌日。俺たちは仮面屋に頼んでいた仮面を取りにきていた。

「ギリギリ完成しましたよ。どうぞ」

キートンの目にはクマができている、ように見えた。俺たちが発つ時間に間に合わせるよう、徹《てつ》夜《や》して頑張ってくれたらしい。注文した通りの仮面にできあがっている。

俺の仮面は、レヴィアの真っ白な鱗を使った仮面だ。白を基調とし、右側の半分に見事な三日月が描かれている。月の色は黄色だ。

ハルカの仮面もレヴィアの鱗で作られており、目元は隠さず、口周りを覆う形になっている。口は少しとがり、金や黒色で模様が描かれている。ハルカ曰《いわ》く、狐口面、というらしい。

「それと、これ」

「これは?」

「レヴィア様の鱗です。あっしにくれるって言ってましたが、ムルトの旦那に返そうと思って。素材としても一級品でやす。加工しやすいように整えやした」

そう言って渡してくれたのは両手のひらのサイズはある綺麗な鱗だった。仮面を作るために削ったが、他の用途《ようと》にも使えるよう、綺麗にしてくれていた。

「ふむ。ありがたく、もらっておこう」

俺たちはキートンにもらった仮面をさっそく装着し、そのまま、龍が住むと言われる山へと向かう。門をくぐり、街の外へ出ると、そこに一人の少女の声が届いた。

「ムルト！　私もあなたの旅について行くわ！」

そこにはレヴィアが立っていた。

「……なんだって？」

「だーかーら！　私もあんた達の旅についていくって言ってんのよ！」

腕組《うでぐ》みをしながら銀髪《ぎんぱつ》紫目の少女、レヴィアがそう言った。よく見ると、その傍《かたわ》らにはいつものようにボロ布を纏っているクロムがいる。

「……レヴィアはこの国の王なのだろう？　王が国を空けてしまってもいいのか？」

「大丈夫よ！　この国は自由を尊重してるし、王なんてあってないようなものだし！　運営なんかはクロムに任せるわ！　ね！　クロム！」

「……はい」

どうやら、クロムはレヴィアが旅についていくのは、あまり賛成ではないように見える。

「どうする……？」

「どうする、と言われても。王様の言うことだからなぁ……」

「わ、私はムルト様の決定に従います」

コットンとハルカもたいそう驚いているようだが、反対はしない。

(どうしたものか……)

「その骨だってついていくんでしょ！　だったら私がついていっても別にいいじゃない！」

「ふむ。レヴィアの強さを知っているから、危険だとは思わないし、むしろ歓迎なのだが……」

「歓迎だけど何よ！」

「ひとつ条件がある」

ピクッ、とレヴィアが動き鋭《するど》い目で俺を睨《にら》んでくる。

「私に条件……？　いいわ。言ってみなさい」

「彼は骨ではなく、コットンという立派な名がある。旅を共にするのであれば、互いの名は間違《まちが》えないことだ。そして、我々の立場は平等だ。あまり高圧的になるな」

レヴィアは苦虫を噛み潰したような顔をして俯く。別段怒っているわけではないようだが、あまり納得《なっとく》はいってないらしい。

「わ、わかったわよ……その、コットン。悪かったわね」

「……女王が謝った……?!　あっ、いやいや、レヴィア様、お気になさらず」

「ムルト！　これでいいんでしょ！」

レヴィアは顔を真っ赤にしながら俺に詰《つ》め寄って、鎖骨《さこつ》のあたりを突っつき、大きな声でそう言った。

「ムルト！　あんたにも条件があるわ！　私のことはレヴィって呼びなさい！　わかったわね！」

「あ、あぁ。わかった？」

レヴィア……レヴィはそう俺に言い放ち、さっさと先に行ってしまった。

「クロム！　あとは頼んだわよ！」

レヴィは後ろを振り向き、クロムを指差して言った。クロムは柔《やわ》らかく一礼をし、それに応《こた》える。

「ムルト様」

クロムが顔を上げ、俺に声をかける。そしてゆっくりともう一度礼をし、優しいが、はっきりとした声でこう言った。

「レヴィア様を、よろしくお願いします……！」

「あぁ。任された」

「あんた達！　さっさと来なさいよ！」

レヴィは、いつの間にか遠い場所まで行っていたようだ。こちらへ前のめりになって叫《さけ》んでいる。

（やれやれ、騒《さわ》がしい旅になりそうだ……だが、それも良し）

俺は、これからの旅が楽しく平和になることを願いながら、皆でレヴィのもとへ向かった。

「ところで、レヴィは旅支度はしてきたのか？」

「そんなの必要ないわ！　身体ひとつあれば何ものにも負けないからね」

「……野宿をするが、毛布などは？」

「え⁈　そんなの聞いてないわよ！」

さっそく、楽しそうな笑い声が響《ひび》いた。

山を目指して歩くこと五時間。他愛《たわい》のない話をしながら進み、やっと山の麓《ふもと》に着いたころだろうか。陽が傾《かたむ》き始めている。

「……レヴィだけ飛んで街に戻って、宿で休むか？」

「嫌よ！　それじゃー、旅にならないでしょ！　……私も野宿するわよ」

レヴィは小さな声で返事をした。覚悟《かくご》を決めたようだ。

「それにしても……全くモンスターが出てこないな」

「俺が前に来た時は、麓に着くまでに、たくさんのモンスターが襲ってきたものだが」

「襲われるどころか、気配すら感じない」

「ふんっ！　それは私のおかげよ。感謝しなさいっ！」

レヴィはそう言って、またない胸を反らしながら、誇らしげに言った。

「レヴィが何かしているのか？」

「少しだけ見せてあげるわ。はい」

レヴィが戯《おど》けたように両腕を開くと、恐ろしいほどの殺気とプレッシャーが俺たちを襲った。コットンは平気な顔をしているが、武器に手をかけている。俺は息を切らしながらも武器を掴《つか》む。ハルカは両膝《ひざ》をついてガタガタと震《ふる》えていて、とてもじゃないが戦えそうにない……。

「この殺気と威圧《いあつ》を出して、ここらのモンスターは怖《こわ》がって襲ってこないの。ムルト達に影響《えいきょう》がないように配慮してるぶん、範囲《はんい》は狭《せば》まるけどね」

そう言うと、息苦しさがなくなり、皆平時の姿へと戻る。

「はぁ、はぁ、レヴィア様、すごいですね……」

「さすがだな……」

「全くだ」

「今頃気付いたの⁉　まぁ眠《ねむ》ってる時はどうしても切れちゃうから安心はできないけどね。あとは、知能の低いバカなモンスターにはきいたりしないわ。例えば……あ、あれ！　ワイバーンとか！」

レヴィは空を指差し言った。一同がレヴィの指差した方向を見ると、二匹のワイバーンがこちらに向かって飛んできていた。

「ギャァァァアオォォ‼」

大きな声をあげ、完全に俺たちを狙っている。

「みんな！　構えろ！」

確かワイバーンはBランク上位の強さを誇る。それに上空を飛んでいては手も足も出ない。俺とハルカは武器を構え、臨戦態勢に入る。が、レヴィとコットンは平然と立っていた。

「ふむ。ワイバーンか。俺の敵ではないな。ムルト、ここは俺に任せろ」

「劣等種《れっとう》のワイバーン如《ごと》きが、私に勝てるわけないのに。ムルト、見てなさい」

コットンは手にしていたハンマーを巨大なハンマーに変化させ、それを投擲《とうてき》し、その上に乗っかってワイバーンのもとへ飛んでいった。レヴィは、しまっていた白銀の美しい翼《つばさ》を出し、大空へと舞《ま》い上がっていった。

「右は任せろ！」

「仕方ないわね。譲ってあげる！」

コットンは投擲したハンマーがワイバーンの近くまで飛ぶと、そのメイスを小さくし、勢いを殺し、ワイバーンの横へと躍《おど》り出た。すると、メイスを再び大きくし、その頭を粉砕した。

レヴィはというと、コットンなんかより遥かにはやくワイバーンの前に立ち、その強靭《きょうじん》な爪で首を切り落としていた。

「……すごいな」

「私たちの出る幕、ありませんでしたね……」

「……全くだ」

二人はドヤ顔（ハルカが言っていた）で戻ってきて、どうだ、と言ってきた。正直すごい、としか言いようがなく、頑張ってその気持ちを伝えた。

陽も傾きかけている。ということでワイバーンが落ちている箇所で野宿することになった。ワイバーンは胸肉以外食えたものではない、とレヴィが言っていたので、胸肉だけを取り出し、俺とコットンで皮や牙《きば》、爪、尻尾《しっぽ》の毒針を解体し、余った肉と骨は、俺が魔法で燃やし、土に埋《う》めた。素材はハルカのアイテムボックスの中だ。

ハルカは街で購入した調理器具を使い、晩飯の準備をしている。食べるのはレヴィとハルカだけなので、俺とコットンは、追加の薪《まき》を拾いにいっていた。

「ムルト、ハルカ達を二人きりにして大丈夫なのか？」

「大丈夫だろう。二人とも、もう仲は良い。はずだ……」

「……レヴィア様は何か好きな料理とかありますか……？」

「特にはないわ」

レヴィアは適当な石に腰掛け、爪を眺《なが》めている。

「そう、ですか」

「ねぇ、あんた」

「は、はい」

「私のこと、どう思ってる？　嫌い？」

レヴィアが聞いてきたことは、実にストレートだった。ハルカは、忌子として商人に売り飛ばされ、最近は石投げやダーツなどで身体を痛めつけられ、最後にはレヴィアの家臣のクロムの手によって体を穴だらけにされたのだ。謝りはしたが、許されているはずなどない、と、レヴィアは思っていた。

「嫌いじゃ……ないですよ？」

「遠慮《えんりょ》しなくていいわ。私たちは平等らしいわ」

レヴィアは、その言葉を自分に言った男を思い出しながら言った。

「本当です。レヴィア様がいなければ、私はムルト様と会えませんでしたから、感謝、しています」

「そう……」

レヴィアは短くそう答える。そしてまた沈黙が辺りを支配し、聞こえるのはバチバチとワイバーンの肉が焼かれている音だけ。

「レヴィア様は……私のこと、嫌いですか？」

「レヴィア」

「はい？」

自分の問いに対しての答えがあまりに短く、おかしかったので、思わずハルカは聞き返してしまった。

「で、でも」

「レヴィアよ。私の名前はレヴィア。様はつけなくてもいいわ」

「レヴィアよ。わかったわね？　それと……別に、あんたのこと嫌いじゃないわ……」

レヴィアはそう答え、顔を俯かせる。焚《た》き火でハルカにはよくわからなかったが、その顔は真っ赤だった。

しばらくして、薪を拾いに行っていた二人が帰ってくる。

「見張りはどうする？」

コットンがそう言って皆を見る。

「種族柄《がら》、眠らない俺たちが寝《ね》ずの番で決まっているだろう？」

ムルトは、そう言ってコットンを見たが、コットンは首を傾《かし》げながらムルトへ言い返した。

「俺たち……？　骨人族は睡眠《すいみん》を必要とするぞ」

「なにっ、そうなのか？」

「あぁ」

ムルトはスケルトンで、食事、睡眠を不要としていた。だが、コットン達骨人族は食事も睡眠も必要だという。食事は必要最低限でよいらしいのだが、睡眠は人間と同じく不可欠なようだ。

「目は閉じれるのか？」

「あぁ、見ていろ」

そう言って、コットンは自らの目を指した。コットンの眼窩《がんか》には怪《あや》しく光る赤い目のようなものがあったが、それがなくなる。なくなったかと思うと。また見えた。

「それが目か？」

「あぁ。赤い目が出たり消えたりしただろう？」

「あぁ。俺も……できてるか？」

次はコットンがムルトの目を見る。

ムルトの炎のように燃える青い目も、消えたり出たりした。

ムルトは湖などで自分の顔を確認はできても、旅の途中、ずっと一人だった。それに、自分が目を閉じているかどうかなど、瞼《まぶた》のないムルトにはわからないのだ。

「な、なんと……」

「ムルトは寝たことはないのか？」

「あぁ……一度だけ」

「ふむ。一度だけか……疲労《ひろう》か何かだろうな」

「そうだな……それでは、私は寝ずの番をしよう。レヴィ、これを使え」

ムルトはハルカのアイテムボックスから、自分の毛布を出した。

「何よ。これ」

「俺のぶんの毛布だ。夜は冷える。使うといい」

ムルトは寒さを感じないが、もしも道中人間と会い、寝床《ねどこ》をともにすることになれば、毛布を巻いて寝ようと思っていた。

毛布をかけずに寝ることで、寒さを感じない。つまり人間ではないかもしれない、ということを思わせないようにである。

「あ、ありがと……」

レヴィアはそう言って毛布を受け取り、ハルカの隣《となり》に並ぶと横になった。

コットンもすぐに動けるように、小さなハンマーを握り、木を背にして眠りについていた。その姿はまさに、目的地にたどり着けず、道半ばで力尽きた屍《しかばね》のようだ。

ムルトはコットンを見てクスリと笑い、空を見上げる。

真っ白な仮面から、青く燃え上がる目だけが見え、その中に青い月が入り込む。

「美しいなぁ……」

その小さな一言だけが、真っ暗な森へと静かに響き渡る。


昨日手に入れたワイバーンの肉を、朝ご飯としてハルカ達は食べていた。

ワイバーンの美味《おい》しい部位は胸肉だけだが、それでも一頭からとれる量はなかなか多かった。

レヴィとハルカ、少女二人が食べきるとしたら、二人分、三回で食べきれる、という量だ。

「ハルカのアイテムボックスの中は腐ったりしないのか？」

「アイテムボックスの中はどうやら時間が止まってるみたいなんですよね」

「ふむ。そうなのか」

「さぁー！　今日も行くわよー！」

レヴィは朝から元気なようだ。別に皆疲れているわけではないのだが、ほとんど歩いているだけなので、退屈《たいくつ》はしていた。

それからさらに三時間ほど歩き、会話が途絶《とだ》えてきたころ。

「みなさん、しりとりしませんか？」

「しりとりってなに？」

「俺も知らないな」

「私も聞いたことがない」

唐突《とうとつ》にハルカが提案をしてきた。

しりとり、というのはハルカの生きていた世界にある言葉遊びのようなもので、単語の最後、尻《しり》の部分をもじって、他の単語を紡《つむ》ぎ、一度出た単語は使ってはいけない、というものらしい。パスは三回まで、暇《ひま》つぶしにはもってこいらしい。

「それでは、私からいきますね。しりとり、で、りんご」

「隣の私に回るのね。ご……ゴズルキメラ」

レヴィアの隣を歩いていたコットンに順番が回る。

「俺か。ら……ラゴロンゴ」

そして反対側にいる俺に回ってくる。

「またゴか……ゴ、ゴースト」

「みなさんモンスター縛《しば》りですか……？　と、鳥」

しりとりを続けながらさらに三時間。道中ワイバーンなどが襲ってきたが、そいつらは素材や肉に変わっていく。

「てっぺんになかなか着かないわねぇ？」

「ふむ。そろそろなのだがな」

「そうなのか？」

「あぁ。この山には依頼で何度か来たことがある。明日の昼頃には着くと思うぞ」

「昼か……ハルカ、天の川というものはいつ頃現れるのだ？」

「私の世界では、ピークの日の前後にもう出ていた気がするのですが……」

「ピークとは？」

「七月七日なのですが……この世界にその概念《がいねん》があるかどうか」

「暦《こよみ》でしょ？　この世界にもあるわよ」

そう答えたのはレヴィだ。

「あるんですね……」

「冒険者ギルドとか商人ギルドにもカレンダーがあったはずよ。商人は期日以内に納入しなきゃいけないし、日にちがわからなかったら大変よ」

「ほう……今が何日かわかるか？」

「確か……出発した日が六日だから……今日は七日よ⁉」

「なに！」

「えっ！」

「そうなのか！」

三者三様の反応を見せる。陽はすでに傾き始めていた。

「それでは、急いで頂上に向かおう！」

「あぁ！」

「ちょ、ちょっと！　待ちなさいよ～！」

俺は自然と走り出してしまい、それにコットン、ハルカがついてくる。レヴィは翼を広げてぴったりとくっついてきていた。

まだまだ頂上は遠いが、走って間に合うだろうか。陽が沈《しず》むのはあと二時間ほどだろう。

毎日、月を今か今かと思って空を見ていたので、体内時計には自信がある。体内には何もないのだが……。

俺たちは二時間ほどひたすらに走った。疲れ知らずの俺は、スピードを落とすことなく走っていく。コットンも俺に合わせているようで、まだまだ持ちそうだ。

問題はハルカだった。ここまではついてこれたものの、息が持っていないようだ。

俺は徐々《じょじょ》にスピードを緩《ゆる》め、立ち止まった。

「ど、ど、どうしたんですか……、ムルト、様ぁ」

「ハルカ、そろそろ限界だろう。今日はここで野宿しよう」

「で、でも！　あ、まのがわ、を見たいんですよね！」

「そうだが、仲間を置いてはいけない」

「私、なら、ゆっくり追いつきます。ので、先に、行ってください！」

「ダメだ」

「ムルト、様……」

「あ、あれ」

レヴィが空を指差し、見上げている。

見上げると、青い月が浮かんでいる横を、星々が道を作るように煌《きら》めき始めた。

それはまさに、川のようだった。煌めく星々の間は光っておらず、そこが川に見える。

「あれは……あれが、天の川……か」

「はい……私の世界よりもとても綺麗です」

「すごいなぁ……」

「綺麗ね……」

皆が見上げながらそんな感想を述べる。

本当は頂上に登り、遮《さえぎ》るものがない状態で見たかった。周りには背の高い木が立ち並び、天の川の美しさを損《そこ》ねていた。

「ムルト様、まだ間に合います。私を置いて行ってください」

「それはできない。お前を一人にはできないし、みんなで見たいのだ。木で綺麗には見えにくいが、それでも断然美しい」

「ムルト様……」

ハルカは俯き、顔を隠してしまう。自分を責めているのだろう。だが俺は責めることはしない。話をしっかり聞いて、早めに街を出なかった俺にも非があると思ったからだ。

「悲しんでるところ悪いんだけど、つまり障害物なしで見たいんでしょ？」

「あぁ。だが、周りの木々をなぎ倒すのはなしだぞ」

「そんなことしないわよ‼　もう……あなた達、私の種族忘れてない？」


真っ暗な夜空に、青く光る月。

月の下には、なんとも綺麗な星々、天の川が流れていた。その川を泳ぐように飛んでいる影《かげ》が一つ。

標高の高さからか、頬をなぞる風も川のように冷たい。

「……なんとも、美しいな」

その巨大な影の背中に乗っていた男が言った。

「あぁ。俺もそう思う。世界には、こんなにも美しいものがあったのだな」

「私も感動してます」

その背中には、骸骨が二体と、狐口面をした少女が一人乗っていた。そしてそれら三人を乗せているのは、星の輝きにも負けない、真っ白な鱗に覆われた巨大な龍だった。

『どう？　私がついてきて正解だったでしょう？』

「あぁ！　感謝する。レヴィ」

龍の背中に乗った骸骨、ムルトはそう言って、レヴィアの背中を撫でた。

『べ、別にあんたのためじゃないし!!　私も見たかったから、だったらついでに乗せてやってもいいかなっ！　て！』

「ムルト、龍族はプライドが高く、本来背中に人を乗せたがらないものなのだ」

コットンがムルトへそう補足すると、レヴィアが大きな声で訂正《ていせい》した。

『別に誰でも乗せるわけじゃないんだから！　あなた達だから乗せてあげてるだけなんだからねっ！』

レヴィアの純白の鱗が、僅《わず》かに赤く染まる。

「レヴィ、天の川は、見えているか？」

『ちゃんと見えてるわよ。……いいものね』

「あぁ。美しい」

『そうね。綺麗ね』

「あぁ。レヴィ、お前のこの姿も見事だ。素晴らしく綺麗だ」

『ちょっ！　なっ、えっ』

さらに真っ赤になる。顔だけ見ればレッドドラゴンなのではないかと思えるほど真っ赤っかだ。

『あっ！　頂上よ！　ここで降ろしていいのよね！』

「あぁ。頼む。天の川を見ながら食事と洒落《しゃれ》こもうではないか」

幸い、ハルカのアイテムボックスの中には薪なども入っている。木がないところでも焚き火ができるようにだ。

レヴィアは頂上のひらけた場所に着地し、ムルト達を降ろしていく。

仕事が終わったとばかりにレヴィアはため息をつき、龍化を解こうとするが、それをムルトが止めた。

「レヴィ、頼みを聞いてくれないか？」

『な、何よ。疲れてるんだけど？』

「レヴィ、お前の飛んでいる姿を見たい。月と、天の川、そしてこの黒を染め抜いたような空に、純白に光り輝く美しい龍。その組み合わせを見たくなった」

『～～わ、わかったわ‼　一度だけなんだからねっ！』

「あぁ。感謝する」

レヴィアは、最初に飛び立った時のように大きな音を立て、空高くへと舞い上がっていく。

青い月。そのそばを流れる煌びやかな川。そして、真っ黒な空に浮かぶのは全てを照らすかのように白く輝く龍だった。龍はその場で旋回《せんかい》をしている。その姿は月と重なり、ムルトの仮面のような三日月を、満月のように見せた。

青い月に照らされた純白の龍は、まるで透《す》き通るような青、サファイアのような輝きをしている。

『さ！　これでいいでしょ！』

「あぁ。感謝する」

レヴィアは身体を戻し、元の人間の形に近い身体になる。レヴィアはムルトの側《そば》まで近寄り、頭をずいっと出した。

「どうした？」

「……頼みを聞いてやったんだから、私の頼みを聞きなさい。飛んでた時みたいに、その、頭……頭を……」

「ふむ……綺麗だ」

ムルトはレヴィアの頭を撫でる。その銀髪の手触《てざわ》りは、まるで絹のようだった。きめ細やかで、吸い込まれるような輝きをしている。ムルトは思わずその長髪に指をいれ、かきあげてしまう。

「んっ……」

レヴィアは小さく吐息《といき》を漏《も》らし、ぷるぷると震えている。

「すまない。関節が引っかかってしまったか？」

「だ、大丈夫よ‼　もういいわ！　さ！　ご飯の時間よ！」

まだ晩飯の準備は済んでいなかったが、レヴィアはそう言ってハルカのもとへと歩いて行った。

その横顔は真っ赤になっていた。

コットンはムルトを見て、肩を竦《すく》ませている。それをレヴィアに見つかり、頭を叩かれていた。

ムルトはそれを見ていたが、コットンがレヴィアに対して何か嫌なことをしたのだろう、ということしかわからなかった。

「いやはや。なんとも美しい」

ムルトのその言葉が、月なのか、天の川なのか、はたまたレヴィアを指していたのかは、彼だけが知っている。

番外編　出会い

今は三月。冷たい風が吹《ふ》いて頬《ほお》を撫《な》でるが、暖かな陽気がそれを忘れさせ、季節の変わり目を教えてくれる。

風は桜の花びらを運び、陽気はこれからの学校生活を温めてくれていた。

「で、あるからして～」

校長先生の長話に、いくらかの新入生はうんざりしていたが、これから始まる高校生活の第一歩としてワクワクしている者達《たち》もいる。

学校の歴史、校則校風、奉仕《ほうし》活動、部活動や委員会などの紹介《しょうかい》もされたが、新入生のほとんどは受験の面接の時にそれらのほとんどを調べているので、知っているのだが、静かに校長の話を右から左へ聞き流していた。

数十分後。やっと話が終わり、次のプログラムへと移る。

「長谷川校長、ありがとうございました。続きまして、新入生代表、藤山美波《ふじやまみなみ》さん」

そう呼ばれ壇上《だんじょう》に上がったのは、ストレートの黒髪《くろかみ》が美しく、顔の整ったまさに日本美人と呼ぶにふさわしい女生徒。キリッとした眉毛《まゆげ》のせいか、少し不機嫌《ふきげん》に見える。

「柔《やわ》らかく暖かな風に舞《ま》う桜とともに、私たちは～」

何事もなく始まる新入生代表の挨拶《あいさつ》。壇上に登っている彼女《かのじょ》は、新入生のみならず参列している保護者、教員の目までも奪《うば》っている。

ある人はその美しさに、ある人は見事なスピーチに聞き惚《ほ》れている。

「最後になりましたが、これからお世話になる先生方、先輩《せんぱい》方、私たち新入生を温かい目で見守り、ご指導くださいますよう、よろしくお願いいたします。

平成二七年四月六日　新入生代表　藤山美波」

入学式も無事終わり、それぞれの教室に分かれていく。

担任が教室にくるまでの間、同じクラスの生徒たちは各々《おのおの》の自己紹介をする中、

「美波ちゃん！　私達同じクラスですよぉ～」

静かに席に着く美波に、一人の少女が近づいてきた。桃《もも》色のボブヘアーがとてもよく似合っている困り眉《まゆ》の女の子。

「咲《さき》、そう。よかったわね」

「ええ～なんですかその返しは～。美波ちゃんは嬉《うれ》しくないんですかぁ～？」

「うふふ。ごめんなさい。当然嬉しいわよ。改めてよろしくね、咲」

「えへへ。よろしくお願いしますっ！」

美波と咲は幼馴染《おさななじみ》。小中高と、十年目の付き合いとなっていた。

「そうだっ！　美波ちゃんはもうなんの部活に入るか決めましたか？　やっぱり剣道部《けんどうぶ》に？」

「そうね……。というか、入学前から誘《さそ》われちゃってたのよね」

「やっぱり藤山の名前は伊達《だて》ではないってことですねっ」

まるで自分のことのように嬉しがる咲。美波はそれを見て微《かす》かに嬉しがるが、剣道部に入っても活動できるか心配ではあった。

「ん～。剣道って言っても私は居合の方が得意だし、家でも剣道はできるから……咲はもう何部に入るか決めたの？」

「はい！　私はもちろん園芸部です！　と言いたいところですが、華道部《かどう》しかないので……」

「咲は花よりも土いじりが好きだもんね」

「ん～なんかその言い方は子供っぽくて嫌《いや》ですね」

「でも間違《まちが》ってないでしょ？　それに咲には華道のセンスもあるし、いいじゃない」

「えへへ。そうですかぁ？」

クラスメイト達が皆《みな》で交流している中、美しい少女とかわいい少女、美波と咲の二人だけの空間に入ろうとする者たちはいなかった。一人を除いては。

「よぉ！　お前入学式でスピーチしてたやつだろ！」

二人の間に突然《とつぜん》割って入ってきた金髪《きんぱつ》の男。美波は明らかに不機嫌になり、思わずその男を睨《にら》みつけてしまう。

「まぁまぁ、そんな怖《こわ》い顔すんなよ。自己紹介がまだだったよな。俺《おれ》の名前は山本ジャック。よろしくな！」

「えへへ、花道《はなみち》咲です。よろしくお願いしますぅ」

「藤山美波よ。よろしく」

咲はジャックと握手《あくしゅ》を交《か》わし、美波も返事をする。

「藤山さんね。いやぁ、入学式のスピーチで見た時からこれだけは言いたくてさっ」

「はーい、皆さん入学おめでとうございます。席についてください～」

ジャックが口早に話し始めたところに、先生が教室に入ってくる。ジャックは口惜《くちお》しそうにしていたが、すごすごと自分の席へと戻《もど》っていった。

（私の苦手な性格だけど、ちゃんと周りに配慮《はいりょ》してるのはいいところね……）

ジャックは美波に勝手に嫌《きら》われ、勝手に感心されていた……。


そして月日は流れる。

美波は剣道部に入らず、実家の稽古《けいこ》と女子高生としての生活を満喫《まんきつ》し、咲は環境《かんきょう》委員会に入り土いじり、華道部に入って花いじりをしている。

放課後の教室で、たまに二人は他愛《たわい》のない世間話をしている。

「美波ちゃん聞きましたか？　ジャックくんまた大会で優勝したんだって！」

「横断幕が掛《か》かってるから知ってるわよ」

「これで美波ちゃんのジャックくんへの見方も変わるんじゃないですか？」

「いやいや、別に嫌ってるわけじゃないから……」

入学式の一件以来、美波はジャックを避《さ》けていた。別に嫌いというわけではないが、ああいったテンションが苦手なだけなのである。

ジャックはというと、大好きな陸上部に入りその実力と社交性故《ゆえ》に、すぐに友達《ともだち》がたくさんできた。そのせいもあってか入学したての強引《ごういん》さはどこへやら。美波ともあまり喋《しゃべ》らなくなっていた。

「それより、咲は部活にいかなくていいの？」

「えへへ～大丈夫《だいじょうぶ》ですよぅ。それより、これを早めに終わらせたいですしね」

咲が静かに折っている冊子は、遠足の栞《しおり》。夏休みに入る前に学年全体で鎌倉《かまくら》へ行くのだ。

別にこれは咲の仕事ではなく、クラス委員である美波の仕事なのだが、咲はそれを手伝ってくれている。雑談をしながら、それは着々と進んだ。

「高校生に、なりましたね」

「……うん」

夕暮れが教室の窓から覗《のぞ》き、二人の顔を優《やさ》しく染める。

「……過去を忘れろなんて言いませんが、それでも前に進まなくちゃ」

「そうだよね……。そうだけどね」

何やら哀愁《あいしゅう》が漂《ただよ》い始める中、教室のドアが唐突《とうとつ》に開かれる。

「お、藤山と花道じゃん」

そこには金髪がよく似合う小麦色の肌《はだ》をした青年が立っている。ジャックだった。

美波はさっと顔を隠《かく》し、咲が話しかける。

「あれ？　ジャックくん、どうしたんですか？」

「普通《ふつう》に忘れ物だよ。いやぁ、週一で体育着もって帰らないと臭《くさ》くて嫌になっちまうからな」

ジャックはそう言って自分の机に近づく。

「あなた、体育着毎日持って帰ってないの？　部活は体育着でしょ？」

「そうだけど、どした？」

「最悪……」

体育の授業も、部活動も、ジャックは一着の体育着でやっていたということだ。ジャックが汗臭《あせ》かったことなど一度もなかったので気づけなかったが、はっきり言って気持ち悪いと美波は思った。

そんなことを思われているなどとは知らないジャックは、そのまま二人の作業している机へと向かい、冊子の一枚を手に取った。

「あぁ～そういえば遠足だっけか。楽しみだなぁ～」

「ジャックくんは鎌倉行ったことありますか？」

「俺はないなぁ。けど、行ったことのない場所に行くってのはワクワクするよな」

「そうですねぇ。私もワクワクします。美波ちゃんもワクワクしますか？」

「鎌倉初めてじゃないから、私は別に……」

そんな他愛のない話をし始めた三人だが、教室に異変が起きる。

「っ！　なんだこれ！」

夕暮れに赤く染められていたはずの教室に、眩《まばゆ》いほどの光が充満《じゅうまん》している。どうやらその光は床《ゆか》から発せられていて、不思議な魔法陣《まほうじん》のようだ。

「咲！　逃《に》げるわよ！」

「は、はいっ」

席を立とうとした美波だったが、すぐに気づく。

「体が、動かねぇ」

ジャックの口から漏《も》れたその言葉は、他の二人にも当てはまっている。

目と口しか動かすことの出来ない三人はなす術《すべ》もなかった。すぐに大きな揺《ゆ》れがきて、三人の意識が徐々《じょじょ》に薄《うす》らいでいくと共に、その姿も……。

「咲っ！」

「美波、ちゃ……」

手を伸《の》ばしたくても伸ばせなかった。咲が光の粒子《りゅうし》になって目の前から消える。

（もう、嫌だ……！）

美波は昔の出来事を思い出し、思わず涙《なみだ》をこぼしてしまう。あの時も手を伸ばせなかった。と、自分を責める。

そんな美波にジャックが声をかけた。

「心配しなくてもいいと思うぜ。こんなよくわからねぇ出来事、俺の予想が正しけりゃこれは……」

不敵に笑うジャックは、何かを楽しみにしているように感じた。

「行ったことのない場所に行くってのはワクワクするよな……。先に行って待ってるぜ」

ジャックの体も消え、光り輝《かがや》く教室に美波だけが取り残される。動くこともできない美波はそのまま光に呑《の》み込《こ》まれ、意識を手放した。

腕《うで》を組みながら掲示板《けいじばん》を見上げる娘《むすめ》が一人。

「……ゴブリン退治か……」

今日、なんの依頼《いらい》を受けるか考えているようだ。

ここは冒険者《ぼうけんしゃ》ギルド。依頼を受け、モンスターを狩《か》り、それをお金に換《か》える場所。

今掲示板を見上げている娘は、まだまだ駆《か》け出しの冒険者だ。受ける依頼といえば薬草摘《つ》みや、商人の荷降ろしの手伝い、狩れるモンスターといえばスケルトンやゴブリンなどといった、ほとんど金にならないモンスターである。

最近はほぼ毎日ゴブリンを狩っているわけだが、それでもその日の宿代と食事代に消えてしまっていた。もう一つ上のランクの依頼を受けようとも思っているが、ゴブリンでさえ二対一で危《あや》うくなってしまうのに、その上のランクなんて受けられるはずがなかった。

「仕方……ないか」

愛用しているダガーを優しく撫でながらその依頼に手を伸ばすと、後ろから声がかかる。

「なぁ、あんた」

そこには自分のように安そうな革鎧《かわよろい》を着込み、長剣《ちょうけん》を一本携《たずさ》えているだけの男が立っていた。

「何か用？」

少し棘《とげ》のある声色《こわいろ》で返事をしたが、男はお構いなしに娘へと近寄ってきた。

「いや、いつも一人だなぁ、って思ってさ。これから依頼受けるんだろ？」

「だったら何よ」

いつも自分を見ているのか、と気味悪く感じたが、とりあえずは話をしてみることにした。

「いつもみたいにゴブリン退治だろ？　一人より二人でやったほうが楽だろ？　よかったら俺と組

まねえか？」

共闘《きょうとう》の提案。今日初めて会ったばかりの男と、二人きりで依頼をこなすというのは身の危険を感じるものだが、毎日同じ依頼に時間をかけるのも飽《あ》き飽きしている。一人より二人でやったほうが時間の余裕《よゆう》もできて、より多くの依頼がこなせるかもしれない。

腕には覚えがあるし、何かしようとしてきたら、思い知らせればいいと思った。

「……いいわよ。組んであげる」

「おぉ、さんきゅ！　俺はダンっていうんだ、よろしくな！」

「……シシリー」

二人は軽く握手を交わし、パーティとして依頼を受けた。


「そっち行ったわよ！」

「了《りょう》、解《かい》！」

大振《おおぶ》りに振《ふ》られた長剣は、綺麗《きれい》にゴブリンの首を一撃《いちげき》で斬《き》り落とし、絶命させる。

ダンとシシリーはゴブリン退治の依頼をこなしていた。一人で受けるよりも、ずっと楽だった。一人がゴブリンの注意を惹《ひ》きつけてもう一人が急襲《きゅうしゅう》することもできるし、二人で一体を集中して仕留めることもできる。

今日で、パーティを組んで一週間になる。毎日のようにゴブリンを狩っているが、それもそろそろ飽きてきていた。

今日も五十四匹《びき》以上のゴブリンを倒《たお》し、街に帰る道の途中《とちゅう》、ダンが話を振ってくる。

「なぁ、お前歳《とし》いくつなんだ？」

他愛もない話なのだが、パーティを組んでから互《たが》いの知っている情報は名前と冒険者ランクだけ。仲間というよりは協力者に近い関係なので、踏《ふ》み込んだ話は今まで避けてきたのだ。歳について聞かれるのは初めてだった。

「……十四だけど」

「十四⁉　若いんだなぁお前！」

「別にそんなの関係ないでしょ、あんたは？」

「あぁ？　俺は十八だよ」

「十八⁉　その歳でまだFランクなわけ⁈」

「べ、別にそんなの関係ねぇって！　お、俺だって色々と事情があって……」

「事情ってなによ」

「……俺には剣の師匠《ししょう》がいてな。その師匠のところで十年間ずっと剣を習ってたんだ」

「十年、ってことは八歳《さい》の頃《ころ》から？」

「あ、あぁ」

「……にしては、剣の扱《あつか》い上手《うま》いようには見えないけど」

「う、うるせぇっ」

ダンはそのまま恥《は》ずかしそうに話を逸《そ》らした。

シシリーがダンと初めて会ったときは、気持ちの悪い男だと思っていたが、いつの間にか軽い雑談をするほどの仲になっていた。仕事だけの関係だったはずが、今では友人のような。

その後、何事もなく冒険者ギルドへ帰り、依頼達成の報告をして報酬《ほうしゅう》を受け取る。いつものようにそれを山分けし、それぞれの宿に帰るのだが、その日は少し違った。

「よし、んじゃ、また明日頼《たの》むわ！」

「ええ」

いつもギルドの前で別れる二人。いつものように帰りの挨拶をするダンだったが、今日はシシリーの様子が少しおかしかった。身体をもじもじしており、何か言いだそうとするのだが、それをすぐに引っ込める。ダンにはその違いなどわかっていないのだが……。

「よかったら、今日、一緒《いっしょ》に、ご飯、食べない？」

なぜかカタコトでそう言ってしまったシシリーだが、ダンはしっかりとその意味を理解した。

「お？　マジで?!　俺も前々から一緒に食いたいと思ってたんだよー」

ダンも丁度良かったと言いながら、一緒に食事をすることに賛成した。そこからのダンは早かった。シシリーを行きつけの酒場へ連れていき、席を用意し、食べ物や飲み物を適当に頼んだのだ。

「……いつもここに来るの？」

「あぁ。飯はいつもここだな。お前もぜってぇ気にいると思うぜ？」

「……そう」

程《ほど》なくして運ばれてきたキンキンに冷えたエールや、ゴロゴロと肉厚なステーキ。パンは堅《かた》かったが、どれもシシリーが食べたいとは思ったが食べられなかったものだ。

「こんなに、いいの？」

「あぁ！　今日は俺の奢《おご》りってことで！　確か今日でパーティを組んで一週間だろ？　記念だよ記

念！　かんぱーい！」

「……へー。覚えてたんだ。あっ」

考えていることが思わずそのまま口から出てしまった。対面に座《すわ》っているダンはしっかり聞こえていたようで、ジョッキを持ち上げたままニヤニヤとした顔でシシリーを見つめて何も言わない。

シシリーはそれに堪《た》えられなかったのか、また声を出す。

「な、なによ」

「いんやぁ？　お前も覚えてるんだなぁ～って思ってよ」

「私も、あんたが覚えてるなんて思わなかった」

シシリーは照れているのを隠すように、エールをがぶ飲みし、肉に食らいつく。ダンもそれを見てエールを呷《あお》り、肉をつまむ。それからは、初めて一緒に受けた依頼は連携《れんけい》がとれていなかっただとか、頼《たよ》りなかっただとか、もっとここをこうしてほしいなどといった他愛もない会話をした。

「なぁ」

笑いながら話していたダンが、唐突に真顔でシシリーを呼んだ。

「なによ」

「初めて会って、パーティを組んでから一週間。最初の頃はなんやかんやあったけどよ。今じゃもう仲間だろ？」

「……そうね」

「俺達、よく思い出してみれば名前で呼び合ったことねぇんじゃないかなって」

「……そうね」

「だからよ。名前で呼び合いてぇなって思って。どうだ、シシリー」

シシリーにとっては依頼を効率的に達成するために組んだ男だったが、一週間という長くも短くもない期間の中、助けることも助けられることもあり、人間性の面から見ても信用に値《あたい》する人間だということはわかっていた。

「……わかったわ。これからもよろしくね、ダン」

「おう！　よろしくな！」

晴れ渡《わた》る空のように笑うダンが、シシリーには眩《まぶ》しかった。

ダンとシシリーがパーティを組んで一ヶ月ほど。一週間目に一緒に食事をした日から、二人はさらに仲良くなっている。

「いやぁ～今日も働いたな～」

「バカ。ギルドに戻って報告するまでが依頼よ。油断してると死ぬわよ」

「へへへ。すまんすまん」

軽い冗談《じょうだん》を言い合えるほどになった二人。

「……そろそろ、Eランクに上がってもいいかもな」

ダンが唐突にそんなことを言い始める。

というのも、未《いま》だにFランクである二人。Eランクモンスターも少しずつ狩れるようになっており、Eランクにはなろうと思えばなれるのだが、二人はしばらくFランクのままでいようと話をしていた。

理由としては、二人がまだ一人前ではないと思っているからだ。Eランクモンスターと戦って勝ているのは、二人で相手をしているから。一人でEランクモンスターを倒せるようになったらランクを上げようとしていた。

「そうね。私もいいと思うわ」

「そうか！　そいじゃ、依頼達成の報告のついでにEランクになるか！　そんで！　その後はEランク冒険者になった祝賀会だ！」

「うふふ。祝賀会って。二人だけじゃない」

「二人でも会は会だろ！」

「ふふ、本当、ダンってバカね」

「それが！　俺の良いところでもある！」

薄暗《うすぐら》い森の中を楽しそうに話しながら帰路についている二人。いつものゴブリン退治を終わらせ、いつもの帰り道を歩いている。いつも通りでなくなるのは明日からFランク冒険者でなくなるということと、突然の来客だけだった。

「ダン」

「あぁ」

シシリーの声にダンは即座《そくざ》に反応し、身を屈《かが》める。草木の陰《かげ》に身を潜《ひそ》め、辺りを警戒《けいかい》する。

「……っ」

シシリーは声を出さずに、ハンドサインだけでダンに知らせる。ダンはシシリーの指さした方向を見た。

そこには醜悪《しゅうあく》な顔を晒《さら》しているゴブリンがいたが、その見た目から、それがただのゴブリンではないことがわかる。普通のゴブリンとは大きさも色も違い、鎧を着込み、自分の大きさほどある剣を携えている。

ゴブリンナイト。ゴブリンの上位進化、Dランクモンスターに分類されている。

気配を消し、シシリーはダンに近づいた。

「黒いけどゴブリンナイトかしら、Dランクモンスターよ」

「わかってる。だが、相手は一体だ」

「ダメよ。死ぬわ」

「二人でならEランクモンスターだって倒せる。大丈夫だって」

「過信は身を滅《ほろ》ぼすわ。それにあのゴブリンナイトはどこかおかしい……ダンが相手にしても、私は置いていくわよ」

力のこもったシシリーの一言。とうに置いていくことなどできないほど信頼《しんらい》している二人だが、冗談でもこんなことは言いたくはなかった。ダンは一瞬《いっしゅん》だけ考え、シシリーへ返事をした。

「……だな。わかった。迂回《うかい》して帰ろう」

「ありがとう」

幸い、目の前の黒いゴブリンナイトは二人に気づいていないようだ。気配を消したまま迂回し、ゴブリンナイトとは戦わない、はずだった。

「ギャギャッ！」

迂回した先にいたのは、普通のゴブリン。ゴブリンナイトの仲間なのかはわからないが、潜んでいたものがシシリーの目の前に姿を現し、大声を発した。

「しまっ」

「シシリー！　走れ！」

飛び出してきたゴブリンをすぐに斬り捨て、ダンも叫《さけ》ぶ。シシリーは後ろを振り向かずに走り出す。その後ろからはダン、そしてもう一体の足音が二人を追っているようだった。

「どうするのっ」

「どうするったって、逃げるんだよ！」

それでも、後ろから徐々に近づいてくる足音に二人は気づいている。このままでは追いつかれると。どちらかが犠牲《ぎせい》になれば、どちらかは必ず逃げられることは、わかっている。

「シシリー」

「ダメよ。死ぬわ」

「へっ！　そんなの、構わねえっよ！」

「ダン！　ダメ‼」

ダンは急停止し、勢いよく剣を抜《ぬ》いてゴブリンナイトと対面した。

「シシリー‼　止まってんじゃねぇ‼　走れ！」

ダンを心配し、走るのをやめるシシリーだったが、ダンに怒号《どごう》を飛ばされてしまった。

「でも」

「黙《だま》って走れ！」

ダンがゴブリンナイトに剣を抜き放ち飛びかかる。シシリーはそれに背中を向け、走り始めた。その目は、少しだけ潤《うる》んでいるように見えた。

（はっ。女を泣かせるなんて罪作りな男だなぁ。俺は）

ダンがゴブリンナイトを剣で押《お》しつけ、距離《きより》を空ける。その剣を真《ま》っ直《す》ぐに目の前のゴブリンナイトへ伸ばして、言い放った。

「だから、これ以上泣かせるわけにはいかないんだよ！」

ゴブリンナイトは首をかしげていたが、ダンの言ったことは何ひとつわかっていない。

そこからは、一方的だった。いくらゴブリンだからといっても、その強さはDランクモンスターに分類されるほど。ダン以上の膂力《りよりよく》を持ち、ダン以上に速い。

ダンはゴブリンナイトの攻撃《こうげき》を防ぐことにしか専念できず、それも絶対ではなかった。生傷だらけのダンに対して、無傷のゴブリンナイト。この後どうなってしまうかなど、誰《だれ》が見ても想像できるほどに。

「だからってぇ……ここで諦《あきら》められるわけねぇもんなぁあああ‼」

上から振り落とされた剣を、両手で持った剣で耐《た》える。腰《こし》が悲鳴を上げるほどにその一撃は重かったが、ダンは大声を上げながらその一撃に耐え、押し返した。

「おらっ‼」

そこから前蹴《げ》りを繰《く》り出し、ゴブリンナイトを後ろへよろめかせた。ダンはそのまま後ろに尻餅《しりもち》をついたが、その顔は自信に満ち溢《あふ》れた顔。

「へへ。どうだ。一発入れてやったぜ」

ゴブリンナイトの鎧で、ダンの一撃などただの勢いのある風のようなものだったが、何かを言い放ったダンの顔が、ゴブリンナイトをイラつかせていた。

「ギャギャッ！　ギャゥ!!」

「へへ、へっ」

地団駄《じだんだ》を踏むゴブリンナイトを見て笑うダンだが、もう体力が尽《つ》きている。

（もう、立てねぇなこりゃ）

先の前蹴りで力を使い果たしたのか、腰は抜け、全身が脱力《だつりょく》しきっているようだった。ゆっくりと近づいてくるゴブリンナイトに、今のダンは何もできない。

（ここまでかぁ……）

これから振り下ろされるであろう、地面を削《けず》りながら近づいてくる剣にダンは恐怖《きょうふ》を隠せなかった。全身が震《ふる》え、歯をガチガチと言わせ、心臓はこれ以上にないほど自分の存在を主張している。

（まぁ、悪くはなかった。悪くはなかったな）

これが走馬燈《そうまとう》か。と、ダンの脳裏《のうり》には今までの思い出が次から次へと流れていく。冒険者に憧《あこが》れ、師匠の下で学んできた剣術だったが、Dランクのゴブリンナイトに自分は完敗。

そして、最期《さいご》に浮《う》かんだのは、一ヶ月一緒に依頼をこなしてきた仲間の顔だった。

「っ！」

すでに振り下ろされた剣をゆっくりとした時間の中で眺《なが》めているダンだったが、シシリーの顔を思い出し、笑う。

「俺が死んじまったら、あいつが泣いちまう」

ダンの最期の悪あがき。力尽きている全身に力を入れ、なんとか右腕《うで》だけを動かした。

それでもゴブリンナイトの一撃を受け止められるはずもなく死ぬのだが、ダンは最後まで生きることを諦めなかった。

自分が死んでしまうことはわかっているが、それでも死ぬということを最後まで受け入れない。

そんなダンに、声がかかる。

「剣を斜《なな》めにして滑《すべ》らせな！」

真っ直ぐにゴブリンナイトの剣を受け止めようとしたダンだったが、その言葉通りに剣を斜めにした。するとゴブリンナイトの剣はダンの剣についていくように斜めに滑り落ち、何もない地面に振り落とされた。

「上出来だ」

先ほどと同じ声が頭上から聞こえたかと思えば、目の前のゴブリンナイトが、いつの間にか空いている全身の小さな穴から血を噴《ふ》き上げて倒れた。

視界には、煌《きら》びやかな緑色の鎧に全身を包んだ細剣《レイピア》使いがいる。

「助けが来た、のか？」

「へっ、半分正解だが、半分不正解だ」

緊張《きんちょう》が途切《とぎ》れたからか、ダンの意識はそこでなくなってしまった。

次にダンが目を覚ましたのは、ギルドの医務室のベッドの上だった。傍《かたわ》らには指を組んで何かを祈《いの》っているシシリーが座っている。

「シシ、リー？」

その声にシシリーは少しだけ身体を震わせ、顔を上げる。目には涙が溜《た》まっており、頬には跡《あと》まで見える。

「ダン‼」

溜まった涙をボロボロと流しながら、シシリーはダンに抱《だ》きつく。全身に激痛が走るが、それはダンにとって気持ちのいいものだった。

「シシリー。俺は、どうなったんだ？」

当然の疑問である。ゴブリンナイトと死闘《しとう》をし、死ぬ寸前で助けられたことは覚えているが、その場にシシリーはいなかったはずだし、気が付けば医務室に寝《ね》かされている。

シシリーはダンの疑問に少しずつ答えた。ダンと別れた後、死に物狂《ものぐる》いで走り、街のギルドに戻り、強いゴブリンナイトが出たとすぐに助けを求めたが、誰も相手にしてはくれなかった。掃《は》いて捨てるほどいるFランク冒険者が一人死んだところで同業者はどうとも思わない。

ギルドは助けを出してくれると言ったが、すぐには無理ということだった。それでは間に合わないと抗議《こうぎ》しているときに、一人の男に声をかけられた。

「そのゴブリンは、黒かったんだな？」

「ええ」

「そうか。その依頼、俺が受けてやる」

男はシシリーに大体の方角を聞き、すぐに走りだしてしまった。それは目にも留まらぬほど速く、ただの冒険者ではないことはその場にいる誰もがわかった。

「それが俺を助けた恩人か」

「ええ。でも、ダンをギルドに連れ帰ってからすぐにどこかへいってしまったわ」

「礼を言いたかったな」

「もう私が言っておいたわ。それに『俺も感謝してるぜ』とも言ってたわね」

「はは。よくわかんねぇな」

「えぇ。本当に。私、ダンが起きたこと先生に報告してくるわね」

「あぁ」

シシリーはそれだけ言い、ダンの部屋を後にする。

ダンは窓の外の夜空を見ながら、シシリーの顔を思い出す。

「へへっ。結局、泣かせちまってんじゃねぇか」

自分の顔を手で拭《ぬぐ》いながら、ダンは強くなろうと心に誓《ちか》った。

あとがき

いかがだったでしょうか？　『スケルトンは月を見た』楽しんでいただけたのであれば幸いです。心を知らないムルトが、色々なものに触《ふ》れ、これからどういった変化をしていくのか、作者の私も楽しみで仕方がありません。

おっと、紹介《しょうかい》が遅《おく》れました。『スケルトンは月を見た』。通称《つうしょう》『スケ月』、作者のアルファルと申します。作品と比べれば随分《ずいぶん》寒い紹介をしてしまいましたが、よろしくお願いします。

思えば、小説を書き始めてから、三年が経ちました。それまでは本は読んでも、自分で書くということはしたことがありませんでした。元々、妄想《もうそう》が大好きで、頭の中で物語を作るのが好きな少年でした。ですが、絵も描《か》けず、曲も作れず、まぁ、才がなかった私です。

そこで出会ったのが、小説投稿《とうこう》サイトというものでした。元々、通学などの合間に読んでいて、これだ！　と気づきました。

そこから自分の妄想の世界を書き始めたのがきっかけです。最初の投稿から少し経った後、突然《とつぜん》頭の中に降ってきたのが、『スケルトンは月を見た』です。

唐突《とうとつ》な思い付きで書き始めた作品ではありますが、応援《おうえん》してくれる読者の皆《みな》さんや、アドバイスをくれる友人、本当に色々な方に支えられ、驚《おどろ》く程《ほど》に人気が出て、自分も嬉《うれ》しく、賞などに応募《おうぼ》してていいところまでいくこともできました。それだけで満足していた私ですが、色々な縁《えん》に恵《めぐ》まれまして ついに、ついに！　本にすることができました！　ありがとうございます‼

そんな素人《しろうと》でちょろい私です。今こうやってあとがきを書いてゲラの確認《かくにん》もしているのに、夢ではないのかと思ってしまいます。あとがきの書き方もよくわからず、初めてですが精一杯頑張《せいいっぱいがんば》って書きました。感謝の気持ちが少しでも、ちょっぴりでも、微塵《みじん》でも伝わっていれば、幸いです。

さて、前置きのようなものが長くなってしまいましたが、まずは、いつも応援してくれるファンの皆さんにお礼を申し上げたいと思います。いつも応援や感想などに助けられ、ここまで書き続けることが出来ています。本当にありがとうございます。

次に、この作品を手に取ってくださった皆さま、『スケ月』はいかがでしたでしょうか？　素人の私ですが、内容は本当に面白《おもしろ》く、心を揺《ゆ》さぶることができたならば、作者として本当に嬉しいです。気に入っていただけたのならば、これからの応援、是非《ぜひ》ともよろしくお願いいたします。

そして、編集さんや校閲《こうえつ》、印刷所などの方々、私の書きたいものを自由に書かせていただき、素人で誤字脱字《だつじ》も多く、迷惑《めいわく》ばかりかけてしまいましたが、皆さんのおかげで素晴《すば》らしい作品に仕上げることができました。本当にありがとうございます。

さらに、イラストレーターの六七質《むなしち》さん、素晴らしいイラストの数々、私の文字だけでは、『スケ月』の景色の素晴らしさを伝えきることができなかったと思います！　六七質さんのおかげで、読者へ景色の素晴らしさが伝わりました！　本当にありがとうございます！

最後になりますが、本当に、本当に私を応援してくれ、支えてくれた全《すべ》ての人間、動物、神、スケルトン、色々なものに感謝を!!!

これからも、自分も皆さんも楽しめる作品を書いていきたいと思います。

本当にありがとうございます！　そして、これからもよろしくお願いします。

アルファル

本書は、二〇一八年にカクヨムで実施された「ドラゴンブック新世代ファンタジー小説コンテスト」で特別賞を受賞した「スケルトンは月を見た」を加筆・修正したものです。

DRAGON NOVELS
ドラゴンノベルス

スケルトンは月を見た

2019年8月5日　初版発行

著　者　アルファル

発行者　三坂泰二

発　行　株式会社 KADOKAWA
〒102-8177　東京都千代田区富士見2-13-3
電話 0570-002-301（ナビダイヤル）

編　集　ゲーム・企画書籍編集部

装　丁　宇都木スズムシ（ムシカゴグラフィクス）

D T P　株式会社スタジオ２０５

印刷所　大日本印刷株式会社

製本所　大日本印刷株式会社

DRAGON NOVELS ロゴデザイン　久留一郎デザイン室+YAZIRI

●お問い合わせ
https://www.kadokawa.co.jp/（「お問い合わせ」へお進みください）
※内容によっては、お答えできない場合があります。
※サポートは日本国内のみとさせていただきます。
※ Japanese text only

定価（または価格）はカバーに表示してあります。

ISBN978-4-04-073247-3　C0093